怪谈 文·学·奖

小泉八云精怪故事集

小泉八云 著 ／ 李炳州 译

张进步 程碧 ／ 主编

沈阳出版发行集团
沈阳出版社

图书在版编目（CIP）数据

小泉八云精怪故事集 / (日)小泉八云著；李炳州
译 . -- 沈阳 : 沈阳出版社，2019.9
（地球旅馆 / 张进步，程碧主编）
ISBN 978-7-5716-0267-3

Ⅰ . ①小… Ⅱ . ①小… ②李… Ⅲ . ①民间故事—作
品集—世界 Ⅳ . ① I17

中国版本图书馆 CIP 数据核字 (2019) 第 196055 号

出版发行　沈阳出版发行集团 | 沈阳出版社
　　　　　　（地址：沈阳市沈河区南翰林路 10 号　邮编：110011）
网　　址： http://www.sycbs.com
印　　刷： 天津丰富彩艺印刷有限公司
幅面尺寸： 128mm × 185mm
印　　张： 10
字　　数： 200 千字
出版时间： 2019 年 11 月第 1 版
印刷时间： 2019 年 11 月第 1 次印刷
策划监制： 程　碧
责任编辑： 王冬梅
特约编辑： 孟令堃
装帧设计： lemon
内文排版： 八月长安
责任校对： 赵　琳
责任监印： 杨　旭

书　　号： ISBN 978-7-5716-0267-3
定　　价： 68.00 元

联系电话： 024-24112447
E-mail： sy24112447@163.com

出版说明

　　小泉八云被誉为"日本怪谈文学鼻祖"，他一生收集、创作了大量日本怪谈故事，其代表作《怪谈》为大家所熟知。或许，很多读者会以为，小泉八云对民间故事的热爱，是在他移居日本之后开始的。

　　其实并非如此。早在他移居日本之前、还叫作拉夫卡迪奥·赫恩（Lafcadio Hearn，小泉八云的原名）的时候，他就开始收集整理世界各地的民间故事了。1884 年（移居日本的六年前，出版《怪谈》的二十年前），他在美国新奥尔良做记者的时候就出版了首部奇幻故事集 *Stray Leaves From Strange Literature & Fantastics and Other Fancies*。书名很长，翻译过来就是《异乡文学拾零及异想和其他幻想》（简称《异乡文学》）。此外，他在 1887 年出版了中国故事集 *Some Chinese Ghosts*，可译为《中国怪谈》。本书《小泉八云精怪故事集》，就是由上面两本故事集翻译整理而成的。若严格说来，本书的作者应该署名拉夫卡迪奥·赫恩，毕竟这些作品是在他改名之前出版的。但考虑到他在中国是以小泉八云的名字为大家熟知的，故本书用小泉八云做了署名。

《异乡文学》以故事来源划分为六章，第一章《落叶集》是出自古埃及、南太平洋和爱斯基摩的三篇故事，二至五章的故事分别出自印度经典、芬兰史诗《卡勒瓦拉》、波斯经典、犹太经典《塔木德》，第六章《异想和其他幻想》包括作者收集的其他民间故事以及他的幻想散文。

《中国怪谈》收录了六篇中国故事，是小泉八云根据西方汉学家们翻译的中国古书改编的。

本书以《异乡文学》为框架，将该书第六章中的六篇故事编入第一章《落叶集》中；二至五章与原著相同；将《中国怪谈》作为新的第六章，并补充了一篇中国故事《牡丹花魂》，该文是从小泉八云的《天河的缘起并其他》（The Romance of The Milky Way and Other Studies & Stories）一书中选译的；第七章则选译了《异想和其他幻想》中六篇诡谲的幻想散文。

可以说，本书囊括了除日本之外，小泉八云收集、改编的所有其他国家的民间故事，与《怪谈》互为映照，一道构成了完整的小泉八云的"怪谈世界"。

编者

2019 年 6 月 20 日

目录

CONTENTS

壹

落叶集
STRAY LEAVES

贰

出自印度的故事
TALES FROM INDIA

叁

出自《卡勒瓦拉》的诗篇
RUNES FROM THE KALEWALA

肆

来自波斯的故事
STORIES OF PERSIA

伍

《塔木德》故事新编
TRADITIONS RETOLD FROM THE TALMUD

陆

中国怪谈
SOME CHINESE GHOSTS

柒

异想和其他幻想
FANTASTICS AND OTHER FANCIES

《羞涩的新娘》

《放烟花的贵妇》

《听竖琴的动物》

《聚餐》

64

సరస్వతీదేవిసమేతముగ నలుమొగముల్లో స్వహంస్వాహనారకో ౬౭

Brammah from heaved with his lady Sereswetee on the bird Hamsam or Swan

《梵天》

ၐၢ၏ၸၨၲႏ၊ ၜၛၟၥၡၣၻၵၢၤၢၛၐၢ၊

Davaindrain on White Elephant

I.N. 363 - 1923.

《因陀罗》

《毗湿奴》

సమర్పింపయ్ (శ్రీ)కృష్ణుండునరదావర్తీరవులలో సంఖ్యాగ్ని మరిదింహా
నాగశ్రీ కలుషకైమినిస్రాంధిం మొట॥   ౫౦

《克里希那》

《维纳莫宁大战娄希》·［芬兰］阿克塞利·加伦－卡勒拉

《维纳莫宁弹唱》·[芬兰]佩卡·哈洛宁

《弹唱的少女》·[美]布兰奇·麦克马纳斯

《葡萄酒神》·[美]布兰奇·麦克马纳斯

《床榻上的女人》·[英]安妮·哈丽特·菲胥

《少女与玫瑰》·［英］安妮·哈丽特·菲胥

《皇帝与女子》·[英]安妮·哈丽特·菲胥

《王子与少女》·[英]安妮·哈丽特·菲胥

《舞女》·[英]安妮·哈丽特·菲胥

《群舞》·[英]安妮·哈丽特·菲胥

落叶集

STRAY LEAVES

本章所选的9篇故事出自古埃及、南太平洋和爱斯基摩传说，以及小泉八云在美洲收集、创作的民间故事。

图特的魔法书

THE BOOK OF THOTH

一

如果我是天堂的主宰，我会把天堂也给你，只为换取你的一个吻

这是一个古埃及的奇异故事，记录在用世俗体[1]书写的纸草文献中。该文献发现于"百门之都"底比斯古城遗址中的德尔埃尔麦迪纳墓地。这份纸草文献由某位在魔法师中颇有名气的书吏，在被遗忘的托勒密王朝第三十五年的图比月[2]写成。该文献原本是那些赞赏它的人献给诸学之霸、魔法泰斗图特[3]的，他们对图特神的品德大为崇敬。

1　古埃及文字分圣书体、僧侣体、世俗体三种。圣书体多用于庄重场合，多见于神庙、纪念碑和金字塔；僧侣体由书吏写于纸草上，用于记录宗教事务；世俗体是对僧侣体的简化，用于记录非宗教事务。

2　图比月，古埃及历法的五月。

3　图特，古埃及神话中的智慧之神，同时也是月亮、数学、医药之神，埃及象形文字的发明者，众神的文书，也是赫里奥波里斯（古埃及圣地）的主神之一，常以鹭鸶头人身的形象出现。

据说，作为诸学之长、工匠之首、魔法师之王的图特曾经亲笔写过一本魔法书，该书横空出世，俯瞰群书。书中只有两道魔咒，无论是谁，只要读出第一道魔咒，就能立马成为仅次于神明的人——只需将魔咒轻轻一念，山川、大海、白云，上至天堂下至地狱，都要臣服于他的意志。无论是天上飞鸟、洞中生物还是水中游鱼都要被迫现身，向他坦白深藏于心的秘密。而无论是谁，只要念动第二道魔咒，他就会永远不知死亡为何物——对他来说，即使被深埋于地下，也能透过黑暗看天堂，透过寂静听尘世。就算在坟墓中，他也能看到日出日落、诸神轮转、月缺月圆和苍穹中永恒的光芒。

图特神将这本宝书放置在一个金匣之中，金匣又放入一个银匣中，银匣又放入一个象牙黑檀匣中，象牙黑檀匣又放入一个棕榈木匣中，棕榈木匣又放入一个铜匣中，铜匣又放入一个铁匣之中。然后将它深埋于一条流经科普托斯省的埃及大河的河床之下，并让不老不死的河妖盘绕在匣子周围守护，以防魔法师们的侵扰。

且说，法老麦伦普塔赫[4]（愿赐予法老永远的生命与健康！）有一个名叫诺佛克普塔的王子。在所有魔法师中，诺佛克普塔是第一个用诡计发现那本天下奇书的隐藏之处的

4　麦伦普塔赫，古埃及第十九王朝的第四任法老，公元前1213年至公元前1203年在位。

人，他决心将其找到而后占为己有。他用丰厚酬劳雇了最聪明的老祭司为其指路，并从父亲那里借来一艘粮草充足、水手强壮的圣船。一切准备就绪，诺佛克普塔登上圣船，向着藏宝之地科普托斯出发。经过多日航行，他们到了科普托斯。诺佛克普塔咏唱魔咒，幻化出一艘魔法小船和一队具有魔力的水手，开始了艰难的寻宝之旅。他们建造水坝、截断大河，成功找到了宝匣。之后，诺佛克普塔用魔法战胜了守护宝匣的不老不死的巨蛇，终于如愿以偿地拿到了魔法书。在念出第一道魔咒之后，诺佛克普塔当真成了仅次于神明的人。

但这件事触怒了神明。他们让既是诺佛克普塔的妹妹又是其妻子（按照古埃及风俗，诺佛克普塔娶自己的妹妹为妻）的阿奥瑞落入了尼罗河，他们的儿子也一同落水。虽然诺佛克普塔迫使大河将两人还了回来，并借助魔法书的力量以匪夷所思的方式维持着妻儿的生命，但两人已经不能生存在人世间了。无奈之下，诺佛克普塔将他们葬在了科普托斯的墓地里。遭遇了如此悲惨的事情，加之害怕独自回去面见父王，于是他将魔法书系于胸前，自沉于尼罗河。这样一来，诺佛克普塔与他的妻儿一样，靠着魔法书的神奇力量，以一种难以置信的方式维持着与之前不同的生存状态。他的家人们认定他已经是冥界之人，于是将他的遗体带回了底比斯，与祖先们葬在了一起，陪他下葬的还有那本魔法书。

但是，借助魔法书的力量，诺佛克普塔在黑暗的墓穴中继续生存着。他能够透过黑暗看到日出日落、月缺月圆、诸神轮转和夜空中闪烁的繁星。同样借助魔法书的力量，诺佛克普塔将埋葬在科普托斯的阿奥瑞的灵魂召唤到自己身旁，一同住在有亮光的墓室里。就这样，诺佛克普塔在妻子阿奥瑞和儿子米孔索的灵魂的陪伴下，过起了冥界的幸福生活。

光阴荏苒，日月如梭。麦伦普塔赫法老之后又过去了四代，现在的法老成了拉美西斯三世[5]。法老有两个儿子——长子塞特尼，次子阿那特莱劳。兄弟俩在埃及国内都是首屈一指的学者。像塞特尼这样的聪明学者，即使在整个埃及也可以说是绝无仅有。宗教经典自不必说，他还能阅读理解护身符上的祷文、墓室中的铭文、石柱上的刻字以及被称为"生命之双宫"的神职书库里的典籍，他甚至熟悉所有魔法口诀的符号，通晓能驱使幽灵的咒语。因此，塞特尼在埃及所有魔法师中无出其右。

话说塞特尼从一位老祭司那里听说了诺佛克普塔和图特魔法书的故事，便决心获取此书。但老祭司劝诫他说："万万不可从诺佛克普塔那里强取此书，否则他一定会对你施加魔法，让你最终不得不将书还给他。虽然他已埋葬于地下，但不可小看他，否则你会后悔不迭呀。"但塞特尼心意已决，无论如何也要找到墓穴，将魔法书取出来。他向父王提出请求并获得恩准，于是塞特尼带上弟弟，向着底比斯墓地出发了。

5　拉美西斯三世，古埃及第二十王朝第二位法老，公元前 1186 年至公元前 1155 年在位。

为了找寻诺佛克普塔的坟墓，兄弟俩在埋葬着无数死者的墓地里折腾了三天三夜。他们穿过数里长的墓道，下到数百个墓室中，在摇曳的火把照耀下解读数不清的铭文，累得筋疲力尽。但功夫不负有心人，终于，他们找到了诺佛克普塔的安息之所。刚进墓室，他们便感到一阵目眩，因为墓室里亮如白昼。诺佛克普塔就躺在那里，妻子阿奥瑞躺在其身旁，魔法书就在两人之间散发着璀璨的光芒，照亮了周围。塞特尼一踏进墓室，阿奥瑞的灵魂便逆光站立起来，问道："来者何人？"

　　于是塞特尼回答道："我是塞特尼王子，法老拉美西斯三世的儿子，我来取图特的魔法书。它就在你和诺佛克普塔中间，如果你们不愿给我，我就将它强行夺走！"

　　女幽灵听后回应道："呵！还真是蛮不讲理啊！就为了这本书，我们失去了人间的生活和幸福，那可是我们出生时就被赋予的权利。墓室里这种奇怪的岁月与埃及的人间生活根本没法比。这本书对你有何用！你还是听听，因为这本书而降临在我们身上的不幸吧。"

　　但是，在听了阿奥瑞的话后，心硬如铁的塞特尼丝毫不为所动，只是重复道："如果你们不给我，我就强行夺走它！"

　　就在此时，诺佛克普塔从墓室中站了起来，笑道："塞特尼，如果你是一位真正的饱学之士，那就用你的才学从我这里赢得此书！如果你够勇敢，那就与我一决雌雄——

五十二点决出胜负，胜者拥有此书，如何？"这时，墓室中间出现了一个棋盘。

塞特尼当即与诺佛克普塔下起了棋，诺佛克普塔之妻阿奥瑞的灵魂和她那大眼睛的儿子米孔索的灵魂一直在观察棋局。母子二人紧盯着塞特尼，再加上诺佛克普塔的一双眼睛，使得塞特尼的内心受到微妙的干扰，他感到头晕目眩、思维混乱，第一局就这样输了。诺佛克普塔哈哈大笑，念了一句咒语，随后将棋盘放在塞特尼的头顶，塞特尼扑通一下就跪在了墓室的地板上。

他们又下了一局，结果一样。诺佛克普塔念了另一句咒语，又把棋盘放在塞特尼的头顶，塞特尼一下子坐到了地上。

他们继续下了第三局，结果依旧一样。诺佛克普塔又念起第三句咒语，将棋盘放在塞特尼的头顶，这一次塞特尼直接趴在了地上。

此时，塞特尼对弟弟大喊："拿护身符来！"弟弟迅即取来护身符，把它放在塞特尼的头上，护身符的法力将哥哥塞特尼从诺佛克普塔手里解救了出来。可是，就在哥哥被救出的那一瞬间，弟弟却倒在了墓室里，眼看着气绝身亡。

塞特尼劈手夺过魔法书，奔出墓室，跑进墓道。魔法书照亮了他前进的道路，却把无尽的黑暗留在了身后。阿奥瑞从黑暗中追了出来，大放悲声："啊呀，可悲！可恨！支撑生命的光被夺走，可怕的'空虚'降临到我们头上，毁灭之神进了墓室！"诺佛克普塔叫住了妻子，劝她不要哭泣，并对她说："书被夺走虽然可惜，但也不必如此悲伤。等着瞧吧！我会让塞特尼自己把它还回来的，而且要他手拿叉子、棍子，头顶火盆来还书。"

法老闻听此事深感震惊，对自己的儿子说道："瞧瞧你！塞特尼，你的愚蠢行为已经害死了弟弟，你要注意了，不要让你自己也遭受毁灭！即便是死去的诺佛克普塔，你们也不是他的对手，他毕竟是了不起的魔法师。赶紧把书送回去，免得大家都遭殃！"

但塞特尼回答道："啊！父王，我从未将自己委身于肉欲，也没有施恶于生灵。凭什么让我败在一个死人手里！那些被魔法击败的家伙都是些愚昧的学士——他们根本不懂得抑制自己的激情，哼，都是些愚笨的家伙！"

于是，不听劝告的塞特尼依然保留着那本书。

几天之后，塞特尼正站在卜塔[6]神庙的前院里，突然间，一位美女从他的身旁走过。塞特尼只看了她一眼，便仿佛丢掉了魂魄，周围的一切如梦似幻。在美女祈祷时，塞特尼偷听到她的名字叫托特博伊，是某位预言家的女儿。于是，塞特尼派出信使到她跟前，向她传话："我家主人是这样说的：'本人是塞特尼王子，法老拉美西斯三世之子。我实在是太

6　卜塔，古埃及孟斐斯地区信仰的造物神。

爱你，内心被爱意折磨得都要死了。如果你如我所愿也爱着我，你将得到王侯的馈赠。否则的话，你要知道，我有能力将你活埋进墓地，没有人能再见到你。'"

托特博伊听了这些话，既没有吃惊也没有愤怒害怕，只是眨着又黑又亮的大眼睛笑了笑，回答道："请转告您的主人，塞特尼王子，法老之子，请他屈驾光临我在布巴斯提斯城的家，我现在就要回到那里。"说完便带着一群侍女离开了。

于是塞特尼火速赶往位于河边的布巴斯提斯城，找到预言家女儿托特博伊的家。托特博伊家的房子在全城首屈一指：房舍高大，门廊宽敞，四周是被白墙围绕的花园，真是一座皇皇大宅。塞特尼跟随托特博伊的侍女进到屋里，通过旋转楼梯来到了楼上的房间。房间里面摆放着用乌木和象牙制成的大床，还有其他珍贵的豪华家具，炉里焚着香，香柏桌上摆着金杯，青金石贴面的墙壁呈琉璃色，散发出奇异而令人舒适的光。不一会儿，托特博伊出现在门口，她穿一件白色纹理的长袍，就像法老宫殿壁画上舞女穿的华衣。托特博伊逆光站立，塞特尼能看到她衣内柔软的四肢和苗条的身材。一时间，他的心脏似乎停止了跳动，连话都说不出来。托特博伊给他端上葡萄酒，接受了他带来的礼物，并允许他亲吻自己。

这时托特博伊开口了："我的爱情是绝不可能用礼物来换取的。既然你有如此急切的心愿，就请允许我向你提一个要求：如果你要我爱你，就用法律文书将你的所有财产让渡于我，你的黄金和你的白银，你的土地和房产，你的物品和所有属于你的东西。这样的话，我所居住的这栋房子就可以为你所有。"

塞特尼凝视着托特博伊细长的黑宝石般的大眼睛，忘记了属于他的所有财富。他把书记员叫来，用一纸文书将所有财产统统给了托特博伊。

然后托特博伊继续说："说到你的心愿，请允许我向你再提一个要求：如果你想得到我的爱，那就将你的孩子们作为奴隶让渡于我，以免将来他们与我争夺那原本属于你的财产。这样，我现在居住的房子就可以为你所有。"

塞特尼盯着她迷人的胸部，那曲线宛如象牙雕刻，浑圆恰似鸵鸟蛋，可爱的孩子们被他统统抛到了脑后。一纸文书即刻写就。此时，一个仆人走过来说道："年轻的主人，您的孩子们正在楼下等着呢。"塞特尼只是吩咐道："让他们上来！"

这时托特博伊再次开口："说到你的心愿，请允许我再提一个要求：如果你想拥有我的爱，那就将你的孩子们处死，以免将来他们觊觎你让渡给我的财产。这样，我现在居住的房子就可以为你所有。"

此时的塞特尼就像被施了魔法，已经完全被她曼妙的身姿、棕榈树般优雅的风度和象牙般的美貌迷惑，甚至忘了自己的父亲身份，只是答道："那就按你说的办吧。如果我是天堂的主宰，我会把天堂也给你，只为换取你的一个吻。"

于是托特博伊当着塞特尼的面让人杀死他的孩子们，塞特尼根本无意相救。托特博伊命令仆人们将孩子们的尸体扔出窗外，窗下有猫和狗在等着。塞特尼没有出手制止，依然无动于衷。他和托特博伊喝着葡萄酒，甚至能听到楼下动物争食孩子尸体的咆哮声。塞特尼只是一味对着托特博伊反复倾诉："给我你的爱，为了你的爱，我在承受地狱般的煎熬！"托特博伊站起来走进另一个房间，转身伸出她美丽的手臂，用她难以言状、充满魔力的眼神将塞特尼勾了过去。

塞特尼紧紧拥抱着托特博伊，正欲亲吻时，天哪！托特博伊鲜红的嘴唇突然张开，变成一个又大又深的黑洞，而且在不断变大，变深，变黑。暗如墓穴，如冥府般漫无边际。塞特尼只看到眼前出现了一个巨大的深渊，突然间深渊底部刮起一阵狂风，他如同一片落叶被吸了进去，急速旋转，顿时失去了意识。

再次醒来时，塞特尼发现自己裸身躺在一个坟墓的入口处。巨大的恐慌和绝望向他袭来，他挣扎着意欲了结自己。法老的仆人们发现了他，把他安全带到父王身边。随后，法老从儿子那里听说了这个人世间不可思议的故事。

于是国王说道："塞特尼呀，作为魔法师，死去的诺佛克普塔比活着的你都要强大！但不管怎么说，你的孩子们都活得好好的，他们在我的照看之下都平安无事。你是被那个女人的色相迷惑并在心里犯下了那些恶行。那个你迷恋的女人只不过是诺佛克普塔用魔法制造出来的幻影，利用你流露出的爱慕之心废掉了你的魔力。现在，赶紧把书还给诺佛克普塔。否则，我们全家将和你一起遭受灭顶之灾。"

于是，塞特尼带上图特的魔法书，手里拿着一只叉子和一根棍子，头顶火盆，来到了底比斯墓地，走进了诺佛克普塔的墓穴。阿奥瑞高兴地拍着手，笑看光明重回墓室。

"看看，我之前不是跟你说过嘛！"诺佛克普塔笑道。

"是的！"阿奥瑞回应着，然后又对塞特尼说，"塞特尼呀，你是被迷惑了。"

塞特尼虔诚地跪拜在诺佛克普塔面前，请求指教赎罪之道。

"塞特尼呀！"诺佛克普塔说道，"我的妻儿实际上埋葬在科普托斯，你现在看到的只不过是他们的幻象和灵魂，是借助魔法和我生活在一起的。因此，我想让你辛苦一下，去科普托斯找到他们的安息之所，将他们的躯体和我埋葬在一起，这样我们全家就重新团圆了。做完这件事，你的那些罪孽也就销了。"

塞特尼即刻前往科普托斯，在当地找了一位老祭司，老祭司指明了阿奥瑞的墓地位置并念念有词："这是我父亲的父亲从我父亲的父亲的父亲那里得知的，然后告诉了我的父亲。"于是，塞特尼找到了诺佛克普塔妻儿的遗体并交还给他。之后，法老下令将诺佛克普塔的坟墓永久封存，以后就再也没有人知道诺佛克普塔的安息之处了。

阿依达

AIDA

二

在地下永远的黑暗中，恋人们将爱与死亡连接在一起

南边战争迫近的报告向拥有百座城门、城墙雄伟高耸的大都城底比斯传来。黑人国埃塞俄比亚发生叛乱，为了将君主阿蒙纳斯洛的女儿、美姬阿依达从奴役中解救出来，"插翅之影"的军队攻入了法老的王国。阿依达目前是埃及法老之女阿慕奈丽斯的奴隶。妖艳夺目的阿慕奈丽斯公主在埃及众多将军中相中了有可能成为主帅的拉达梅斯。但拉达梅斯却对奴隶侍女阿依达一见钟情，暗中把她作为自己的意中人。

拉达梅斯在王宫庭院里踱来踱去，一边暗恋着阿依达，一边又对权势恋恋不舍。荣华富贵之梦如同矗立在神苑中的欧西里斯[7]的高大神像，是他梦寐以求的事情。于是，希望与

---

7 欧西里斯，古埃及神话中的冥神。

- 013 -   STRAY LEAVES

不安就似变幻不定的沙漠之风和海风，吹得埃及姜果棕的树梢朝空中胡乱摇摆，他的心也因此摇摆不定。他不禁幻想，如果自己能够坐在法老宝座的右边，身着荣誉衣冠，手戴权力指环，一人之下万人之上，位极人臣何等荣耀！那时，他就可以让阿依达分享他的荣耀时刻，额戴金环，衣锦还乡。拉达梅斯正想着这些梦幻般的美妙之事，那边走来了嗓音粗大的祭司朗费斯，他手里拿着来自"插翅之影"领地的战报，战争的雷霆已经越过了埃塞俄比亚河。祭司请示了面纱女神伊希斯——据说见过她恐怖真容的人会即刻死掉——询问选定哪位将军统率大军征战。"真是个好差事啊！要是能选中我就好了。"拉达梅斯喊道。但祭司并未透漏实情，径直穿过石柱林立的走廊，走到外面去了。

　　阿慕奈丽斯公主对拉达梅斯喃喃细语，倾诉衷肠，而拉达梅斯只是嘴上敷衍，心里冷冰冰的。凭着埃及少女一颗敏感的心，阿慕奈丽斯即刻察觉到了那致命的秘密。于是，她对自己的女奴恨之入骨。

　　祭司们召集全国民众，并亲自宣布女神的指令。拉达梅斯被任命为埃及大军统帅，征讨黑人军队。欢呼声响彻云霄。此时，阿依达的心情十分复杂，害怕得不断哭泣，因为自己的恋人要统率尼罗河的军队征讨自己所爱的父亲。出征前，拉达梅斯被传唤到神秘的卜塔神殿的大厅，穿过神灯照亮的一排排石柱，到达殿堂深处。那里，身披亚麻斗篷的祭司们跳着古老的拜神之舞，并排而立的武士们身披甲胄，拉达梅斯也身佩宝剑，一同为"永恒的火之灵"献上颂歌，歌声一直回荡在似乎没有尽头的神殿深处。

仪式结束。

法老诏令，大战开始。都城底比斯一百座城门同时打开，大军蜂拥而出，宛如云霞一般。战车的声音轰隆隆如同地震，数不清的青铜矛刃好似玉米穗。埃及张开了它的大嘴，似乎要一口吞掉敌人。

烦闷之中的阿依达透露了自己的恋情，却遭到阿慕奈丽斯公主的欺骗，骗她说拉达梅斯——她的意中人已经战死沙场。法老的女儿性情可怕，嫉妒心强。

就像明月围绕地球旋转，星星在埃及少雨的天空运行，一群娇美的舞女正在法老面前快乐地跳舞。她们全身赤裸，只有一条宝石带子挂在腰间，舞姿轻佻妖艳，如同蛇精附体般扭动着柔软的四肢，伴随着乐师们用奇特的竖琴弹奏出的音乐翩翩起舞，曼妙的身体曲线呈现在眼前。大地突然再次震颤，像大潮扑向岸边，似远方隐隐的雷声，又像海啸发出的吼叫。埃及大军凯旋，战车通过百座城门入城，发出轰鸣声。难以计数的士兵在王宫的花岗岩祭坛前以纵队整齐排列。拉达梅斯满载着凯旋的荣誉入场。法老从王座上走下来，拥抱拉达梅斯。

"拉达梅斯哟，告诉我你想要什么？即便是我的国家的一半领土都可以。"

拉达梅斯对法老说，他的愿望就是释放这些俘虏，饶了他们的命。埃塞俄比亚君主阿蒙纳斯洛也混在俘虏中间。阿依达看到了父亲的身影，巨大的恐惧让她浑身颤抖。不过，除了她，没人注意到她的父亲，因为阿蒙纳斯洛打扮成了一名士兵的样子。知晓此事的人，只有阿依达和拉达梅斯。祭司们大叫着要求血祭，但法老既然发了誓，就不能随便违背誓言。俘虏们被释放，获得了自由身。而拉达梅斯必须与法老唯一的女儿、高挑美丽的阿慕奈丽斯成婚。

夜幕降临埃及。嗓音粗大的祭司与高挑的阿慕奈丽斯必须前往孟菲斯，因为今晚是公主结婚的前夜。她需要向那个戴面纱的神秘的爱之母祈祷，感谢神赐予这段美满姻缘。神殿里，御灯点燃，三足铜香炉里飘出缕缕香烟，庄严的赞歌响起，缭绕在排列着巨大石柱的后殿。神殿外面，阿依达在星空下蹑手蹑脚地走过来，似幽灵一般，她要去与自己的恋人会面。

出来见她的不是恋人，而是她父亲。"阿依达呀，"父亲声音粗大温柔，低声说道，"法老女儿是生是死，可都在你手上。拉达梅斯爱的是你。怎么样，你，还想看到自己的祖国吧？还想闻到祖国森林的香气吧？还想遥望故乡的山谷，仰望金色殿堂，献上对先祖神灵的祈祷吧？如果你还这样想，那就探听出埃及军队要从哪条道进兵，你只要了解到这一点就行。我们的人民已经拿起武器站起来了。拉达梅斯爱着你，他会告诉你所有事。哎，怎么了？为什么含含糊糊，犹豫不决？难道你想拒绝？如果你决绝！那些为救出你而战死的灵魂们，会从地狱里面冒出来诅咒你！如果你决绝！你母亲的亡灵也会从坟墓中出来诅咒你！如果你决绝！我，你的父亲，必将不认你这个女儿，并且祈求神明使我的永世诅咒降临在你头上。"

拉达梅斯出现了。阿蒙纳斯洛躲到了棕榈树荫里，支起耳朵仔细听。拉达梅斯向阿依达出卖了自己的国家。"拯救你自己！和我一起逃走吧！"她对恋人耳语道，"离开你的神，我们一起在我的国家的神庙里祭拜。沙漠将是我们婚礼的卧榻！沉默的群星是我们爱情的见证。愿我的黑发如帐篷般遮盖着你，我的目光支持着你，我的吻安慰着你。"她紧紧拥抱着拉达梅斯。闻着她嘴唇的芳香，感受着她心脏的跳动，拉达梅斯忘记了国家、荣誉、信仰和名望，说出了那个致命的词。那帕塔[8]！阿蒙纳斯洛在棕榈树荫中胜利似的呼喊着这个词！随之而来的是铜刃的碰撞声，拉达梅斯被祭司和士兵抓住了，阿蒙纳斯洛和他的女儿在夜色的掩护下逃走了。

阿慕奈丽斯公主向声音粗大的祭司求情，但一切努力都是徒劳。祭司朗费斯宣称，拉达梅斯肯定要被处死。祭司们对拉达梅斯说，如果他对那可怕的指控有异议，可以进行抗

8　那帕塔，古代努比亚的一个城邦，位于今苏丹境内。

辩。但拉达梅斯坚持闭口不谈。因此，很自然地，拉达梅斯以叛国罪被判处死刑。他将被活埋于神殿地基之下，埋在花岗岩神像的脚下。

就这样，拉达梅斯在神像之下的墓准备好了，是在堆积如山的花岗石块中凿出的墓穴。在墓穴上方，长着玄武岩胡子的各种容貌怪异的神像已经坐了一千年。它们的石眼看着那斗转星移，一代代人在它们脚下顶礼膜拜。自从它们第一次坐在山岩的神位上，巨人般的大手安放在膝盖上起，经历了多少山河巨变，多少王朝兴衰。直到现在，这些大神们仍然以不变的姿态俯视着埃及大地，始终眺望着远处昏暗的棕榈谷。它们的意志，就像将它们雕刻成像的岩石一样坚定，而它们的脸上看不出慈悲与怜悯，神的容貌原本也应该如此。

祭司们将墓穴封闭，齐声唱响庄严的圣歌。拉达梅斯这才发现，阿依达就站在他旁边。阿依达决心与拉达梅斯手挽手一起赴死，悄悄潜入这黑暗的墓穴。

祭司们的脚步声和歌声已然消失。墓穴上方，大神们的脚边传来女人的哭泣声。那是阿慕奈丽斯公主在哭泣。在地下永远的黑暗中，恋人们将爱与死亡连接在一起。永远冷酷无情的欧西里斯大神，用它不会流泪的石眼凝视着无垠的夜空。

泉之少女

THE FOUNTAIN MAIDEN

三

只见她将阿基搂在胸前，一边轻轻歌唱，
一边亲吻他，轻抚他苍老的脸

这里的人们只在去往另一个世界时才会穿上衣服，这里的青春之美宛如玛瑙闪亮，这里的群山也因夏日恒久而不愿系上一丝白云。这是南太平洋上流传的故事。

强大的奥马塔伊阿奴库！

高而黑的阿巴巴！

高大的奥图图！

为我们将道路遮暗！

像棕榈树一样耸立在前面！

在睡眠者之上摇摆如梦！

让睡眠者睡得香甜！

睡吧，门槛边的蟋蟀！

睡吧，永不停歇的蚂蚁！

睡吧，夜里闪光的甲虫！

风啊，停止你的低吟！

草啊，暂停你的窸窣！

棕榈叶啊，停下你的婆娑！

河边的苇啊，暂停你的摇曳！

蓝色的河流啊，请停止你对两岸的絮聒！

睡吧！家里的屋梁，大小柱子，椽与桁，茅草屋檐
与苇编的顶，竹格子的窗，吱呀作响的门户和微微燃烧
的檀香——所有的一切，都睡去吧！

啊，奥马塔伊阿奴库！

高大的奥图图！

为我们将道路遮暗！

像棕榈树一样耸立在前面！

在睡眠者之上摇摆如梦！

让睡眠者睡得香甜！

让风睡得更香！

让水睡得更香

让夜晚更暗！

用气息把月亮蒙上！

让星光暗淡！

奥马塔衣阿奴库！

奥图图劳拉！

以奥巴巴劳劳啦的名义！

睡吧！

睡！

　　就这样月复一月，每当新月升起，人们就会听到这魔咒一般的盗贼之歌——第一夜，歌声低沉如风过椰林，但接下来的每一夜歌声会越来越响，渐成清亮的美声。直到月满之夜，银盘将月光倾泻，在高大的棕榈树周围形成一银光片，魔咒之歌才会消散。要问为什么，应该是满月的力量超越了魔咒之歌，而且拉罗汤加岛[9]上的人们月满之夜彻夜不眠。但在其他月亏之夜，那些来无影去无踪的盗贼们会轻松躲过人们精心设置的陷阱，悄然盗走许多椰子、芋头、红薯和香蕉。即便是那些人手根本无法触及的高大树冠上的椰子也被巧妙地摘走了，目睹此景的人们十分惊恐。

　　一天晚上，酋长阿基来到巴伊皮基泉边，泉水从地下深

9　拉罗汤加岛，太平洋中南部库克群岛中最大的岛屿。

处喷涌而出，微弱的月光照射进泉水里。突然，一对男女从涌泉中冒了出来，两人像鱼一样一丝不挂，全身赤裸，白如月，美如梦。两人开始唱歌，听到歌声，阿基立马躲到了露兜树 [10] 叶后面，捂上了耳朵。他们唱的是魔女之歌——

哎——齐伊啦，奥马塔伊阿奴库！

哎——齐伊啦，奥图图劳劳啊！

……

很快，伴随着歌声，风停了，浪静了，棕榈叶不再点头，蟋蟀也停止了歌唱。

目睹这一切，阿基打定主意要捕捉这一男一女。一张大渔网在泉水底部铺张开来，静等两人归来。夜色渐浓，四周一片寂静。火山喷出的浓烟底部被染成血色，如同巨怪的羽毛悬于天空，一动不动。渐渐地，海风的气息轻轻吹拂茂密的棕榈林，如同魔鬼窃窃私语。一只蟋蟀唧唧唧，千万只虫儿齐声歌唱来回应。新月弯弯似牛角，映入广阔的海面，发出惨白的光。终于，东方隐隐透亮，渐成鱼肚白。魔咒已破，黎明到来。

就在此时，阿基看到两个"白人"回来了，他们手拿水果、

10 露兜树，一种常绿分枝灌木或小乔木。

坚果和香草。猛然间，阿基从藏身的树丛中跳了出来，扑向他们。两人手里的水果噼里啪啦撒了一地，然后像鱼一样猛然跃入泉水中。但是，他们跑不了，被网住了！

阿基呼哧呼哧地把渔网拖向泉水岸边，酋长身体强壮，渔网很快被拽了上来。但就在渔网翻转的一瞬间，那个男人突然从网口跳了出去，一下跃入水中，如鲑鱼般一闪一闪地消失在深不可测的泉眼之下。阿基只捉到了女孩。女孩在网中拼命地挣扎，但不管怎么折腾都没有用。网中挣扎的女孩像渔夫手中捕获的鱼，发出乳白色的光。任凭她在网中怎样哭泣和恳求，终是徒劳。为防止女孩滑脱跑掉，阿基用大块珊瑚石堵在了泉眼上。阿基被女孩那世上少见的美丽吸引，两眼直盯着看，最后情不自禁地亲吻了她并安慰她。女孩渐渐停止了哭泣。她的眼睛又大又黑，像极了繁星闪烁的热带夜空。

就这样，阿基爱上了这个女孩，爱她胜过自己的生命。部落的人们惊异于她不可思议的美，那是因为她行走时身后光闪闪，在河中游泳时身后尾波亮晶晶，宛如明月映水中——月光摇曳，向两边荡漾。如果仔细观察就会发现，女孩身上亮闪闪的美与月亮的圆缺正好相反，时强时弱。新月初升时身体最白亮，而当月圆之时身体几乎不发光。而且每当新月升起，女孩总要无声哭泣。阿基教她用当地土语倾吐爱意——当地土语元音颇多，求爱之声如同夜莺歌唱。但终归无济于事，女孩新月之时还是会哭泣。

转眼许多年过去了，阿基变老了，但让人感到惊讶的是，岁月在女孩身上好像没有留下什么痕迹。她似乎属于不老不死不可思议的族类，时光流逝却容貌依旧。如果留心观察就会发现，近来女孩的眼神愈发深沉，愈发美丽——异乎寻常的甜美。阿基明白，他在这个年龄上要当父亲了！

女孩此时却向阿基哭诉："怎么办哪！我本来就不属于你们这个族类，终究是要离开的。如果你爱我，就请割舍我的身体，帮助我们的孩子。因为一旦让孩子吸吮我的乳汁，我就得留在这个不属于我的世界，再待上十年，那对我来说是悲惨的事情。我即使外表看上去死去了，但身体依然活着。而且不管用斧头还是长矛，我的身体是无法被伤害的，就像水不会受伤一样。因为我本身就是水与光，诞生于月光和风。无论如何，我不能为您的孩子哺乳。"

阿基听了非常害怕，担心既失去妻子又失去孩子。于是想尽办法，终于说服女人留了下来。两人的孩子像闪亮的星星般美丽夺目，此后十年，母亲对这个漂亮的孩子悉心照料。

岁月如流水，很快十年过去了。女人吻了阿基，说道："虽然不舍，但我必须走了，要不然我会彻底死去。请你搬开泉眼上的那块珊瑚石。"她再次吻了阿基，言说还要回来，阿基只好答应她的请求。女人也曾想带阿基一起走，但阿基乃一介肉身凡夫，无法同行。于是，她像一束光猛然消失在了泉水深处。

　　孩子越长越高，越长越漂亮，但肤色又不完全像其母亲，皮肤白皙的样子倒像是彼岸过来的陌生人。他的眼睛里有着异样的光，新月之夜最亮，然后随着月亮越来越圆而日渐暗淡。

　　一天夜里，突然间风暴骤起，椰树如芦苇般弯下了腰。一个奇怪的声音从风中传来，像喊又像叫。天亮后，肤色白皙的年轻人不见了，从此以后，人们就再也没有见过他的身影。

　　阿基活过了一百岁，天天守在泉水边，盼望着妻儿的归来，直到头发白得如同夏日天边的云朵。人们好不容易将他从泉边抬回屋里，放在铺满露兜树叶的床上。女人们都来了，一边担心着他是否就要咽气，一边悉心看护。

　　那是一个新月之夜，弯弯的月亮刚刚升起。突然间，不知从哪儿传来一阵幽幽的歌声，歌声低沉甜美。即使过去了五十年，这歌声依然停留在人们的记忆中，那是一首老歌。随着歌声越来越甜，新月渐渐升高，蟋蟀停止了鸣叫，椰树叶子不再随风起舞。看护阿基的人们感受到了一种莫名的沉重，大睁着双眼却无法动弹，更说不出话。就在此时，人们同时看到了一个白得像月光、轻盈如鱼儿的女人从他们中间滑了过去。只见她将阿基搂在胸前，一边轻轻歌唱，一边亲吻他，轻抚他苍老的脸。

　　太阳升起来，看护的女人们醒过来。大家看到阿基似乎安静地睡着了，轻轻呼唤，没有回应，继而摇晃，没有动静。
阿基，永远睡着了……

鸟妻

THE BIRD WIFE

飞吧！你们是鸟之族，你们是风之子呀

那里的月亮就像被施了魔法的人类，经历生生死死多少次的轮回，几度老去又几度青春。而太阳却在阴暗的薄雾中转圈，一副永不落下的模样。即使太阳最终落山，天空也依然是亮的，那是因为太阳的余晖染红了冰山之上的天空，在连续数月的黑暗日子之后，太阳将再度升起。

除了黑色的海和雾，那个世界一片洁白。大海与陆地苍茫一片，大海在哪里结束，陆地从哪里开始，难以区分。的确如此，地球上的这一块地方似乎已被神灵们忘却，有始无终，是没有被完成的工作。冰山在海水中一会儿变大，一会儿变小，庞大的身躯一会儿向北，一会儿向南不断漂移，随时变幻出千奇百怪的形态。时而变长、时而变宽的冰面上经常出现许多张脸，有时还会出现远古时期就已消亡了的动物的样子。月圆之时，怒涛轰鸣声中，数不清的以死鱼为食的野狗一起咆哮。听到叫声的大熊们聚集在冰川最高处，将大块尖尖的白色岩石推下山，砸向野狗们。其中，有一座山在红光中拔地而起，耸立云霄，它在混沌初开的远古时期曾是一座熊熊燃烧、喷出地狱之火的火山口。到了夏天，火山周围的地面上可以看到一堆堆巨大的白骨。而到了冬天，这里除了冰的呻吟、风的怒吼和浮冰的磨牙声，只有一片死寂。

即使在这样偏僻的地方，现在也有了人类的存在。他们住在雪屋里，用海洋生物的油脂照明。一部分野狗被驯服，听从于人类。但有许多怪物让住在这里的人类害怕：被称为"哈夫斯特拉姆"的怪物，长着无臂男人的样子，浑身发绿，颜色如同古老的冰；形体像女人，在人类雪屋坐落的冰面下大叫的怪物"玛伽基"；还有尖牙似冰凌的熊怪；在黑水下拖拽人类皮划子的冰山精灵"卡亚利撒"；然后是那些收集象牙的幽灵，在薄如鱼鳞的冰面上驱赶着看上去像烟雾而又悄无声息的妖怪队伍；还有那等待夜间迷路的人们经过，利用妖力见谁杀谁，咧嘴大笑的白色妖怪；另外，还有不能追赶的白眼鹿；等等。这些怪物都让此地居民惧怕得瑟瑟发抖。除此之外，这里还住着拥有魔法，能够创造出"图皮莱克"的巫师——伊利赛特苏人。

再没有什么能比图皮莱克更可怕了，再没有什么能比图皮莱克更难以形容了。

这里到处埋着骨头，有些是海洋怪物的，有些是陆地怪物的，还有人类出现前亿万年就已灭绝的古生物的骨头。这些骨头成山成岛，遍地都是。遥远的南方国家的大商人时常派出他们的象牙收集人，坐着雪橇，赶着成群的狗，冒着生命危险来此掘取那些因埋藏不深而露出地面或冰面的极好的象牙。而伊利赛特苏人则收集起最大的骨头，将许多海洋和陆地生物的心脏、脑子等一起包在一张硕大的鲸鱼皮里，然后对其念起咒语。眼看着，这一堆庞然大物开始颤抖、吼叫并成形为一只巨怪，体型之大超过神灵创造的任何生物。它有很多只脚用于行走，有许多只眼用于观察四周，有数不清的牙齿嘎吱嘎吱大嚼。它只听从于它的创造者——伊利赛特苏人，这就是图皮莱克。

这块土地上的一切总在变换形态。就像浮冰不断变化出千奇百怪的形状，沙地边缘变幻不定，又像骨头变成泥土，泥土似乎又生成为骨头，所有的一切都在做形态变换。因此，兽类能够以人类的形态出现，鸟类同样也能幻化成人形。究其原因，是这块土地上的万物皆具魔性。

话说有一天，某位象牙收集人突然发现一群海鸥变成了女人。于是他把自己包裹在白色毛皮里，小心翼翼地在雪地中匍匐前进。当突然出现在她们中间时，象牙收集人用他强壮的手臂一下捉住了靠他最近的那一位。其他女人立刻还原为海鸥，向南飞去，发出凄厉而悠长的叫声。

这是一位身材如新月般苗条的年轻女孩，皮肤白皙似月亮，眼睛像海鸥那样黑亮而淡定。象牙采集人看她并未挣扎，只是一味抽抽搭搭哭泣，因而心生怜悯，将她带回自己温暖的小雪屋，给她穿上柔软的毛皮，食用大鱼的心脏。怜悯很快转化成了爱，于是女孩成了象牙采集人的妻子。

就这样，他们一起生活了两年。象牙收集人撒网射箭，手法熟练，有足够的鱼和肉供女孩食用。但在外出时，为防止女孩变回海鸥，振翅飞走，象牙采集人总要用心拴牢屋门。但在女孩为她生了两个孩子之后，象牙采集人的这份戒心如旧梦般逐渐消退了。于是，女孩开始时常跟他外出狩猎，已能熟练拉弓射箭。但她总是谆谆嘱咐男人不要射杀海鸥。

就这样，夫妻二人共同生活，相亲相爱，两个孩子逐渐长大，健壮而聪颖。

这一天，夫妻二人像往常一样一起狩猎，很多鸟被射杀掉落下来。目睹这一切，女人突然对她的孩子们喊道："你们两个，快拿些羽毛过来！"孩子们手拿羽毛跑了过来，她将羽毛放在孩子们的胳膊上和自己肩上，然后大喊一声："飞吧！你们是鸟之族，你们是风之子呀！"

跑起的一瞬间，他们的衣服哗啦一下脱落了，母亲和两个孩子转眼变成了海鸥，在冰原上空凛冽的空气里迎着蓝天飞起，盘旋，盘旋，越飞越高。在哭泣的父亲上方盘桓三周，又在闪光的冰山之巅鸣叫三次之后，他们突然转向遥远的南方，永远飞走了。

国王的囚犯

THE KING'S PRISONER

五

准备好为我的爱而死吧

上百英尺高的科林斯式大理石圆柱，从下到上都经过了精细打磨，饰以庄重的叶状柱头，在蔚为壮观的景色里一排排屹然而立。哈德良皇帝时代的古老嵌木工艺；完整描述着向阿芙罗狄忒[11]女神献祭场景的庞贝风格壁画；高举着不可思议的枝状烛台的青铜裸像；美丽奇异的赤土陶器；用彭特利库斯山[12]最好的大理石精雕细刻而成的奇迹般的各色艺术品；宫殿里面，三足大香炉飘出弥漫四周的芳香，如苏莱曼之歌那样令人陶醉；成排的喷泉流水淙淙，洁白的水中仙女们在中央裸露着石腿，以各种美与和谐的姿势，让大理石的

---

11 阿芙罗狄忒，古希腊神话中代表爱情与美丽的女神。

12 彭特利库斯山，希腊阿提卡地区的一座山脉，位于雅典东南。

身体千姿百态。宽广的桃金娘花园和月桂树丛神秘而朦胧，就像达佛涅[13]的花园，看上去整个宫殿处于一片绿海中，只是间歇着能看到用帕罗斯大理石雕成的雪白的森林女神点缀其中。宽大的祭坛上铺着百花绽放的地毯；建筑物东面，一线细水蜿蜒在石墙和大理石台阶边。

这里本是国王为复仇所营造的神秘处所，但由于不惜重金收集了稀世珍品，变成了令人惊叹的世界。只是，在这用希腊大理石和青铜凝固了世间的美、梦一般魅惑的世界里，活着的人类却只有一个。这里一个侍女也不见，人声不闻。在这个不可思议的偌大乐园里看不到一个出口。对此有着各种传闻，据说皇帝将因犯幽禁于此，一只看不见的手提供饭食，到了规定时间，摆满丰盛菜肴的饭桌就会从大理石地面自动升起。还有传闻说，加了蜂蜜带有甜味的葡萄酒的醇香弥漫在食堂中专供饮食的房间里。可以说，艺术能够令人感动的一切，黄金能够买到的一切，世间财富能够创造的一切，尽可能多地聚集在了这里，只是为了那位因犯。唯一的不足是，这里听不到人声，看不到人脸。毕竟，这里的一切不属于自己，尽可能多地展示可望而不可即的东西，只为让人发狂，就像神话里皮格马利翁之梦[14]，对不现实的梦想逐渐失

---

13 达佛涅，希腊神话中的水泽女神、月桂树神女。

14 根据希腊神话，塞浦路斯国王皮格马利翁爱慕自己雕刻出的象牙少女像，因而祈求阿芙罗狄忒女神赋予少女像以生命，并与之结婚生子。

STRAY LEAVES

去信心和勇气。这才是国王的旨意。

为实现艺术家追求完美的梦，为塑造出梦寐以求、栩栩如生的雕像，那些人类巧手燃尽了生命，一座美妙绝伦的阿芙罗狄忒女神雕像终于诞生。她为这些玉石和千年不变的青铜而生，为这些世间美物赋予更多美的元素。她站立在黑色大理石底座上，尽情展现裸体的和谐之美。精心打磨的高大底座就像黑檀色的镜面，冷艳地映射出女神庄严的风韵。那映像宛如诞生于黑色爱琴海悄无声息的深海水泡。古老的大理石以其无法言说的圆润与丰满巧妙地嘲讽着人类肉体的肤色。总感觉，这凝固的奇迹之美中充溢着热情的光辉和金色的热度。这是比波利克里托斯[15]更加伟大的天才之手，将爱之梦冻结在了大理石中。所幸，后代没有哪位修复家将所谓羞耻这一基督教的时代错误强加于它，保存了这一光辉闪耀的女神造型。似乎是要迎接恋人，雕像的双手自然伸出，胸部曲线巧妙地呈现在人们眼前。一只脚微微向前探出，正是送吻的站立姿态。台座的黑色大理石中间镶嵌着一块铜板，上面用五个国家的古代语言雕刻着以下奇妙的铭文：

被爱冲昏头脑的人创造了我，使所有注视着我的人发疯。凡人啊，注定要和我孤独地生活在一起，准备好

15　波利克里托斯，公元前 4 世纪的古希腊雕刻家。

为我的爱而死吧。被青春和美貌所崇拜的旧神已经死了。没有一种不朽的力量能把一颗有生命的心放在这石质的胸膛里，也没有一种力量能把温暖、灵巧和生命的玫瑰色赋予这无与伦比的四肢。

安置着这座雕像的房间里，一圈浮雕展现着酒神们的狂欢。粗暴的森林之神与牧神们相互手牵着手，极其淫乱地纠缠在一起，正享受盛大的酒宴。斑岩建成的神坛上，祈祷爱情的焚烧着桃金娘树叶的圣火慢慢燃烧。房间外是大理石铺就的中庭，作为牺牲的鸽子发出咕咕的鸣叫和骚动。门口近处，水晶般的喷泉发出清晰可闻的声音。水中仙女们的柔软躯体像蛇一样缠绕在一起，同时用异常沉重的青铜手臂托起形状奇特的杯子，清水从杯子里汩汩涌出。柔和的灯火照耀着圣所，空气中有一种芳香，像古代科林斯风流人物所知悉的令人留恋的香气，搭上翅膀，飞向四方。房间入口的两侧各竖立着一尊大理石雕像，白色的是死神金发白肤的兄弟爱神，黑色的是爱神的黑肤兄弟、手里拿着永远熄灭的火炬的死神。

话说国王对于囚犯这边的情况了如指掌，诸如囚犯让圣火持续燃烧，囚犯在女神脚边献祭鸽子血，又比如女神永远年轻和不变的美，女神身体散发着迷人的魔力，脸上浮现着永恒的微笑，等等。那是因为国王派了密探监视这边的宫殿，然后将情况上奏于他。

"那家伙初次看到女神，被女神庄严神圣的美所震撼，似乎被剥夺了灵魂，一下昏了过去，一时半时恐怕难以恢复。"

　　深谋远虑的国王听了，回答道："对于阿芙罗狄忒来说，鸽子血恐怕已经不够了，应该用人类的血，有着强大心脏和火山一样热情的人类的血。那家伙年轻强壮，又是艺术家，死期不远了。将刀放在女神脚下让其使用，让牺牲品将自己活祭于女神。"

　　密探都是一些宦官，他们再次参见国王，在白发苍苍的国王耳边悄悄说道："那家伙，还在献祭鸽子血，之后吟唱荷马的颂歌，亲吻女神像，直到满嘴是血。但女神脸上依旧是薄情的、美丽的微笑。"

　　国王说道："这正是我们所期望的。"

　　密探第三次进宫参拜，在目光如铁的国王耳边窃窃私语："那家伙，流着泪清洗女神的脚，他的心已被石指捏碎一般，身体备受苦恼煎熬。已经不进食、不睡觉，连青铜喷泉处的水也不再饮了。而女神依然是没有慈悲、没有同情，永远是无动于衷的美，脸上带着似乎是轻蔑的微笑。"

　　国王回答道："那正是我们更加期望的。"

　　就这样，一天早晨，东方晨曦初露之时，人们发现囚犯死了。在对尘世恋恋不舍的拥抱中，男人的两只胳膊发狂般缠绕着女神的脚，脸颊紧紧贴在女神的石头脚面上。心脏里的血从胸部创口喷涌而出，溢满了黑色大理石台座，滴落到用五国古老语言写成的铜板上，然后流到嵌木工艺的地面上，流过大理石门槛，流过死神兄弟的爱神像和爱神兄弟的死神像前，继续向前，一直流进牺牲品鸽子饮用的青铜喷泉水里。

如蛇一般的女体周围的水被染成一片鲜红。男人尸体的上方，女神依然一副无情无义、永远不变的嘲弄般的笑脸。

"那家伙已经在女神脚下住了三周了。"国王喃喃自语，"满头白发的我好像还没有见过那位女神呢。"猛然间，悔恨的阴影像地府而来的幽灵，掠过国王花岗岩般的脸。"那个女神像，即刻给我砸碎。"国王命令道，"像玻璃碗那样，砸得粉碎。"

但是，国王的家仆们见到女神律动的手臂发出白色的妖力，全都低头俯首。就像面对着美丽的女妖精美杜莎，没人敢于抬起手。她的美让男人的心胆怯，就像树叶放进火堆，即刻缩紧与枯萎。于是，阿芙罗狄忒以其永远的年轻，不变的美，以及对人类之恋永远的嘲弄般的微笑，静静地笑对人类。

恶魔的红宝石

THE DEVIL'S CARBUNCLE

六

每年的耶稣受难日之夜，旅行者们都能看到有诡异的光在那里闪烁着

　　《拉美种族报》驻利马[16]通讯员里卡多·帕尔马将南美洲的珍奇传说收集起来，这些传说一直上溯到西班牙人征服时代。下面这个题为《恶魔的红宝石》的故事就是其中之一。

　　当著名的征服者[17]胡安·德·拉·托莱[18]在利马附近的瓦

16　利马，西班牙殖民者在南美洲建立的城市，后成为秘鲁首都。

17　征服者，指15至17世纪间，到达并征服美洲新大陆及亚洲、太平洋等地区的西班牙与葡萄牙军人、探险家。

18　胡安·德·拉·托莱（1500—1590），西班牙人，15岁随父亲去往美洲，27岁加入"十三名人堂"参与对印加帝国的征服，寻找黄金。

卡斯 [19] 发现并夺取大量珍宝后，西班牙兵士开始疯狂盗掘印第安人的古堡和古墓，期望发现宝藏而一夜暴富，引发了一场真正的寻宝热潮。迭戈·居米耶尔队长手下的三个弩兵为盗掘米拉弗洛雷斯 [20] 的瓦卡斯而结成团伙，他们已经挖了好几个星期，却连宝藏的影子都没有见到。

在 1547 年的耶稣受难日这天，一心寻宝的三人早已将神圣之日抛在脑后——对于人类贪婪的欲望来说，什么神圣不神圣早已顾不得了。三人从早上开始连续作战，汗水湿透衣衫，却只挖出一具木乃伊，连值三个比塞塔 [21] 的小饰品或是陶器都没找到。三人泄了气，向撒旦认输，污言秽语地大肆咒骂天神，连魔鬼听了都想堵上耳朵。

太阳已落西山，三人一边收拾东西准备回利马，一边毒口不停，咒骂不断。哼！这些吝啬的印第安人，竟然没有葬在铺满金银的墓里！不可饶恕的混蛋野蛮人！高声叫骂中，其中一人出于厌恶和愤恨，踢了木乃伊一脚，木乃伊骨碌骨碌向前滚去。突然间，一块闪闪发光的宝石从木乃伊的骸骨里掉落出来，跟在木乃伊后面扑噜扑噜滚。

"喂，兄弟！"其中一位大兵叫道，"那个发亮的东西

19　瓦卡斯，指建于古秘鲁印加文明早期及更早时期的神庙、金字塔等宗教建筑。

20　米拉弗洛雷斯，地名，位于今秘鲁利马省。

21　比塞塔，一种旧时的西班牙硬币。

是啥玩意儿？圣母玛利亚！原来是一块闪闪发光的红宝石！"

他刚要跑向宝石那边，那个踢了尸体一脚的粗野男立马喊住了他："等等，兄弟！真是不好意思，这宝石是属于我的！最初发现木乃伊的就是我！"

"哼！真希望魔鬼把你带走！先看到宝石的是本大人，你想要，没门！死也不给！"

"喂喂喂！闪开闪开！"第三人拔出了剑，在头顶呼呼挥舞，破锣般的嗓音大声喊道，"难道没有我的份儿？"

"岂有此理！就算是魔鬼的老婆也休想从我这儿把它夺去！"粗野男也忽地拔出了剑。

于是三人持剑混战，打成一片。

第二天，一群印加劳工[22]发现打斗的三人中有一人成了尸体，另外二人也已遍体鳞伤。那二人请求忏悔，在临死前讲述了红宝石的事情，说就在三人打斗之时，红宝石一直在闪着不祥而可怕的光。然而，这之后那块红宝石却杳无踪迹。传说那块红宝石原是恶魔的身边物。

普拉纳金字塔[23]因为这个故事而出了名，据说每年的耶稣受难日之夜，旅行者们都能看到有诡异的光在那里闪烁着。

---

22 印加劳工，印加帝国时期被迫服劳役的人。印加帝国规定所有15岁以上的男子都要服徭役，西班牙殖民统治者沿袭了这一制度，强迫印加人为其劳作。

23 普拉纳金字塔，一座位于米拉弗洛雷斯的金字塔，由夯土和土坯砖建成。

黄金泉

七

比起升入天堂，我更爱那个女人

这是一个从西班牙美洲[24]来的流浪者在夏夜破晓时分，讲给医院的西班牙老牧师的故事。我按照老牧师所述，几乎原封不动地记录了下来。

我根本睡不着。初到一个地方，就连异国花香也觉得新鲜，追逐梦想的心总有些膨胀，各种幻想勃发，天上的星星也让我感觉从未见过一般熠熠闪亮，简直就像到了世间的伊甸园一样。就是这样，我的各种想法混杂在一起，情绪高涨，像害热病一样眼花缭乱。我起身来到星空下，士兵们的高叫声不时传来，铁铠甲在星光下发出暗淡的光，为睡眠中的战

24　西班牙美洲，指普遍使用西班牙语的拉丁美洲地区。

友警备的哨兵走来走去，有规律的脚步声清晰可闻。忽然间，不知怎的，我很想一个人溜溜达达走进对面的那片森林。同样的心情以前也曾有过一次，那还是在我的出生地塞维利亚[25]的时候，我听满脸胡须的老兵们讲新大陆，讲得天花乱坠，当时突然就有了那种想法。那个时候的自己，根本不会去想什么危险的事，什么神呀鬼的，天底下没啥可怕的东西。在我们的分队长眼里，在那些冒冒失失的大头兵部下中，我是最鲁莽的那一个。正因为如此，我很随意地越过战线，满不在乎地走了过去。别别扭扭的哨兵跟我打招呼，我也没理他，他便盛气凌人地严厉呵斥我，我也不甘示弱地怼了回去。以此为契机，我便开了小差。

美妙的南国夜空，浓浓的宝石蓝渐渐变成淡淡的水晶紫，椰林对面的地平线呈现出一片黄色，钻石般一闪一闪的南十字星眼看着暗淡下去。忽然间，背后远远地传来西班牙士兵点名的号声。在充满浓郁气味的热带早晨，号声从远处颤抖着悠悠传来，好像是另一个世界传来的音乐，微弱低沉。听到号声，我一点返回的想法都没有，只是如在梦中一般继续前行。点名的号声再次响起，声音比第一次更加微弱。但不知为什么，或许是从未见过的花儿香气浓烈，香料树的味道诱人，还是热带暖洋洋的风儿醉人，抑或是妖魔附身，自己也搞不清。此时我的心里突然涌出一股新感觉，有生以来第

25　塞维利亚，西班牙城市。

一次有一种想哭出来的冲动。同时，以前的一些鲁莽想法突然间消失得无影无踪。树上有一只野鸽，飞下来落到我的肩上。奇怪的是，我本想抚摸一下野鸽，但没想到它却喷出血来，自己的手被染得通红。我的心里有一种犯罪感，变得十分抑郁。

不知不觉间，日头升起来了，周围似乎成了玉石和金子的天国，到处金碧辉煌。蜂一般大的小鸟，有着金属之光的珍奇羽毛，嗡嗡嗡飞来飞去。林间的鹦鹉喋喋不休，猿猴以极快的速度从一棵树跳到另一棵树上。美丽得难以描述的花儿成千上万，绢丝一般的花蕊向着太阳绽放。梦幻之国般的森林深处，催眠粉一样的香气让人渐渐沉醉。在祖国西班牙的时候，一个摩尔人讲述日本的故事，曾提到魔法之国，难道说的就是这里？这样想着，不觉间记起了庞塞·德·莱昂[26]搜寻过的所谓"黄金泉"一事，恍恍惚惚陷入沉思。

这样一来，周围的树木一棵棵变得异常高大，椰子树就像诺亚洪水到来之前的古树，树顶的叶子仿佛就要触摸到蓝天。就这样，我不知何时来到一片开阔之地，抬头仰望，周围是一圈参天大树，似乎是开天辟地以来就生长于此。圈起来的开阔地里，到处是浓浓绿意。地面上苔藓呀，香草呀，花儿之类的像地毯一样铺满，茂密地生长着，不留任何空隙。这花草之地踩上去软绵绵的，无声无息。从森林边缘向中间

26　庞塞·德·莱昂（1474—1521），西班牙征服者、探险家，以发现佛罗里达而闻名。

地带走去，地面似乎越来越低，在宽阔的洼地中央，有一方水池波光潋滟。水池最中间是一处喷泉，就像在格拉纳达[27]附近摩尔风格的庭院里见过的一样。泉水高高喷涌着，池水清清，好似情窦初开时少女的目光。打眼一看，池子底部是一片金灿灿亮晶晶的沙地。喷泉的水轻击水面，形成一圈圈细小的涟漪，周围呈现彩虹一般的亮光。然而，让人不可思议的是，喷泉并非人工刻意设计加工而成。似乎是池底有一股强大的水流，借势喷涌上来。我急忙卸掉武器，脱去衣裳，喜滋滋地一下跃入中。池水比想象的要深许多，可能是因为池水过于清澄，容易让人产生水浅的错觉。潜到水底并不容易。我游到喷水口处看了看，令人吃惊的是，池水虽然比山泉还要凉，但喷涌的水晶般的水柱却温暖如血。

我尽情地在水中畅游，全身有一种说不出的爽快。我一会儿像孩子一样在水中乱蹦乱跳，一会儿又对着森林呀鸟儿呀嗷嗷大叫。鹦鹉则在树顶对我做出回应。终于从池中出来，我却一点都不感到疲倦，肚子也不饿得慌。我一骨碌横躺在草地上，不知怎的，困意袭来，于是就像婴儿躺在母亲臂弯里安睡一般，很快沉沉睡去。

再睁开眼时，一个女人正弯着身子从上而下看着我。女人全身赤裸，如果非要形容她的美，只能说是无论何处都难

27　格拉纳达，西班牙城市。

得一见的美人。热带的肤色简直如琥珀一般，瀑布般顺滑的黑发里编织着白色的花。美丽的黑眼睛大而深邃，被绢丝般的睫毛围绕。以前见过的印第安女孩身上都佩戴着金灿灿的饰物，而这个女人身上没有一件饰物，只有发间的白花。我仿佛见到了仙女，在惊讶之余目不转睛仔细端详。苗条挺拔、独具风韵的身姿，总让人感觉非世间之物。我在她面前慌慌张张，那是因为在我阴暗的人生中，从未遇见过如此场景。然而，这紧张的感觉中分明有着一分愉悦、畅快的心情。我用西班牙语跟她搭话，女人黑黑的眼睛睁得又圆又大，只是微笑。无奈之下，我用手语比划，女人端来了树上的果实和一瓢水。想到我睡觉时，她已经看遍我的全身，我便吻了她。

　　神父大人，您问我为什么要讲述与那个女人的这段爱恋故事？因为那是我人生当中最幸福的几年，也只有这一个理由吧。那真是一片不可思议的土地，天与地似乎要互相拥抱在一起。那里才是伊甸园，那里才能称之为天国。永无厌倦的爱与永恒的青春！人世间恐怕没有人享受过我这般幸福，同时品尝过我这般失去的痛苦。吃着水果，喝着泉水，我们幸福地生活着。苔藓与花儿是我们的床铺，野鸽是我们的玩伴，星星为我们点灯。这里既没有风暴，也没有乌云压顶，既没有暴雨，也没有酷暑。一年到头都是令人沉醉的夏日时光，花香不断，心情舒畅。耳边是小鸟的歌声与水声。夜幕降临，椰子树与风窃窃私语，就像胸前戴着宝石的森林乐者在通宵歌唱。就这样，我们待在这个山谷里，一步也没有出去。

我的武器呀刀什么的，全都生了锈。军服不知何时也变成了破布烂衫。不过，这里根本不需要什么衣物。天气总是暖洋洋的，每天阳光充沛。

"待在这里，你是不会变老的。"女人悄悄对我说道。我问她是不是那个"青春之泉"的缘故，女人只是微笑，手指紧贴在嘴唇上，暗示那是不能讲的。我一直不知道她的名字，她的语言我无论如何也学不会，而我所说的话，女人却以让人吃惊的速度学会了。我们两人相敬如宾，从未发生过争吵，况且我也没有给女人使脸色的理由和心情。不管怎么说，这是一个温顺的、爱开玩笑的可爱女人。可是，神父大人，听了这些，您是怎么想的？

我说过我们的幸福十分完美吗？并非如此。因为有一种奇怪的焦虑感始终萦绕在我的心头。每天晚上，当我躺在女人臂弯里安睡时，总是听到远处传来的西班牙士兵的号声。这声音听上去似乎从冥界而来，遥远、微弱、幽灵一般。不知为何，就感觉是在呼唤我的哀求声。

每当这声音从远方传来时，女人都会身子一颤，搂抱着我的手臂猛一下收紧，潸然泪下。她止不住地哭泣，就算我的亲吻也难以安慰她。这样说来，我刚才所讲的几年时间，实际上是大错特错了，应该是几百年。也就是说，在这个国度里，人类是不增长岁月的。我的那些曾经是战友的家伙们早已经死去，之后的几百年间，我依然听到号声。

牧师在灯下划着十字，喃喃祈祷了一会儿，然后说道："好吧，请继续，把故事讲完吧。"

神父大人，我当时非常生气。哪里来的这恼人的声音，搅扰我好不容易才有的快乐生活。我一定要亲自找出这声音来自哪里。那天晚上，不知为什么女人睡得那么沉，直到现在我也搞不懂。当我弯腰亲吻她时，她发出梦魇一般的叫声。细看时，浓密的睫毛上沾着水晶般的泪珠。之后，那该死的号声又响起来了。

老人的声音一时微弱到听不清。他弱弱地咳了几声，咳出了血，然后继续讲。

神父大人，谈话的时间所剩不多了。我最终回不去那个山谷了，我永久地失去了那个女人。我晃晃悠悠走出山谷，发现人们操着和我不一样的语言，世道已变。好不容易遇到一位西班牙人，他说的话与我年轻时听到的很相似，但又不是当时通行的语言。自己的身世已经无法与人讲。他们聚集在我身旁，像看疯子一样，还想把我抓起来。当我用几百年前的西班牙语说话时，我的同胞们都以揶揄的目光看着我这个老古董。如果在这个新的世道中住上一段时间，我必定会被他们当作疯子一样对待。这也是无可奈何的事情，毕竟自己的想法和做法都与现在的世道不一样了。即便如此，为了找到她，我还是走遍了蛇与蟒出没的热带沼泽、人迹未至的森林深处、无名的河川，以及古印第安人曾经的都城废墟——直到我精疲力竭，满头白发。

老牧师喊道："请舍弃那些恶念。我现在听了你的身世，如果不是担负圣职的话，我也会把你看成疯子，谁都会这样。但我完全相信你所讲的，因为在教会传说中有很多这种不可思议的事情。你年轻时罪孽深重，神用某些方法对你实施了惩罚。但是，神又觉得你会悔过，所以让你在世上活了几百年，不是吗？现在，恶魔又化身为女人来诱惑你，所以这些恶念务必全部舍弃。这样，你可以彻底悔过，将灵魂献给神，我就能赦免你的罪。"

"悔过？"濒死的老人盯着牧师的脸，他的眼睛炯炯发亮，似乎年轻时的烈焰又在眼中重燃，"喂！神父先生，要我悔过？那样的事情我是做不来的。我爱那个女人！我爱着她，那个女人！我就是死了，如果有来世，我依然会爱着她，直到永远！我会一直爱着她的灵魂，甚至胜过爱自己的灵魂。比起升入天堂，我更爱那个女人！什么死亡啦，下地狱啦，我都不怕。"

老牧师跪在那里，一边掩面，一边专心祈祷，最后抬起头时，老人灵魂已逝，其罪尚未得到赦免。但死去之人的脸上浮现出微笑。老牧师感觉有些奇怪，忘记了口中求主怜悯的祷告，不觉失口而出："那么，他终于见到那个女人了吧。"东边的天空终于明亮起来。旭日东升，在太阳的魔力下，飘荡在他身上的晨雾自然地化作"黄金之泉。"

黑色丘比特

THE BLACK CUPID

八

不知为何，就感觉那张脸从画布中探了出来，在主动索吻

　　房间里，一幅小小的画挂在墙壁上，我拿起灯仔细欣赏这幅画。为什么就睡不着呢？无从知晓，也许是旅行让人兴奋的缘故吧？

　　沉甸甸的画框镶着金边，一张从未见过的奇异的画镶嵌在里面。画面中，一张女人的脸落在天鹅绒的枕上，一只胳膊举起，裸露的肩膀与美丽的胸脯边缘在黑暗的背景中浮现。就像刚才讲的，画比较小，画中的年轻女人很明显是身体右侧朝下躺着，画中能够看到的只有脸、雪白的脖颈、美丽的胳膊和部分胸脯。

　　画家用无可挑剔的技艺让人感觉女人是靠在床头（床是看不见的）一端，枕上美丽的脸庞似乎就要将这边的脸吸引过去，看来颇费了一番工夫。确确实实，这正是人类梦寐以求、

心醉痴迷的最美的脸。脸颊微红似带红晕，美目半闭秋波荡漾，秀发闪闪有光泽，肉色的嘴唇，鸭蛋圆的脸。在漆黑的背景中，这一切浮雕般凸显出来。再仔细看，左耳边有一枚稀奇的耳环，是用黑玉雕刻的一枚小小丘比特，戴在贝壳一样的耳朵上，细细的金链连接着张开的弓，构思巧妙，确是一枚珍奇的耳环。——这黑色丘比特不会是专司背德之恋或无望之恋的吧？我这样想着，陷入了沉思。

不管怎么说，这幅画最为神奇之处在于美女的样子和神情，眼睛眯起来，微笑的同时，头部稍稍向后仰，总有一种期待亲吻的感觉。而且嘴唇突起，一副期待的样子。我几乎能嗅到她芬芳的气息，真是一种奇妙的感觉。圆润的手臂下，亮亮的金发垂下涡状小卷，看上去像丝线一样。我再次被画家的技艺打动。无论色彩多么精致的照片都无法达到这种效果，没有一幅照片能复制出那凝脂般的肩膀所发出的光泽，若隐若现的血管，还有最微小的细节。岂止如此，这幅画具有一种不可思议的魅力，在我看来就是活生生的玫瑰色大美人，让人心潮澎湃。我感觉，看这幅画就像看真人。摇曳的灯光下，我再次幻想着亲眼看到那突起的嘴唇、闪亮的眼睛时的情形，不知为何，就感觉那张脸从画布中探了出来，在主动索吻。这样说可能有些荒诞不经，但我确实已经处于无论如何都要亲吻的状态，而且不是一次，而是上百次。但突然间，我感到一阵恐惧，想起了诸如滴血的雕像、妖怪出没的画和幽灵现身的挂毯等恐怖故事，自己又身处陌生的城市陌生的旅店，这样一想，心里即刻变得惶恐不安。于是，我把灯放到桌子上，速速躲进了被窝里。

然而，我翻来覆去难以入眠，有时朦朦胧胧似乎就要入睡时，却突然看见画中枕上的女人就在我枕边，一样的微笑，一样的唇，一样的金发，在渴望拥抱的手臂下垂下卷卷柔丝。我即刻睡意全无，起身更衣，点上烟斗，吹灭灯火，在一片黑暗中抽起烟来。不久，淡青色的晨光透过窗户将房间照亮，遥远处是巍峨的山脉，牙齿一般白色的峰顶已被染成暗红，不远处传来早起的车马声。

"先生，醒了吗？"店伙计叩击着门，小声道，"起床的时间到了。"

出发前，关于那幅画，我特地询问了店主。店主脸上浮现出轻笑，回答道："先生，那张画是一个疯子画的。"

"他叫什么名字？"我又问道，"疯子也好，什么也好，那可是个天才。"

"名字已经记不起来了。他已经死掉了。那个男人在疯人院里也被允许画画的，他一画画就能静下心来。那张画是在他死后从他家里拿来的，想给钱却坚决不收，说是拿走就已经很感激了。"

五年之后，我偶然路过墨西哥城的一条小街，那时我已经全然忘记了那张幅画的事。忽然间，一件摆放在昏暗商店橱窗里的物品引起了我的注意。那是一家西班牙裔犹太人开的店。那件物品是一对耳环，黑玉雕刻成丘比特的形状，拉开的弓高高举过头部，弓通过细细的金链挂在耳环的钩子上。一瞬间，那幅画连同那难忘的一晚统统浮现在我的眼前。

"是啊，说实话，如果没有一个合适的价格，我是不想出售的。"肤色黝黑的珠宝商说道，"这种东西以后是不会再有了。我知道这副耳环是谁做的，一位画家专门带着图样找他定做的，那人是想送给某个女人当礼物。"

"是墨西哥女人？"

"不是，是美国人。"

"白皮肤，黑眼睛，那时候大约二十岁。脸嘛，有点玫瑰色吧。"

"怎么了，你认识她吗？人们叫她约瑟斐达。您知道吗？她被男人杀死啦，因为吃醋呐。她被发现死在睡觉的地方，据说脸上还带着笑容。这副耳环是在拍卖时买回来的。"

"那么，那位画家呢？"

"疯了，死在了……据说他在杀死那个女人时已经疯了。这副耳环，你实在想要的话，六十比索就让给你吧，原价可是一百五十比索呀。"

鸟与少女

THE BIRD AND THE GIRL

九

我呢，一看到你的眼睛，就连自己在说什么都不知道了

突然间，木兰树丛中传来一阵鸟叫声，叫声轻快婉转如流水。虽说相比夜莺，叫声稍显粗野，但这美妙的声音却比撩人的夜色更加让人陶醉。是呼唤同伴的嘲鸟[28]。

“咔，多好听的声音！多可爱的声音！”少女站在香气弥漫的花园门口，一副天真无邪、小鸟依人的样子。她一边探出嘴好似要接吻，一边窃窃私语。

“对我来说，你的声音比任何声音都好听！”男孩的唇一边靠近，一边紧紧盯着女孩的眼睛，绢丝般黑黑的睫毛，纯洁闪亮的眼神好似清泉。

克里奥尔少女显然很高兴，温柔地笑道：“西部也有这

28 嘲鸟，又名模仿鸟、仿声鸟、嘲鸫，叫声动听多样，能模仿30种以上的动物声音。

样的鸟吗？"

"见过笼中喂养的。"男孩回答道，"但不太多见，叫声好的话，能卖到五百美元，我见过的。你要是只嘲鸟就好了。"

"啊，为什么？"

"怎么说呢？你要是只嘲鸟，我明天就可以带你一起走了。"

"然后把我卖五百美……"（恶作剧式的问题被男孩的吻封住了。）

"不要说这种傻话！"

"那么，如果你听到关在笼中的可怜的鸟儿鸣叫，是否会想起今晚的情景？说嘛，究竟会不会？"

"可是，我要去的那个地方没有这种鸟。那里完全是荒蛮之地，住在简陋的小木屋里，周围的人也都是些粗鲁汉。没有什么东西是让人感觉可爱的。连一只猫都没有。"

"那你为什么还要带小鸟去那里？那不是让人笑话吗？是不是？"

"不是的，我不这么觉得。粗蛮之人同样喜欢可爱的东西。"

"可爱的东西吗？"

"是的。就像你这样的、非常可爱的东西。"

"非常可爱？"

"算了，不谈这个话题了。"

"哎呀，是你要说的嘛！"

"我呢，一看到你的眼睛，就连自己在说什么都不知道了。"

"就会说好听的！"

旅途漫漫，与女孩短短几个小时的快乐相会场景，连同当时的音乐和花香，总重复在断断续续的梦境中。舟车转换，惶惶然的旅途间隙，短暂的梦总被各种噪声打乱。噼噼啪啪燃烧的火把，昏黄火光下嘈杂的卸货声；不断鸣响的表示欢迎或警告的航船汽笛声；大副和水手的南腔北调；铁路货站的嘈杂声；伴随着汗流浃背的机车发出的油乎乎的气息，小件行李在沉闷的空气中骨碌骨碌的滚动声；售票员的查票声及报站声……无不侵扰着旅途中短暂的清梦。最后坐上西部的带篷马车，咯噔咯噔颠簸在有些淡红的泥泞土路上，终于到达了开满毫无风情的大黄花的地方。

就这样一天又一天，一周又一周，几个月过去了。这里没有什么正经街道，只有白色砂石铺就的一条光亮亮的大路。遥远的西部村庄在灼热的夏日阳光下炙烤着。有时，脚蹬带马刺的长筒靴、全副武装的联邦邮递员会来送信，送来盖有新奥尔良邮戳、带有亮光的小小信件，信件散发出淡淡的似乎是木兰花的香气。

"这封信上带有女人味呐。"古铜肤色的邮递员眼睛里闪动着愉快的光，用跑调的粗嗓门一边这样讲，一边把细长的信件递上。他的眼睛像鹰一般锐利，因为远方地平线上能看到印第安人坟墓轮廓的地方，浓烟升腾兆示着危险，空中盘旋的秃鹰预示着死亡。这一切让他不得不时刻保持警觉，天长日久便练就了这样的眼神。

这一天，邮递员又来了，但他手里并没有年轻技师期盼的信。"这星期她可能是忘记发信了，老弟。"面对技师疑惑的脸，邮递员这样说道。说完，邮递员即刻骑马返回，穿过飘荡着树汁清香的森林，跑过羊肠小道，来到一片广阔的高原上。高原上到处是野牛的白骨，在阳光下发出白森森的光。就这样，邮递员在西部的如血残阳里几度来回，都没有给技师带来欢笑。"这一星期她又忘记寄信了，老弟。"

那是一个稍显温暖的夜晚（一八××年的八月二十四日），散发着树木芳香的森林深处，突然间传来少见的鸟叫声："宝贝！宝贝！宝贝！"声音好似奔腾着银色旋律的瀑布，一会儿又发出长长的、清亮的、热情的呼唤声，然后又变成深沉、悠扬、爱抚般柔柔的音调，像阵阵涟漪悠悠飘荡至耳旁。

听上去好像是因思恋而深陷忧伤的心，忽然间变得开朗。男人们全都跑了出来，站在月光下聆听这美妙的叫声。不知为什么，总感觉叫声中透着一股鬼魅般的空灵，让人产生莫名的悚然。

"天啊，那到底是什么鸟？"当旋律在白色大街的尽头颤动时，一名矿工问道。

"那个嘛，是嘲鸟。"另一名矿工答道，他曾在到处是椰林和棕榈树的南国待过。

　　年轻的技师也听到了鸣叫声，他侧耳倾听，恍惚间，只觉得明亮之国的花香已悄然飘至身旁。西边群山的背影像云在天空飘散，越来越淡。终于，南国的月光宛如墨西哥银，亮闪闪呈现在眼前，远方都市的美丽街景若隐若现。月光下，船桅林立，如蛛网一般，白色蒸汽船排列在河口月牙形的岸边，正酣然入眠。葡萄花围绕着小屋，茂密的香蕉树叶生机盎然，树林里挂着梦幻般的寄生藤帷帐。

　　那是几个星期之后的某一天，邮递员骑马过来了。"这次有你的信了。"邮递员对技师说道。他被烈日暴晒的脸沐浴在夕照里，红得像火。这次不知为什么，他没有像往常一样对技师称"老弟"，脸上也没有往常的笑容。这次的信封也不同以往，要大许多，上面的字是男人的笔迹。打开里面的信纸，只有短短的一行字：

　　　亲爱的……，二十四日夜，奥尔坦丝突然去世，见信速归。

　　　　　　　　　　　　　　　　　　　　S……

贰

出自印度的故事
TALES FROM INDIA

本章所选11篇故事出自《摩柯婆罗多》《五卷书》等古印度文献，以及译自梵语的中国文献，如《法苑珠林》等。

提洛塔玛的诞生

THE MAKING OF TILOTTAMA

十

只看了一眼，提洛塔玛的曼妙身姿便让两人的心脏似乎停止了跳动

　　本故事见载于广博仙人所著《摩柯婆罗多》[29]一书中。仙人用两万四千首卢伽[30]写就这一故事，其他篇幅用了六百万首卢伽并被分成四部分分别保存。其中三百万首卢伽由诸神保存，一百五十万由因陀罗天的乐神乾达婆保存，一百四十万由已经成佛的死者灵魂皮陀利保存，剩余十万则由人类保存。据说有幸听到《摩柯婆罗多》唱诵之声的人，无论其罪孽如何深重，均可得到救赎，疾病、灾难和厄运等也会远离其身。

29　《摩柯婆罗多》，古印度著名的梵文史诗，成书于公元前3世纪至公元5世纪之间，根据印度民间说法，该史诗的原作者为广博仙人。

30　首卢伽，古印度计算经论的单位，每32音节为一首卢迦。《摩柯婆罗多》序言记载，这一最大叙事诗起初只有两万四千首卢伽，其后不断增补，最终对句诗的数目竟达到十万七千三百八十九这一庞大数字。

那么，这是一个什么样的故事呢？说的是很久以前，大神们因为倾心于一位女性的美貌而长出了成千上百张脸与眼睛的故事。让我们按照著名史诗《摩柯婆罗多》中所述，试着讲一讲这个故事吧。

这是一个很久远的故事。恶神的眷属——阿修罗族的王子中，有两个孪生兄弟——孙陶和钵孙陶。生为王子的两兄弟逐渐长大后，竟变成了两个性格冷酷刻薄的家伙。兄弟二人在行事目的、思想、追求快乐的欲念和作恶方面，总是保持一致。

不久，两兄弟想方设法欲将三界置于自己的控制之下，由其支配。要做到这一点，便需要至尊苦行者们通过修行将自己提升到神的地位。两兄弟下定决心，要踏踏实实修苦行、做牺牲。由此，兄弟两人走进了频陀山孤寂的深山之中，在冥想和祈祷的三昧中入定。慢慢地，他们的手脚变得瘦如藤蔓，全身骨节形同骨瘤。两人完全终止了世间的一切活动，切断了与尘世间的一切瓜葛。他们清楚地知道，与尘世的接触势必产生烦恼，烦恼生则五欲从，五欲生则堕落从，堕落生则使人沉湎于五阴五浊之中。就这样，伴随冥想和苦行不断累积，功力逐渐增强，两人似乎忘却了尘世的存在。这样一来，其意志一旦振奋，整个宇宙将会被震撼。因此，人世间被兄弟俩的修行所震惊，就像被地震冲击一般。风是他们唯一的饮食，就连自己的肉也被当作供品献出。因此，就连频陀山也受两人严修苦行的力道影响，热气升腾，恰如火山喷发，直冲云霄。

目睹此情此景，大神们陷入了巨大的恐慌之中。"无论如何，必须设法让两兄弟终止修行！"大神们想。"用女人、魔鬼和神的法力惑乱其心吧！"这是大神们的最终合计。然而，阿修罗的两位王子用巨大的脚趾尖兀自站定，眼睛紧盯着太阳入定，他们的苦行修炼片刻也没有停止过。

时光荏苒，这样又过了几年。某一天，亘古常在者、人间缔造之父——梵天借光明之姿忽然现身于孙陶和钵孙陶两兄弟面前。"尔等有何期许，只管讲来！"梵天说道。两兄弟双手合于额前，缓缓答道："人间缔造之父啊，如果您是因为我们二人的苦行而想褒奖我们，那就请将妖法巫术和兵法战术的知识全部赐予我们，并将美和力量也赐予我们，并且保证我们兄弟俩不老不死。"

梵天听后，答复道："两位王子，我知道你们修行的目的只是想得到控制三界的能力。因此，不可赐予你们不老不死。但你们所期望的知识、力量和天赋之相可以赐予你们。另外，我也可以保证，任何人和物都不能消灭你们，但条件是你们兄弟俩不能互相伤害。只要做到这一点，世间的所有生物、精灵和各路神仙都无法伤害到你们。"

就这样，兄弟俩得到梵天的恩典，成了人类和神仙都无法征服的人。然而，两人回家之后却完全偏离了正道，暴食暴饮作恶，其恶劣程度远超所有恶鬼罗刹十倍。两人简直过起了酒池肉林般的生活。兄弟俩沉浸在无边的欢乐之中，欲壑难平，而与他们居住在一起的人类却因此深受其害。兄弟俩夜以继日地作乐，他们不想也不需要休息和睡眠，这可害苦了周围的人类。人类由于这种无休止的欢乐而快速死去，兄弟俩却因此对人类恼怒不已。

终于有一天，兄弟俩决意短暂放弃享乐，利用梵天授予的妖法魔力去征服三界。于是，兄弟俩与因陀罗天开战，利用他们事先从梵天那里获得的妖术在空中疾驰。得知兄弟二人要来，因陀罗天的天人和各路神仙纷纷逃往至尊灵魂所居住的梵天界。因为大家都清楚，这兄弟二人从梵天那里获得了巨大的力量。兄弟俩指挥恶魔的军队大开杀戒，在杀掉众多作为财宝守护神的夜叉、鬼神罗刹和飞天之后，更将居住在秽界胎内的人面蛇身的那伽尽数屠戮，并将生活在大海中的生物全部降服。

如此一来，兄弟俩的恶势力布达天下，蔓延开来。两人决意将神的崇拜者们全部消灭，究其原因，大抵是因为王侯贵族和婆罗门们所奉献的祈祷和供品增强了神的威势。兄弟俩对这种清净有为的人类十分反感。兄弟俩自恃具有梵天授予的神通，任何人不敢违背其意志，而隐者和苏莱曼的诅咒与祈祷更是不值一提。因此，兄弟二人将神的崇拜者们尽数消灭，祭坛上供奉的长明灯也被打灭，供品被扔进海里，神器被毁，庄严的寺庙被推倒。天地间犹如被死神践踏过一般，目之所及一片荒野。兄弟俩并没有就此满足，他们将自身幻化为老虎、狮子和狂怒的大象，将隐藏在山阴洞窟中、不为人知的深山密林中专心修行的行者们一个不漏地搜出并杀死。由此，三界变成了白骨森森的荒野，村镇消失，人烟不见，寺庙香火断绝，人语和祈祷声不闻——只剩下无边的恐惧与死亡。

目睹了人世间的荒芜巨变，天上的圣者们十分惊诧，在给予天地间最大同情的同时，他们聚集到了梵天的住所，纷纷控诉兄弟俩的恶行，要求将孙陶、钵孙陶兄弟俩的魔力剥夺。众多悉达[31]和梵仙围成一圈，梵天坐在各路神仙的中心位置。摩柯提婆来了，因陀罗也来了；火之王阿耆尼来了，风之王婆耶也来了；驾着长了七个头的战马的日之神——日光太子，以及爱莲花的月之神——月天子也都围坐在了那里。天界的众多长老——摩利支、阿阇、不生仙、饮光仙、林居仙、风之悉达、山林仙，还有从梵天的头发中生出的、比人类拇指还小的六万个闪闪发光的拇指矮仙们也都站在了那里。

就在此时，梵天将宇宙和人世的创造者、掌管着天界所有灯火的毗首羯摩从深紫色的永劫之渊中呼了出来。毗首羯摩站在梵天面前，像星云一样闪亮。

31　悉达，指成就者、大师。

这时候，万物之父梵天对毗首羯摩开口了："啊，我的金色之子，毗首羯摩呀，你马上给我创造一个美人中的美人，丽人中的丽人。一个能够迷住所有神仙之心的美女……我可在等着呢。"

毗首羯摩很快被雾气笼罩，按照众神之父的吩咐开始了神秘的创造。所有贵重的宝石、所有鲜艳的色彩、所有鲜花的芬芳、所有明亮的光线、所有美妙的旋律，只要是目、触、耳、舌、鼻能够感觉到的美丽和高贵之物，都被奢侈地用于创造中。最后施以肉眼无法看到的玄妙魔法，不一会儿工夫，仿佛水汽凝成了霜花，太阳光凝结成了百色之玉，一个汇集了成千上万无价之宝的新生命不可思议地凝聚而成。眨眼间，一具美妙的女子躯体诞生了！看啊，鲜花的美丽凝结于胸前，芳香洋溢于气息，宝石之光在眼中熠熠生辉，亮丽的金发，天堂花蕾的唇，双颊笑意盈盈宛如珍珠与美玉，声音婉转犹如百鸟歌唱。提洛塔玛，就叫这个名字吧！这是诸神和人类共同使用过的古印度语的名字，据说这个名字的意思是"用极美之物创造的美人"。美女的创造者毗首羯摩却像天边晚霞一样慢慢消散，再度融入那时空无限的永劫之中。

提洛塔玛只以光线作衣，双手合于闪光的眉间，跪拜在诸神之父梵天面前。用忉利天和喜见城天中也难得一闻的美妙声音说道："万物的父啊，您意如何？您创造了我，有何吩咐？"

于是，梵天用紫魔金的妙音回答道："善哉！提洛塔玛啊，吾令你即刻下凡，去到那孙陶和钵孙陶目之所及之处，展现你美貌的魔力，在两人之间挑起互相憎恨之心。"

"谨遵旨意，我的万物之主。"提洛塔玛如此答道，美丽的身体在梵天面前屈膝三拜，绕圈与围坐的诸神颔首致意后，抽身而出。

此时，湿婆大神坐在南边，面向东方，其他诸神看向北方，而天仙、梵仙、至上仙、五仙和多闻仙等仙人们则在各自的方位上坐定。当提洛塔玛绕圈致意时，各路神仙尽了最大努力，不看这位并非为幸福而是为毁灭而生的美人，因为担心被其吸引而不能自拔。因陀罗和斯塔奴也竭力按捺住自己的心情，不看美女。但是呀，当提洛塔玛走近湿婆时，这位本来面向东方的神，却猛然生出了另一张脸，一张有着莲花般美目的大脸。而当美女走到其身后时，湿婆又猛然生出了一张面向西方的脸。在美女迁回到北面时，湿婆的一张面向北方的脸又生了出来。湿婆无可救药地被美女吸引，两眼盯在美女身上，难以自拔。再看因陀罗，当美女走在他身边时，他身体的前后左右，或者应该说是四面八方，数以千计的眼睛出现了，都是些深陷的、有着淡红眼睑的大眼睛。这样一来，湿婆就成了四面神，因陀罗成了千目神。就这样，天上诸神和仙人们每次向提洛塔玛的方向回头一次，便生出一张脸。为了看美女，大家都不由自主地生出了两张脸抑或三张脸，甚至成千上万张脸。提洛塔玛美貌的魔力由此可见一斑。这其中，只有梵天依然处于永恒的状态，面无表情，丝毫不为所动。对他来说，美与丑、明与暗、昼与夜、生与死、有限与无限都是一样的，毫无差别。

话说孙陶和钵孙陶正在山中与妖艳之女们嬉戏，偶然一撇间，提洛塔玛采花的身影映入眼帘。只看了一眼，提洛塔玛的曼妙身姿便让两人的心脏似乎停止了跳动。只这一撇，两人的修行姑且不说，就连财富、力量、快乐等都统统抛到了脑后。更要命的是，兄弟二人完全忘记了与神的约定，恨不能亲手掐死对方。兄弟俩走近提洛塔玛，都想亲吻她，一边推开对方，一边叫嚷着："这是我的女人。"出生以来第一次，兄弟之间产生了憎恨。两人眼中都燃起了熊熊烈火。"把这个女人给我！"钵孙陶大叫道，而孙陶则像疯了一样，一把推开对方，大声斥责："有本事就来夺夺看！"于是，争执升级为谩骂，谩骂升级为互殴。双方持械互斗，打成血人一般。

巨大的恐慌和不安向恶人们袭来，女人们哭泣着四散而逃。这时的兄弟俩想起了与梵天的约定，瞬间陷入恐怖之中颤抖不已，惶惶然逃回了充满火与黑暗的家、一个被诅咒者居住的家——魔界。

提洛塔玛回到梵天界，得到了诸神的赞赏，作为世间和人类之父的梵天也对其大加褒奖。梵天问提洛塔玛，想得到什么样的奖赏只管说来。"如果能到被祝福者们生活的光明界长期居住就好了。"提拉塔玛提出了自己唯一的心愿。

"就满足你的心愿，你这最具诱惑力的人！准许你到靠近太阳的地方居住，但不能在神仙们中间，以免出问题。为避免神仙们六神无主，你光芒耀眼的美就不要让那些好人们看到了吧，这样你就可以在光明界长期居住下来。"

随后，梵天将三界统治权重新归还给因陀罗，然后向着无限光明的梵天界悄然归去。

婆罗门和他的妻子

THE BRAHMAN AND HIS BRAHMANI

十一

如果我妻子能够复活，我很乐意献出我的半条性命

婆罗门[32]与他的妻子的故事记载在《五卷书》[33]中。

这位婆罗门将自己的心放置在女人莲花般的脚下，为了救她一命，可以将自己的生命置之不顾。

他的眼里盛满了温柔，古往今来多少恋人，谁人眼里有过如此温柔的目光？虽说如此，世上的男人，一生中从未被爱的痴情所捕获的，能有几个？

只有他一人爱着这个女人。他的家人甚至都不愿与她见

32　婆罗门，印度教（婆罗门教）的祭司贵族。

33　《五卷书》，古印度著名韵文寓言集，传说其作者名叫毗湿奴沙玛，据考证最早当出现在公元前 3 世纪，现存文本最早可以追溯到公元 6 世纪。

面，大家对她敬而远之。因为这位媳妇的舌头上似乎带有隐秘的毒汁，能够轻易地让兄弟姐妹反目，让友人同志成仇。但婆罗门对这样的妻子却爱得深沉，为了妻子义无反顾地将双亲和兄弟舍弃，携妻离家，前往他国寻找未来。所幸，他的守护神——提婆[34]与他同行。说起来，我们这位婆罗门除了稍微有点好色，溺爱妻子之外，没什么大毛病，是一位很出色的修道僧。提婆具有天眼通，能够预见将要发生的事情，他想看看这对夫妇到底要变成什么样子。

就这样，夫妻二人踏上旅途。在经过一片大象出没的森林时，年轻的妻子对丈夫言道："尊者之子呀，你的妻子快要渴死了。求求你，去附近的泉眼弄点水来喝吧。"于是，婆罗门拿起水瓢，急匆匆前往山涧小溪取水。等他取水回来一看，天哪，他最爱的妻子倒在落叶堆上死了。实际上，这是提婆施了一计，婆罗门不知情而已。

婆罗门一下扔掉水瓢，"哇"的一声当场大哭起来，失魂落魄一般，泣涕涟涟。他亲吻着美丽妻子死去的脸、纤细的脚和金色的喉咙，一时悲痛不已，大声号叫。他质问神灵，为何让他承受如此的痛苦。正在他愁苦之时，不知从哪里传来一阵嘹亮得如鸟儿歌唱的声音，回答了婆罗门："你这个糊涂虫呀！假如用你的半条性命可以换回你妻子的复生，你愿意吗？"

---

34 提婆，印度教神话体系中居住在天界的神明，亦可译作天人。

婆罗门为了爱情无所畏惧，勇敢地对"隐形者"回答道："是的，我愿意。那罗延天 [35] 呀，如果我妻子能够复活，我很乐意献出我的半条性命。""真是个糊涂蛋！这样的话，你就念三遍咒语吧。"对方回答道。于是，婆罗门念了三遍咒语。恰如梦醒一般，妻子的大眼睛一下子睁开来，圆润的手臂缠绕在丈夫的脖子上，娇嫩的嘴唇吸吮着丈夫的泪水，一如花瓣被夜雾所滋润。

夫妻俩食用了一些水果，平复了心情，再次踏上旅途。不久他们走出森林，来到一座白色城镇的郊外，走到一大片花园前面。花园里香气四溢，五彩缤纷，就像眼前出现了彩虹。喷泉分别从石雕的神像口中和石象的鼻子中喷出，周围生出丝丝凉意。此时，温柔的丈夫对妻子说道："亲爱的，你在这里稍等片刻，我去摘些水果打些水，马上回来。"

花园里有一个年轻人，他的工作是摇动水车，将水汲取上来送到喷泉处。虽说是年轻人，但这个男人很早之前便身患怪病——一种即使在炽热的天空下也会冷得打战的病——是一个除了声音完全感受不到他身上的朝气的男人。但他的声音却像耍蛇人逗引毒蛇，让女人迷恋。那个男人看到婆罗门的妻子，为了引起她的注意而唱起歌来。

年轻人的歌声幽幽，像林中小鸟婉转呼唤异性伙伴，像

35　那罗延天，印度教神明，相传是印度教三大主神之一的毗湿奴的化身。

小河流水轻吻碧绿的河岸，又像千劫之前的飞天女神一般，唱起阿马罗的情歌。阿马罗是嗓音最甜美的歌者，曾经从一百个女体中转生，遍历情感世界，终成爱恋秘诀的泰斗。婆罗门的妻子迷恋于歌声，爱欲之神——伽摩[36]用他尾部带花的爱之箭将她的心脏射穿。她悄悄靠近年轻人，一下吻上了男人的唇，一边窃窃私语："如果得不到你的爱，我情愿死去。"

不久，婆罗门带着水果和水回来了。那女人花言巧语欺骗丈夫，将食物分给年轻人，又要求丈夫带上这个男人与他们同行，作为他们的旅伴或者用人。

"但是，这个，"婆罗门回答道，"这个人看上去很虚弱，恐怕难以承受路上的艰辛。万一他病倒在旅途上，我们是没有力气背他的。"听闻丈夫如此说，妻子回答道："不要紧，如果他病倒了，我就把他放进篮子里，顶在头上。"婆罗门觉得这件事很不可思议，但碍于妻子的情面，无奈之下勉强同意了。于是，三人一起再次踏上旅途。

一天，三人来到一口深井旁休息。婆罗门的妻子看到丈夫睡着了，便冷不丁地一下将丈夫推入深井。然后和年轻人手牵手离开了。此事过后不久，两人来到一座大城镇，这里住着一位德高望重的大王。这位信仰笃厚的大王对所有婆罗

---

36 伽摩，印度神话中的爱神，名称含义是"欲"。伽摩面貌俊秀，有着绿色皮肤，以鹦鹉为座骑，手持弓箭。

门广施爱心，用大量金银购置了一大片土地，并在这片丰饶的土地中央为婆罗门修建了一座宏伟的庙宇。坏事做尽的婆罗门妻子被征收过路费的官员抓住，带到了大王面前。此时，患病的年轻人依然被她装在篮子里，顶在头上。这女人毫无廉耻，巧舌如簧地欺骗大王："人世间德高望重的大王呀，我头上顶的是我最爱的丈夫，一位怀有真心的婆罗门。作为僧侣，他在施善时遭遇劫难。有人在追杀我们，要取我丈夫的性命。因此，我才让他藏身在篮子里，来到了这里。"听了她的话，大王对他们深表同情。于是将一个村子的全部收入赐给了婆罗门之妻和那位假丈夫，让他们尽情享用，并对她说："你美丽又诚实，以后就当我的妹妹吧。"

再说那可怜的婆罗门，他其实并没有死。他的守护神提婆在井中救了他一命，几位碰巧路过的旅者把他拉了上来并给他提供食物，婆罗门因此活了下来。此后不久，一个偶然的机会，婆罗门也来到了恶妻居住的村子。妻子听闻后极度惶恐不安，赶忙跑到大王跟前，向大王哭诉："了不得了！要杀我丈夫的人，跟在我们后面追来了。"

大王听了，命令道："将那个男人放到大象脚下踩死！"

此时，婆罗门已被大王的手下逮住，他一边挣扎一边大叫道："大王呀！您为什么不听一听受冤者的心声？这样做，您还算是正义之君吗？这个蛇蝎美人实际上是我的妻子。在您惩罚我之前，请让她把我的东西还给我吧！"

听闻此话，大王让手下们暂且等等，然后厉声向婆罗门的妻子命令道："既然这样，你就把男人的东西还回去吧！"

婆罗门的妻子听后立马否认："大王呀，我并没有拿这个男人的东西，一件也没有。"听了她的话，大王即刻沉下了脸，脸色如摩诃罗阇[37]那样阴沉。

"还给我！"婆罗门喊道，"把我送给你的命还给我。念三遍咒语，把我的命还给我。我送给你的那半条性命，还给我！"

在大王面前，那个女人非常害怕，于是小声说道："嗯嗯，还给你。念三遍咒语，把你给我的命还给你。"说完，女人倒在大王脚边，死去了。

如此一来，真相大白。于是，便有谚语道：

　　　舍弃亲人舍弃家，

　　　舍弃半条命给她，

　　　无情背叛为哪桩？

　　　女人之心有谁知。

37　摩诃罗阇，梵语头衔，亦意译为大君、王公，意为"伟大的统治者"。

巴卡瓦丽

BAKAWALI

十二

巴卡瓦丽不可思议地又从燃烧的火炉中站立起来，像初生的婴儿，一丝不挂

　　这是一位穆斯林用印度斯坦语写成的故事集，但内容是印度远古神明以及飞天和罗刹的事情。这个奇异的故事集名为《巴卡瓦丽玫瑰》，讲述了在喷泉的魔水里沐浴后，男女性别发生了变化；用魔法生成的鲜花不但永葆鲜艳，其香气还可以使盲者复明；等等。但其中，这篇关于凡人和仙女的爱情故事应该是无与伦比的。

　　本故事发生于扎伊努尔·穆鲁克国王统治印度东部诸国时期。仙女巴卡瓦丽与一位人间青年坠入爱河。这位青年不是别人，正是国王之子。小伙子像女孩般漂亮，或者说宛如爱神伽摩，就像是为了爱而降生到这个世界的。在这个国家，所有的生物甚至包括草木都对美丽十分敏感。譬如，只要被

美丽少女的脚趾蹭一下，无忧树就会盛开香气四溢的花朵。而巴卡瓦丽原本就不是人类，而是仙人之女，其美丽是任何人间生灵都无法比拟的，天生风姿绰约如婵娟。因此，那些曾经见过巴卡瓦丽的人都相信她是仙人之女，当被问及这一美女时，他们会如此回答："不要问我们，去问夜莺，夜莺会歌唱她的美丽。"

王子塔巨尔·穆鲁克是偶然间邂逅巴卡瓦丽的，并在乾达婆的引导下对她暗生情愫。但他恐怕做梦也不会想到，自己所爱之人竟是仙人之女。但他感觉到，她的眼睛不同于普通人，异乎寻常地又大又黑，头发飘散出鞑靼麝香的芬芳。行走时，她身上似乎萦绕着一种难以名状的光芒和香气，摄人魂魄。塔巨尔不由地看得入了神，似乎成了壁画中的人物，话也说不出，站在那里一动不动，呆若木鸡。而另一方，爱情之火在巴卡瓦丽心中燃烧，她的理智就像金色飞蛾扑进了胸中之火。由此，她的族群，她的仙人身份，甚至她一直居住的天上宫殿都被她统统忘却，抛到了九霄云外。

在印度教圣典中，对一座不朽之城——阿尔玛那伽尔和城中居住的不老不死的仙人们多有提及。像天上的星座围绕太阳跳着金色舞一样，蓄着天蓝色胡须的因陀罗被一群永不睡眠的舞姬们围绕着，沉湎于无休无止的欢乐中。这里便是巴卡瓦丽的出生之地，已被坠入凡间爱河的她舍弃了。

这是一个充斥着香气和欢乐的夜晚。因陀罗似乎突然想起了什么，从坐榻上站立起来，向周围的人问道："那个菲罗兹的女儿巴卡瓦丽怎么不见了？"有一个人回答道："啊，启禀大因陀罗，那条漂亮的鱼儿被爱情的网捕获了。她在此之前，就因为不能尽情恋爱而像夜莺一样每晚叹息不已。现在，她爱上了人世间一介凡夫，痴迷于他终究要逝去的青春与美貌，只为他一人活着，为情所困。她现在何止是忘却，恐怕是嫌弃自家人了。啊，我的众神之主！那个玫瑰仙女从您的殿堂消失不见的原因，就是那个男人。"

因陀罗雷霆大发，下令即刻将巴卡瓦丽带到他面前，让她交代愚蠢至极的恋爱一事。提婆不敢怠慢，立刻下到人间，叫醒睡梦中的巴卡瓦丽，让她坐上他们的云车，来到了因陀罗面前。与人类的亲吻还湿润着她的嘴唇，脖颈上还残留着红花一样的人类吻痕。巴卡瓦丽十指交叉做祈祷状，跪拜在因陀罗面前。上天之主怒气冲冲盯着她，表情可怖，以前只有在骑着他的三鼻大象奔赴战场时才会这样。然后他对一旁的提婆吩咐道："神仙之身自有法度！这位女郎浑身散发着人类的臭气，用净火将她清洗一下！如果她不知悔改，继续犯错，每犯一次，就当着我的面将她焚化清洗一次。"于是，他们将巴卡瓦丽捆住，投入太阳般炽热的熊熊燃烧的火炉中。转眼间，巴卡瓦丽的身体化成了一堆白色灰烬。但几滴魔水随即洒在灰烬上，巴卡瓦丽不可思议地又从燃烧的火炉中站立起来，像初生的婴儿，一丝不挂，靓丽如玫瑰的她变得更加完美。因陀罗命令巴卡瓦丽："那么，就像从前那样，在我面前跳舞吧。"

于是，巴卡瓦丽翩翩起舞，跳尽天上宫殿所有舞蹈。弯曲如熏风里鲜花颔首的花之舞；起伏像小河在月光下蜿蜒而流的水之舞。旋转如狂风扫落叶，轻盈如蜜蜂悄然飞过。千变万化风姿绰约，行云流水尽显风流。直舞得观者沸腾，激动的心简直要拜伏在她闪光的脚下。满座观者禁不住齐声叫好："啊，花神降临！啊，玫瑰风情！啊，优雅至极，美丽无双！啊，像花儿一样！"

就这样，巴卡瓦丽每晚都要在天宫里小心侍奉因陀罗。同时，由于自己根本没有想过放弃那份痴恋之心，她每晚都要接受一次残酷的火的洗礼。每天晚上舞蹈完毕后，她都要在天庭的玫瑰喷泉中沐浴，然后下到人间，小心翼翼地躺在她所爱之人旁边，以免惊扰其睡眠。

然而，一天晚上，塔巨尔从睡梦中醒来，把手伸向枕边，却发现巴卡瓦丽不见了，只有枕头上残留的香气和到处散乱的衣裳。等她再回来时，似乎比以前更加漂亮。男人并未询问，也没抱怨。但第二天晚上，塔巨尔用小刀割破指尖并涂上盐巴，以免瞌睡误事。当云车如月光下的云朵无声降落的时候，塔巨尔起身悄悄跟在巴卡瓦丽身后，偷偷攀附在云车下面。他只觉腾云驾雾，很快到了阿尔玛那伽尔城，来到金碧辉煌的天宫，看到了因陀罗。因陀罗正沉浸在美貌和美酒之中，丝毫没有察觉。

塔巨尔藏在柱子的影子里，目睹了从未见过的美丽——除了巴卡瓦丽，耳听了世间难得一闻的美妙音乐。周围的华丽让塔巨尔看花了眼。头顶上镶宝石带雕饰的拱门好似数不清的彩虹交叉连接在一起。但就在此时，他无意间看到了巴卡瓦丽遭受净化的残酷一幕，心似乎一下掉到了冰窖里，不由"啊！"地大叫一声。他真想把自己也投入那炽热的火炉中，但此时魔咒念起，魔水已洒向灰烬。塔巨尔惊奇地看到，巴卡瓦丽从雪白的灰烬中站立起来——宛如拥有千变丽姿的吉祥天女，容光焕发——比平常更加光彩夺目，柔软苗条的身姿，飘逸闪亮的长发，就像刚刚被太阳拥抱过的彗星。

接下来，巴卡瓦丽如往常一样跳舞，然后离开。塔巨尔也像来时一样，回到了人间。

晨曦微露，黎明即将到来。塔巨尔将昨夜如何跟随他们去了天上宫殿，又如何被她的秘密所惊吓等等，统统告诉了巴卡瓦丽。巴卡瓦丽听后大为吃惊，吓得浑身颤抖，抽泣道："啊呀，你都做了些什么呀？！这样做，就等于你为自己树立了最大的敌人。你不知道，我为了你遭了多大的罪呀？亲人、身边的人对我的诅咒，族人对我的侮辱。但我宁愿遭受每晚被焚的痛苦，也不愿辜负你的爱；我宁愿经受千万次的死，也不想失去你。你也亲眼看到了这一切……但是，人类如果擅自闯入天神之国，回来时必定要受到惩罚的。唉，麻烦大了！要逃过这一劫，看来只有一条路，那就是我偷偷带你回到阿尔玛那迦尔城，多多祈求因陀罗大神的宽恕，想办法打动他的心，从而放过我们。"

于是，仙女巴卡瓦丽再次承受烈火的痛苦之后，为诸神跳起了舞。这次的舞蹈跳得不同以往，巴卡瓦丽千变万化的手姿，快速跳动的迷人双脚，闪亮舞动的秀发，跳啊跳……只看得观者头晕目眩。她的美貌与魅力麻痹了他们的舌头，"啊，花神降临！"这样的尖叫变成了低声细语。乐师的手指因疲倦而变得麻木，音乐变得颤抖、嘶哑，终于像泄气的皮球一样走向终结。

全场鸦雀无声。终于，因陀罗喜悦的声音像隐隐的雷声传来，打破了寂静："啊，巴卡瓦丽！有什么请求但说无妨，无论什么我都会答应你，以三神一体的名义，我发誓！"巴卡瓦丽双膝跪倒在因陀罗面前，她尚未从舞蹈中平息下来，大口喘着气，低声回答道："至尊之神，我只有一个请求：祈求您允许我离开这里，和这位我钟爱的人间青年生活在一起，直至他生命的终结。"说完，她柔情地注视着一边的青年塔巨尔。

因陀罗听了巴卡瓦丽的请求，也向塔巨尔这边看过来，满脸阴郁皱起了眉，整个宫殿似乎也被阴云笼罩。终于，因陀罗开口了："你，凡人之子啊，你是想请求同样的事吧？但我告诉你，要从我这里带走巴卡瓦丽这样的仙女做你的妻子，悲痛是会降临到你身上的。而你，不知羞耻的巴卡瓦丽，既然我已经发过誓，你就可以跟他走。但是我要对你下一个诅咒，从现在开始十二年，你的身体从腰部以下将变成大理石，你要知道这些。现在，和你的恋人尽情欢乐吧！"

于是，巴卡瓦丽被放置在锡兰广袤森林深处的一座废弃的塔中。此后好多年她都要坐在石座上，腰部至双脚完全被石化。而塔巨尔想方设法找到了她，将她当作女神雕像来供奉，虽然岁月漫漫，但他决心等待。

废弃的石板路杂草丛生，接缝处都被草根崩开，在野象沉重的脚步下晃动着，嘎达嘎达直响。老虎透过柱廊入口窥视，双目炯炯。即使这样，塔巨尔依旧没有感到厌倦和恐怖，他有足够的勇气和毅力陪伴妻子度过那漫长的寂寥岁月。

有时蜥蜴爬过来，歪着脑袋，瞪着宝石般的眼睛好奇地看；毒蛇也用它黄玉般的奇异眼睛直勾勾地盯着；大蜘蛛在雕像的头顶上织着银色的花边；羽毛艳丽如晚霞、有着肉色大喙的鸟儿在巴卡瓦丽眼皮底下安静地孵蛋……终于，第十一个年头临近尾声。一天，就在塔巨尔外出寻找食物的当口，高塔坍塌了，无助的巴卡瓦丽被深埋在废墟下，仅凭一个人的力量根本无法将石块搬开。塔巨尔，一个男人，无助地号啕大哭。但他坚信，仙女是不会死的，因此依旧继续等待下去。

此后不久，凌乱的废墟中突然长出了一棵奇异的树，那是一株树型柔美苗条，树干和枝条像女人般圆润的树。塔巨尔悉心照料，眼看它在盛夏的阳光里不断长大，不久树上开出了花，花的美丽就连被誉为东方少女之眸的水仙花也无法比拟。继而结出了桃色的果实，果实的表面如少女的肌肤般光滑。

就这样，第十二个年头也过去了。伴随着这年最后一轮明月的落下，一枚巨大的果实自然裂开，从里面诞生了一位长腿美女。她像茧中的蝴蝶那样四肢蜷曲，美丽宛如印度的晨曦，而且眼神如此深邃，人间女性哪能有，只有仙女才具备，正是她——巴卡瓦丽，从天神的诅咒中解放了出来，为了自己的心爱之人浴火重生了！

娜塔莉卡

NATALIKA

说完，她从怀中掏出一把短剑，一下刺进了自己的胸膛

在古代戈尔康达王国的土地上有一座提洛维克雷寺庙废墟，里面有一尊黑色大理石做的雕像，故事就从这尊雕像讲起。当死者躯体腐烂如朽木，最终化为泥土时，死者生前所爱之人都会转身离去，只有美德忠实地陪伴着，引领灵魂穿越黑暗，走向彼岸。

都城大街上，野草茂密苍黄。眼镜蛇盘卷在天神雕塑的大理石腿上，蝙蝠在花岗岩大象的耳朵里哺乳，多毛的蜘蛛在王宫屋舍里结网，只为捕捉红宝石颜色的蜂鸟。大蟒在圣殿里繁衍后代，这里华丽的装潢曾被印度诗人赞唱。众神塑像的宝石眼珠早已被挖走，蜥蜴安居在湿婆大神的嘴唇上，蜈蚣蜿蜒在雕梁上，鸟粪滴落在须弥坛上……只有寺庙的大门依然挺立着，仿佛是上面的铭文护佑着它，使它幸免于难。

铭文如下:

> 自存不在宇宙之中……人死不能带走一物,不如广积善德,一如白蚁高筑巢穴。父母、兄弟姐妹和妻儿都不能陪你到另一个世界,只有美德能与你做伴。

这些刻在石头上的文字,在千年的废墟里保存至今。

话说前几年,一位游方僧人在一次偶然的机会下独自游荡到这里。废墟上神像的断肢残臂散落一地,荒草萋萋。粗大的蔓生植物爬满石头大象,一副要拼命勒死它的模样。在一片荒凉中,他出人意料地发现了一尊雕刻精美、造型不凡的黑色大理石少女雕像。雕像裸身而立,看上去好似克里希那[38]的女人,头戴公主桂冠,一条花的瀑布从她合掌间喷涌而出直泄底座。底座上刻着她的名字——娜塔莉卡。上面刻着引自神圣史诗《罗摩衍那》的梵呗诗句,翻译成我们的语言,其意如下:

> 我见证了,女子奇迹,花经她手搓揉,芳香愈加浓厚。

娜塔莉卡公主的故事由此开始,该故事见载于波斯史学家佛利斯塔的编年史。

---

38 克里希那,印度教崇拜的大神之一,毗湿奴的第八个化身。

一千多年前，阿拉伯君主奥阿莱多与信德王国的蒂卢王之间爆发了一场战争。阿拉伯骑兵如风卷残云般横扫信德王国，他们长着剽悍鹰脸的军队所到之处血流成河，各地城镇被付之一炬，焚城的大火映红了半边天。布拉夫曼那巴特被付之一炬，然后是阿兰和帝纳尔。女人作为俘虏被捕获，男人则被屠杀于弯刀之下。为了他的人民和神明，蒂卢王顽强战斗。阿拉伯人势力强大，但他毫不畏惧，铭记先知的金句"刀剑丛中觅天堂"，无畏战斗到最后一刻，但最终寡不敌众。布拉夫曼那巴特城中，奥阿莱多的副将卡西姆捉住了信德国王的女儿，屠杀了国王和他的人民。

公主的名字叫娜塔莉卡。卡西姆看了一眼，女孩美若天仙，容貌胜过莲花中诞生的爱之女神，眼神柔如水，体态似弱柳，黑中泛青的秀发，瀑布般垂至带着金环的双脚处。以先知胡须的名义起誓，这是世间最美的女孩！除了他的君主，谁都不配拥有。于是，卡西姆特地挑选了精兵猛将护送女孩去往巴格达，同时携带大量战利品敬献君主：轻盈纤巧如羽毛的金银工艺品，一层套着一层的玉球雕刻，堪称奇迹的象牙雕刻，祖母绿与绿松石，钻石与红宝石，山羊绒的织物，大象与骆驼，应有尽有。在护送队伍出发前，卡西姆颁布严令，途中胆敢伤害娜塔莉卡的人，必须让其付出生命的代价，取其首级。语气坚决，不容怀疑。

不久，娜塔莉卡来到巴格达，被带到君主面前。至尊的领袖简直不敢相信自己的眼睛：世间竟有如此美女。对卡西姆敬献的大象、珠宝和奴隶，君主不屑一顾。他走下宝座，径直走向娜塔莉卡，双手扶起，当着大家的面亲吻她并对她说："应该是我跪你而不是你跪我。"娜塔莉卡只是一味哭泣，并未回答。

不久，君主让人告诉娜塔莉卡，他要迎娶她为自己最钟爱的妻子。自打第一眼看到她，他就日夜思念，寝食难安。他祈祷，只要女孩停止哭泣，只要让她高兴，他可以为她做任何事情。

但娜塔莉卡哭得更厉害了。她哭泣着喃喃说道："虽然是国王的女儿，但我已不配做你的新娘。因为来巴格达之前，卡西姆对我做了难以启齿的背德之事。"

君主听后气得胡须都立了起来，即刻派遣自己最快的信使，携带封好的密信前往信德。信中命令卡西姆速速离开信德，前往巴索拉，等待下一步的命令。

娜塔莉卡把自己关在一个房间里，整日以泪洗面。君主对自己没有办法劝慰她深感疑惑。

离开信德的卡西姆十分困惑，敬献了那么多的宝贝——美女、俘虏和大象等等，仁义厚重的君主为何仍然将他调离信德，骑在马上的他疑惑不已。继续前行，他来到了巴索拉，当地总督来看望作为部下的卡西姆。正当卡西姆抱怨之时，来了一队拿着弓弦的人，他们一言不发，直接将卡西姆勒死在了总督脚下。

日子就这样一天天过去。直到有一天，一队骑兵进了巴格达，来到皇宫。队长觐见君主，三拜行礼之后，将一颗胡须都沾满血的可怕人头放在了他的脚下，那正是大军师卡西姆的首级。

"瞧！"君主对娜塔莉卡喊道，"我给你报仇了！怎么样？现在你该相信我是真心爱你的了吧？我要你做我的妻子，做我最宠爱的王妃。"

娜塔莉卡当着在座所有人的面放声大笑，笑声狂野又恐怖："听着！你这上了当的人。那个卡西姆完全是无辜的，他根本就没有对我做过什么，我对你撒谎了。我是来报仇的！你们屠杀我们的人民，残害我的兄弟姐妹，毁掉我美好的家园，焚烧圣城。我就是来雪耻的！我，刹帝利王的女儿，怎么可能与你们这样的人为伍！我之所以活到今天，就是为了复仇！今天，大仇得报，我的仇人已死，而你的妄想成为泡影，这真是双倍的报复！可以了！"说完，她从怀中掏出一把短剑，一下刺进了自己的胸膛。娜塔莉卡倒下了。

娜塔莉卡的订婚者、她的意中人——奥达雅王则将那些行割礼的侵略者们赶出了那片土地，对落入他手中的敌人尽行屠戮，对那些施暴者以百倍奉还，为娜塔莉卡报仇雪恨。

但娜塔莉卡的死让奥达雅王对人生渐生倦意，他原本是想用爱的拥抱将娜塔莉卡扶上王妃宝座的。现在他虽然继承了王位，但对治理国家失去了兴趣，于是他放弃了国王宝座。最终，他选择了出家，到提洛维克雷寺做了一名托钵僧。

在感觉到自己的生命就要走到尽头的时候，奥达雅在寺庙墙下为自己挖了一个小小的墓穴。然后吩咐最好的工匠为他所爱之人制作大理石雕像，雕像要放到他的墓穴之上。工匠们精雕细琢，仿佛是在雕琢一尊女神像。按照奥达雅王的吩咐，娜塔莉卡双手揉搓着玫瑰花。奥达雅死后，娜塔莉卡的雕像被安置在他的墓穴之上。这样，娜塔莉卡的双脚就可以站在他的心上。

　　　　　我见证了，女子奇迹，花经她手搓揉，芳香愈加浓厚。

那些花因自我牺牲而更加芬芳，更加绚烂。那不正是娜塔莉卡盛开的青春之花吗？

千年易逝，提洛维克雷寺庙和它曾经的上万僧侣已然杳无踪迹。只有那雕像上石刻的玫瑰花依然散发着芳香。

十四

天哪！被投入炉中焚化的儿子竟活生生地出现在眼前，毫发无损

有一本用古印度语写成的故事书，书名叫作《魔鬼的二十五个故事》，里面的故事堪称精彩，远非人类语言所能表达，因为形形色色的魔鬼所讲的话非但奇妙而且历久弥新。魔鬼寄居在一具尸体里，用尸体的喉舌说话，用尸体的眼睛观察，并把尸体倒挂在墓地的一棵树上……

话说这是印度历六月黑分[39]第十四天的夜晚。一位心术不正的瑜伽修行者命令刹帝利王——维克拉玛蒂亚去把尸体从树上取下来，送到他那里。居心不良的瑜伽修行者有意趁夜晚谋害大王。

大王刚刚把尸体从树上放下来，寄居在里面的魔鬼就哈

39　古印度历法中，月亮从盈到满的半个月叫白分，月亮从亏到晦的半个月叫黑分。

哈大笑道："如果你在路上说一句话，我就不跟你走，马上回到树上去。"然后，魔鬼就开始对大王讲故事，故事各不同，异彩纷呈，大王只有听的分儿。每个故事讲完后，魔鬼都要向大王提问一些难题，如果不回答就要吃了他。如果答对了，虽然避免了死亡，但大王开口说了话，魔鬼自然就能回到树上。现在就听听魔鬼讲的一个故事吧。

啊，大王，曾经有座城市，名叫达尔木普尔。城市的王叫作达尔木希尔，他专为提毗，就是那位具有一千个化身和名字的女神建了一处辉煌的神庙。女神像用大理石雕刻而成，盘坐在巨大的莲花座上，四只手中的两只合掌做祈祷状，另外两只举起，伸向泉池两边。泉池两边各立有一头大象雕塑，喷着香雾。神庙香火鼎盛，皈依之人甚多，人们将白檀、净米、供品和鲜花源源不断捐给神庙，长明灯燃着香油。

一天，一位外地来的洗衣匠到提毗神庙朝圣，一位朋友与他同行。就在他走上神庙台阶之时，迎面走来一位少女。依照当地人的习俗，女孩腰部以上未穿衣服。但见女孩脸如满月，发如黑云，两只大眼秋波粼粼如野鹿，眉若弯弓，鼻似鹰钩，颈项如鸽，牙齿细如石榴籽，唇红好似绛[40]葫芦，手脚柔软如荷叶，皮肤亮黄似金花。朝圣者还看到，少女腰肢纤美如花豹。当少女黄金脚环的叮当声渐行渐远时，朝圣

---

40 绛，深红色。

者的目光因为爱变得暗淡模糊。他央求朋友速去打听少女的身世，得知她恰巧是某个洗衣匠的女儿。

朝圣者来到提毗女神面前，满脑子都是女孩的影像。于是他跪拜在女神面前，许了一个世间少有的奇异的愿："啊，伟大的提毗——众神之母、妖魔降服者——众神在您面前都要低头，您让尊崇您的人们脱离各种厄运和灾难。但愿神明保佑，实现我的心愿。如果您大发慈悲，让我如愿与那可爱的少女成婚，啊，女神，我愿向您献出我的首级作为供奉。"他许了一个这样的大愿。

就这样，他返回家乡，却因与所爱之人的分离和对她的思念而饱受折磨，非常痛苦。因为爱，他似乎忘记了一切，茶饭不思，夜不成寐，不久就病倒在床，看上去奄奄一息。他的朋友见此情景，非常害怕，跑到青年的父亲那里告知详情，父亲也为儿子忧虑万分。于是，在儿子朋友的陪伴下，父亲来到女孩所在城镇，找到了女孩的父亲求情："您瞧！我和您是同样的种姓和职业，因此我请求您帮个忙。我儿子如此迷恋您的女儿，如果不能订婚，我儿子必定很快死亡。因此，请求您准许他们两个订婚。"对于他的请求，对方没有一丝不满，而是找来婆罗门，定下了婚庆的良辰吉日。女孩的父亲对他说："把你儿子带来。我用姜黄涂抹女儿的手，让所有男人知道，她已订婚。"

亲事就这样定了下来。在选定的日子，父亲带着儿子来到女孩所在的城市，举行了结婚仪式，一切顺利，然后带着儿子儿媳回到亲人中间。两个年轻人相亲相爱，日渐情浓。青年心中充满幸福，然而总有一个阴影萦绕心怀，那就是曾经对神许下的誓言。但妻子的浓情蜜意最终让青年逐渐将誓言淡忘。

就这样，日子一天天过去。一个偶然的机会，青年和妻子一同被邀请参加一个在达尔木普尔举办的家宴，同行的还有那位曾经陪同青年进庙朝圣的朋友。还没进城，他们就远远地看到了神庙的镀金尖顶。带着巨大的痛苦，誓言的记忆重回年轻丈夫的心头。"真的，"他心想，"我没有兑现我对提毗圣母的誓言，我撒了大谎，太无耻了，是心理变态的最邪恶的人。"

于是，他对朋友讲："你们待在这里，我去朝拜提毗女神，拜托你照顾一下我的妻子。"青年来到神庙，先在圣池中洗浴，然后来到女神面前，低头合掌祈祷。在完成应有的仪式之后，青年用一把剑猛地砍向自己的脖颈，头颅脱离身体，滚落在女神打坐的莲花座旁。

且说妻子和朋友等了许久也不见青年回来，朋友开口道："他去的时间不短了，你待在这儿，我去叫他回来。"于是他走进神庙，看到朋友躺在血泊中，头颅落在提毗女神脚下。他心里暗想："活在世上真是艰难……如果我现在回去，人们会认为我贪恋朋友妻子的美貌而谋杀了他。"因此，他也在圣池中沐浴，做了应有的仪式，接着砍向自己的脖颈，头颅也滚落在女神脚下。

再说妻子等了许久没有消息，不禁为丈夫担心起来。于是，她也来到神庙，惊讶地看到两人的尸体和那把沾满鲜血的剑。带着难以言状的痛苦，她大哭起来并暗自想着："在这个世界上，想活出个样来真是不容易。丈夫没了，我活着还有什么意思？况且人们会说，这个邪恶的女人谋杀了两个男人，不过是为了自己无拘无束不道德地活着。唉！算了，不如我也追随他们两个，做个了断吧！"

说完，她径直走向圣池，沐浴了自己，做了仪式，然后举起决心自戕的剑对着自己的咽喉就要刺下。在此千钧一发之际，大理石神像的一只手猛然压住了她的手腕，只觉甬道一阵震颤，是女神沉重的脚步。诸神之母提毗大神从莲花宝座上站起身走了下来，很快来到这位妻子身旁。然后，只听庄严的石唇发出仙音："孩子，你也够可怜的，有什么愿望只管许给提毗吧。"闻听此言，妻子浑身颤抖，回答道："大神之母啊，我只有一个请求，让这两个男人复活吧。""那样的话，你就把他们的头放回身子上。"女神说道。

美丽的妻子赶紧按照女神的吩咐去做。或许是爱、希望和对神的恐惧让妻子昏了头，迷迷糊糊中她竟将丈夫的头安在了朋友的身子上，而将朋友的头安在了丈夫的身子上。提毗女神轻洒不死甘露，两人立刻复活并站了起来，强健如初，只不过两人的头颅做了奇妙的交换。

魔鬼于是问道："请问大王，她应该做哪位的妻子？如果回答错误，我就把你吃掉！"维克拉玛蒂亚答道："听着！圣典是这样说的：所有的河流以恒河为首，所有的山脉以须弥为首，所有的树木以天堂树为首，所以人的身体，五体之中以头为首。因此，丈夫的头在哪位身上，她就做哪位的妻子。"大王回答正确，没有受到伤害，但由于开口说了话，就得让尸鬼重回墓地，倒挂在树上。

就这样，尸鬼一次又一次地回到树上。但即使这样，大王不厌其烦，每次都会将它取下、绑上然后背起来。每次上路，尸鬼就要讲一个故事，故事生动而有趣，大王无法选择只有倾听。下面是尸鬼讲的另一个故事。

啊，大王，达尔木普尔城曾经住着一位婆罗门，名字叫克萨维。他有个女儿美若天仙，名字叫作玛杜玛拉提，意为花香奇异的茉莉花。女孩到了适婚年龄，她的父母和兄弟们都很着急，想给她找一个合适的男人做丈夫。

一天，女孩的父母和哥哥各自遇到了一位称心的男人并且都为她许了婚。父亲克萨维在朝圣中遇到了一位年轻的婆罗门，小伙子让他很中意，于是就将女儿许给了他。几乎同一天，作为圣典学习者的女孩哥哥，在心灵导师家中遇到另一位让他很中意的书生，于是将妹妹许给了他。几乎同时，一位年轻的婆罗门拜访克萨维家，小伙子让女孩母亲非常高兴，于是母亲将女儿许给了他。三位许婚青年在相貌、体魄和事业甚至年龄方面都旗鼓相当，要在三人中选出一个最好的几乎不可能。父亲回到家，看到三位青年站在面前，知悉详情后实在犯了难。"就一个女儿，却有三个准新郎，对三个人我们都做了承诺。到底让女儿嫁给谁做新娘？"父亲喃喃自语，不知如何是好。

就在他苦思冥想，盯着三个准新郎来回看时，一条毒蛇突然咬了女儿一口，女孩当即身亡。父亲立即派人找来魔法师和巫师，期望他们能让女儿起死回生。魔法师和巫师来到家中，却告诉他因为月亮周期的原因，加之是被毒蛇咬伤，他们无力回天，即便去求梵天王也无济于事。

婆罗门哭泣着为女儿做了法事，架起柴堆，将她放在上面火化后送葬。

三个男人都目睹了女孩生前的美貌，都为之倾倒。三人都爱上了她，却都失去了她，悲痛让他们决意远离尘世，放弃生活中所有快乐之事。三人都来到火葬现场，其中一人从火堆中收集起余温尚存的女孩骨头，放置在袋子中，然后离开，去做了一名托钵僧。另一位收拾起女孩的骨灰，带上它去往森林深处，搭建起小屋，让女孩的灵魂相伴，独自生活在那里。最后一位没有带走女孩的任何遗物，而是以一身瑜伽苦行者的装束开始云游世界，他的名字叫作玛杜斯达木。

事情过去了很久。一天，玛杜斯达木来到一位婆罗门家，募化施舍。婆罗门邀请他与自己的家人一起进餐。玛杜斯达木净了手洗了脚，坐在主人婆罗门身边开始进餐，而婆罗门的妻子侍立一边。饭菜刚刚上了一半，婆罗门的小儿子跑了出来，因为饥饿向母亲讨要吃食。母亲劝他稍等一会儿，他却牵着母亲的衣角不断央求。这终于惹火了母亲，只见她抓起小男孩，将他一下扔进了火焰熊熊的炉中，男孩瞬间被大火吞噬，眼看着化为灰烬。主人婆罗门依旧在吃饭，似乎什么也没有发生。而他妻子依旧侍弄饭菜，脸上挂着热情的微笑。

目睹此景，玛杜斯达木十分吃惊。他站立起来，饭还没吃完，径直走向大门口。此时，婆罗门热情询问："朋友，怎么没吃完就走？我和妻子已尽力招待，想让您满意！"

玛杜斯达木既吃惊又愤怒，回答道："你还好意思问我为什么？做出如此野蛮残酷之事，即便是罗刹鬼也不敢在你家吃饭！"

婆罗门听罢微微一笑，起身去往房间另一头，回来时手拿一本书——写有神秘魔法、教授如何使人起死回生的奇书。只听他念了一句咒语，天哪！被投入炉中焚化的儿子竟活生生地出现在眼前，毫发无损，即刻跑到妈妈身边，又在拽着妈妈的衣角哭闹。

"如果我有这本书，肯定能让我所爱之人复活。"玛杜斯达木不禁暗自思忖。于是，他又坐下来，把饭吃完并作为客人住了下来。他半夜偷偷起来，成功将书拿到手，溜回了故乡。

许多天之后，他千里迢迢地前往玛杜玛拉提火化之处凭吊。那天正是女孩的祭日，另外两位曾经订婚的男人也在那里，站在他面前。他们高声喊道："啊，玛杜斯达木，你云游了这么多年，一定见多识广。你都学会了哪些法术呢？"

"我学会了起死回生。"他回答道。另外两人央求他："那就让玛杜玛拉提复活吧！" 玛杜斯达木答应了他们的请求：
"请你们将她的骨头和骨灰收拢，我即刻让她复活。"

两个男人照着做了，于是玛杜斯达木拿出那本书，念了其中的一段咒语。随着咒语念起，那堆骨头和骨灰果然聚拢成型，先是变色然后鲜活，最后变成了一个漂亮的女人，美如茉莉花——玛杜玛拉提复活了，完全是被蛇咬之前的模样。

但是，三个年轻人目睹了玛杜玛拉提的复活，看到了她迷人的微笑之后，立马失去了理智，为了得到她，开始了激烈的争夺……

于是，魔鬼又问道："大王，你认为她应该做谁的妻子？回答错误，我就吃了你！"

大王回答："当然是那位带着骨灰，去森林深处搭建小屋，让回忆做伴，独自生活的男人。她应该做他的妻子。""错了！"魔鬼吼道，"如果没有另一位为她收集骨头，她怎么能复活？何况还有第三个男人，没有魔法书和咒语她又怎样复活？"

大王缓缓答道："就像儿子有义务保存父母的遗骨，那位保留女孩遗骨的男人不过是处在她儿子的位置。就像父亲给予儿女生命，那位施魔法救活女孩的男人不过是处在父亲的位置。只有那位携带骨灰跑到森林深处，搭建小屋，供奉着女孩的灵魂，独自生活的男人才是她真正的爱人，是她应该嫁的男人。"

魔鬼还问了许多其他问题，诸如男人如何通过魔法让自己变成女人，尸体如何被恶灵复活，等等。大王都对答如流。唯有下面这个故事，让大王实在难以回答。

啊，大王，在马哈巴尔统治达尔木普尔时，另一个王国挑起了战争。在一次大战中，马哈巴尔的军队被消灭，他自己也被取了首级。死去的大王的妻子和女儿逃到了一处森林里避难并在那里游荡。碰巧昌德拉森大王和他的儿子正在那片森林里狩猎，他们发现了地面上女人的脚印。"这些走过去的脚印小巧漂亮，肯定是女人们的脚印。真让人奇怪，这样的荒蛮之地竟然有女人存在。"昌德拉森大王对儿子说道："咱们追上去看看，如果是漂亮女人，我要那个脚印小的做老婆。另一个许配给你，如何？"

他们很快追上了那两个女人并惊异于她们的美丽。昌德拉森大王娶了马哈巴尔的女儿为妻，而他的儿子则娶了马哈巴尔的遗孀。就这样，父亲娶了母亲的女儿，儿子娶了女儿的母亲……

于是，魔鬼开始发问："啊，大王，在这种亲缘关系下，昌德拉森父子的孩子们之间将是一种什么样的亲属关系？"大王没有回答。大王的沉默让魔鬼很高兴，后来它以一种很奇怪又出人意料的方式给了大王很多援助，就像《魔鬼的二十五个故事》里所讲述的那样。

狮子

THE LION

转眼间，白骨哗啦啦集合完毕，回归各自的位置，完美契合在一起，形成一具完整的狮子骨架

智慧胜于知识，智慧高于学问。不明智的人就像故事中创造出狮子却被狮子吃掉的人一样。这是婆罗门维士奴萨尔曼在《五卷书》中所讲的，一个关于狮子的故事。

从前，一个婆罗门家族有兄弟四人，他们和和睦睦相亲相爱地生活在一起。很久以前，他们就想到邻国游历，期望获得好运和名望。这一天，他们商量好，一同出发了。

兄弟四人中，三个哥哥学识渊博，魔法、天文、炼金术，甚至是最难学的秘术，一套一套学了不少。只有老四没有什么学问，只拥有智慧。

旅途之中，一位颇有学问的哥哥抱怨道："这个没有知识的弟弟，跟他说什么都是对牛弹琴。他和我们一起旅行就

是个累赘。咱们要去拜访的国王们能尊重他吗？我看他只会玷辱我们的名声。不如让他回家吧？"

此时，大哥回答道："别，别这样。让他跟咱们沾点光又有何妨，多可爱的小弟弟呀。路上给他找点事做，说不定就不会给咱们脸上抹黑了。"

于是，四人继续旅行。没过多久，他们来到一片需要穿越的森林，路上出现一堆狮子骨头。狮子骨头白森森的，白的像牛奶，硬得像燧石，干巴巴堆在一起。

这时，刚才抱怨弟弟无知的那位哥哥开口了："怎么样？展示学问的机会终于来了，也让弟弟看看咱们的能耐。我们一起赋予这堆白骨以生命，让狮子起死回生，让弟弟为自己的无知而羞愧。很简单，我只需念起两三句魔咒，这堆白骨就会纷纷聚拢，每块骨头回到原位，契合在一起。看吧！"说完，这位仁兄念起魔咒，转眼间，白骨哗啦啦集合完毕，回归各自的位置，完美契合在一起，形成一具完整的狮子骨架。

"好的，下面该我了！"二哥兴奋地说，"我来施魔法，在骨骼的原来位置上赋予筋腱，强化肌肉，打通血脉，还要让体液、血管、腺体、骨髓、五脏六腑生出来。然后在外面绷紧一张皮。看吧！"刚说完，一具完整的、毛发凛凛的狮子胴体四足抓地，赫然站立起来。

"好，轮到我了！"三哥说话了，"我一句话就能温暖其血液，激活其心脏，狮子立马活起来。再让它呼吸，吞食猎物，咆哮起来！"

就在哥哥要念咒语之时，目不识丁的弟弟猛然上前捂住了哥哥的嘴，大叫道："哥哥不可！不要念咒语，这可是狮子呀。它要是活过来，会把咱们都吃掉的。"

哥哥笑了笑，斥责弟弟道："你这个糊涂蛋，赶紧回家吧！不学无术者，你懂什么呀？"

弟弟无奈求哥哥："那就求求哥哥，等我爬上树，你再念咒语，让狮子活过来。"哥哥答应了他的请求。

弟弟刚刚爬上树，还没喘口气，哥哥就念起了咒语。说话间，狮子缓缓动起来，大黄眼珠睁开来，伸了一下腰，呼的一下立起来，一声怒吼震天地。然后狮子把头转过来，对着三个聪明人看了看，突然扑了过来。三人瞬间成了腹中物。

直到狮子没了影，没有学问的弟弟才下了树，战战兢兢地回了老屋。

祸母奇闻

THE LEGEND OF THE MONSTER MISFORTUNE

十六

突然，祸母一下子冲了出来，火龙一般冲入人群，顷刻间烧死无数人

人心多贪婪，有百想千，有千想万，有万还想坐天下，坐了天下还想当天帝。即便那些已经拥有财富和智慧的人依然会贪心不足，纷纷追求那些不可求的利益。为警示那些心怀恶念之人，《法苑珠林》[41]第四十六卷讲述了下面这个故事。

在古代某个时候，太阳比现在耀眼，鲜花比现在芳香，色彩也比现在鲜亮，神仙们在大地上随意徜徉。在一个地方，有一个国家，压根不知忧虑为何物。金银珠宝用不完，五谷丰登堆成山，城镇里人山人海，热闹非常。

41　《法苑珠林》，中国唐代僧人道世编撰的佛教典籍，全书共有100卷。

已经很久没有发生过战争，都城的城墙上荒草茂盛，像蛇一样深扎的草根将城墙的石头撬起，风起处瑟瑟晃动。百姓们无时无刻不在哼唱小曲，如同流淌的黄河一般。这里的人们只有在睡觉时才会停止对快乐的追求，就连睡梦也是甜蜜蜜的，没有丝毫忧虑笼罩其中。人们轻松活过一百岁，最后毫无痛苦地无疾而终，就像快乐之后的小憩，又像是沉醉之后的短暂睡眠。当真是莺歌燕舞，盛世模样。

有一天，国王召集百官重臣，向他们询问一件事情："你们都听好了。我读了收藏在大寺庙里的一些文书，其中有一句话'当年祸母造访此国时'。你们当中有谁知道祸母是一种什么样的怪物吗？它长得像什么？"

文武百官听后，异口同声回答："启禀陛下，我们没有见过这样的东西，也说不出它长得什么样。"

于是，国王命令一位大臣，即刻到周围小国打听，一定要弄清祸母到底是何等怪物。如果能够买下，无论价钱几何，哪怕以一郡的代价也要买来。

话说某位神仙听说了此事，随即化身为人，手牵用铁链锁住的祸母，来到邻国最大的集市。祸母的样子看上去像一头大野猪。而这一边，身负重任的大臣也来到了邻国的集市，看到拴在柱子上的怪物，十分好奇：这到底是个什么牲畜？于是向化作人类的神仙打听。

"它叫祸母，是只母的。"神仙回答道。

"卖不卖呀？"大臣问道。

"当然卖啦！"

"价钱几何？"

"黄金百万两。"

"每天喂什么？"

"缝衣针二斗即可。"

于是，大臣用百万两黄金买下了它。买来后，每天喂养是必需的。于是乎，各方市场、裁缝店、织布店忙得晕头转向不说，就连地方官员们也被调动起来，呼呼啦啦到处搜寻缝衣针。殊不知，祸根由此埋下。须知缝衣针并非寻常物，成山成堆任尔取。因此，这方土地上的人们面临巨大灾难。交不出缝衣针的人们被打板子，引起骚动一片。官员们在大臣的严命之下，丝毫不敢懈怠，对属下和老百姓就更为严苛。裁缝店的老板伙计等依靠缝衣针维持生计的人们陷入困难的境地，制作缝衣针的作坊尤甚，人们拼了命赶工，很多人甚至过劳而死，但也难以满足那个畜生的饕餮之腹。由此还造成市面上针价飞涨，一根针可以换取数颗祖母绿或者钻石。有钱人倾其家财采买，也难以填满怪兽那地狱般的大嘴。终于，在饥饿和官府的苛刻盘剥之下，各地民众忍无可忍，揭竿而起。由此引发了一场战争，数万人死于非命，血流成河。即便如此，钦差大臣仍然无法筹措足够的缝衣针喂养祸母。

在此情况下，钦差大臣不得不上书国王："启禀陛下，雌祸母在百般努力下已经买到，而雄祸母尚未入手。臣恳请陛下，切勿再谋求雄祸母。臣诚惶诚恐禀告陛下，一头雌祸母已将一国财力耗尽。臣不才，实在无法将此怪物牵引至王宫。因此，臣斗胆恳请陛下，允许臣将此怪物就地处决。贤明的陛下，您必定记得印度智者所言："即便最不愿纳谏之王也应听取忠良之言。'"

此时，国王对邻国的饥荒和骚乱已有耳闻，因此即刻允准大臣的请求，将怪物就地处决。

于是，祸母被牵到远离村庄的地方，用铁链牢牢锁住，大臣下令宰杀。出人意料，屠夫们刀斧齐上，却似乎砍在了铁墩上，祸母一副刀枪不入的模样。大臣无奈调来军队，乱箭射向祸母，岂料箭镞纷纷折断，落了一地。箭射其眼也无济于事，祸母两眼炯炯，金刚石般坚硬。费了九牛二虎之力，无数刀剑卷刃，祸母依然毫发无损。

见此情景，大臣又命人架起火堆，要将祸母推入火中烧死。大火烧起来，沥青、火油和干柴不断向里扔，大火熊熊，十里外都无法靠近。大火中的祸母先是被烧得浑身通红，然后白热，像月亮一样闪闪发光。此时，铁链已像蜡一样融化了。突然，祸母一下子冲了出来，火龙一般冲入人群，顷刻间烧死无数人。然后这头怪兽疾风一般跑了起来，见村烧村，见庄烧庄，其身后的路也变得滚烫。眼看着祸母就进了都城，在大街上暴走，在屋顶上疾驰，一直烧到王宫，最后连国王也被烧死了。

就这样，因为国王愚蠢的一句话，国土荒废，成了不毛之地，只有牛鬼蛇神住在那里。

生命一如陶器制作，无论怎样小心翼翼，成器之后注定
会被打碎。生命如流水，一去不复回。幸福要长久，唯有灭
六欲，恰如乌龟缩进壳，又如掘壕护城堡。运用智慧斗恶念，
方能幸福无祸患。

释迦牟尼在经文中如此说道。这一寓言无疑是释尊早期
所讲的，从已经失传的梵语版本翻译成汉语，载于《法苑珠林》
第五十一卷。

在毒蛇出没的田野，一对父子正在劳作。一条眼镜蛇
突然咬了儿子一口，年轻人立刻两眼发黑，心脏很快停止
了跳动。当时对毒蛇咬伤还没有好的治疗方法，年轻人一
命呜呼。父亲看了一眼爬满蚂蚁的儿子尸体，平静地返回

田间继续耕作。

一位路过的婆罗门目睹了这一切，对于父亲平心静气继续耕作感到不解，而且父亲脸上不见一滴泪水。如此的冷漠令婆罗门十分困惑，于是他走到田间询问那位父亲。

"那位死去的年轻人是谁的儿子？"

"是我的儿子呀。"老人一边劳作一边回答道。

"那么，既然是您的儿子，怎么不见您流一滴眼泪，就这样若无其事呢？"

"你好糊涂啊！"老人回答道，"所谓人，生下来那一刻，他就向死亡迈出了第一步，身体成熟之时就是衰落的开始。所谓积善人家有余庆，积恶人家有余殃。哭泣、叹息又有何用？这对死者也没有什么益处。对了，这位高僧，您要去镇里吧？路过我家时请顺便告诉我老婆，就说儿子死了，让她别忘记给我送午饭。"

"唉，这是什么人呐！亲儿子死了，不见哭一声，尸体放在田野里依然若无其事耕种。孩子的尸骸上爬满了蚂蚁，竟然平心静气惦记着午饭。这人是何肚肠？一点慈悲心都没有，不讲丝毫亲情。"婆罗门暗想。但受好奇心驱使，他特意去了死者家，把话捎给年轻人的母亲。"这位女主人，您的儿子被蛇咬伤死了。但您的薄情丈夫竟然让我捎话，说别忘给他送午饭……我看您也没有哭，对儿子的死同样无动于衷呀！"

这时，死者的母亲开口了："这位高僧，犬子呢，只是从父母这里获得了一时的生命，所以我才称之为犬子。现在他走了，以我这份微弱的力量无论如何是留不住的。这么说吧，他就像旅店投宿的客人，客人住宿不过是休息一下，然后再上路。店主人总不能强留客人不让他走吧？所谓亲子之缘，不过就是这么一回事。犬子去也好来也好，待多久何时走，我是无能为力的。这是犬子的命，命中注定。人不能与命争。既然如此，那叹息又有何用？"

婆罗门越发感到惊讶，于是又去问了死者的姐姐，她正是鲜花般盛开的妙龄姑娘。"弟弟亡故了，你怎么不哭呢？"

于是，姑娘也打了一个比方："这就像一群伐木工进入深山，伐倒大树，然后将大木绑成筏子，放入河中漂流。但大风突起，波浪翻滚，筏子被冲得一会儿东一会儿西，最终哗啦一下解体。大木被旋涡冲散，随波逐流，散乱一片，要想重新聚拢成筏根本不可能。弟弟的命运就像这样，到目前为止，天命让我们维系在一起，生活在一个家中，成为一家人，但现在永久分离了。生死无常，人的寿命有长有短，一段时间内大家维系在一起，但最终注定是要永久分离的，这就是人的宿命。弟弟命中注定的寿限到了，我们大家也将各自遵从宿命的既定安排。留住弟弟不让走，这样的能力我是没有的。既然是无能为力的事情，哭又有何用呢？"

依旧困惑的婆罗门又去问死者美丽的妻子。"这位夫人，您同床共枕的丈夫正值青春年少却突然逝去，您难道不应为他哭泣吗？"

那位妻子同样给婆罗门做了一个比喻。"这就像两只鸟，一只从东边飞来，一只从南边飞来，一下相遇了，四目相对中意了，然后绕圈飞舞，最后找一棵树或者寺庙的屋檐住下来，一起过一夜。我和丈夫的命运就像这样子。当东方日出时，两只鸟儿为觅食从栖息之处各奔东西。如果是命中有缘，他们还会再见面。如果无缘，他们从此不会再相见。我丈夫的宿命就是这样，当死亡之神找到他时，他的生命就到了终结之时，以我之力，挽留绝无可能。既然如此，哭又有何用？"

婆罗门愈发困惑，于是又去找了死者生前使唤的奴仆。"你的主人死了，怎么不见你哭啊？"

奴仆同样给他讲了一个比喻："主人跟我结缘一开始就是命中注定。我不过就像跟在母牛后面的小牛，母牛被屠宰，小牛是无法从屠夫的斧下救出母牛的。无论怎样哭泣或号叫，都是没有用的。我连自己何时被宰都不知道，哭有何用？"

婆罗门被深深震撼，一时无语。在明晃晃的金色日光里，女人们在给田间劳作的无情老头准备午饭。看着她们忙碌的身影，婆罗门呆呆地站在那里，一动不动。

芬陀利
PUNDARI

忧伤来自欲望，欲望催生邪恶

这是一个关于佛陀的故事。佛陀得道后，脚下呈现两轮赫赫生辉的太阳，让世界到处都充满光明。

当年佛陀住在灵鹫山山顶，俯视着那座古老的、现已消失无踪的都城——王舍城。整座城十分气派，但见街道洁白，拱廊雕梁画栋；乳白色的宫殿雕刻繁复，看上去如山羊绒般轻盈，如霜花般精致晶莹；时刻能听到大象的叫声，多情的音乐在空气中荡漾；无数的花园散发着花香，花香袅袅直上天堂。鲜花般甜美的女人们带着脚环，在琴笛伴奏下翩翩起舞……其中，灵鹫山突兀而起，傲视四方，山顶闪烁着亮如白昼的大光明——耀眼玫瑰色的光芒昭示着佛陀现身。

城里住着一位名叫芬陀利的舞女，风姿绰约，美貌绝伦。

她早已厌倦了舞蹈、珠宝和鲜花，厌倦了多彩的丝绸胸衣和彩霞般透明的衣裳，也厌倦了那些动辄跑来献殷勤的王侯将相——他们骑着大象，带着从远在天边的国度而来的美玉、名香和珍宝等。她的本心对她窃窃私语：莫若去找佛陀，那里可以得到智慧和安宁，甚至可以成为一名比丘尼。

于是，她告别了这座美丽的都城，行走在山道上，向着那闪耀着玫瑰色大光明的山顶前行。行至半路，灼热的阳光、崎岖的山路、身处沙漠般的干渴和疲倦一同向她袭来。于是，刚刚爬到半山腰的她停了下来，来到一处泉水旁，泉水钻石般清亮，在山石凹陷处自成清水一汪。舞女决定在此饮水小憩。

舞女弯腰饮水，水面银白如镜。她看到了自己：秀发乌黑闪亮，双眸秀美如莲花般温柔，红唇甜美如初放的玫瑰花蕾，面容姣好洒满阳光，腰肢柔软闪着光泽，象鼻般圆润的四肢修长，套着金环的脚踝闪亮亮。泪水似雾迷糊了她的双眼，她不禁思量："当真要放弃这般美丽？"她喃喃自语："真的要将这美丽掩藏在粗陋的隐者衣袍之下？它曾迷倒过多少王侯将相！就这样目睹自己的青春和风姿如旧梦般逝去？那又为何生得如此漂亮？不能！还是让那些缺乏风采、青春已逝的人们放弃一切，去追求五道吧！"于是，她掉转头，面向闪亮的王舍城，那里正飘来花香、流水般的音乐和舞女们放荡的笑声。

在高高的山顶，无所不知的佛陀坐在玫瑰光中，听到了芬陀利的心声，对她的软弱深感遗憾。轻念一声，佛陀化身为一位少女，美丽轻柔远超舞女芬陀利。正在下山的芬陀利突然注意到了身旁的少女，震惊于她的美丽无双，于是问道："美丽的人儿，你从哪里来？谁家的孩子能如此漂亮？"

美丽的少女用一种金笛般轻柔的声音答道："可爱的人儿，我也正返回白色的王舍城。路上有伴不寂寞，不如我们一起走吧。"

"好的。美丽的人儿，你就像鲜花吸引蝴蝶一样吸引着我，你有着无与伦比的美貌，你的心必定也是高贵的。"芬陀利回答道。

于是，两人结伴下山。过了一会儿，美丽的少女走累了。芬陀利在路边坐下来，把自己浑圆的膝盖做枕头，让那俊俏的人儿枕上来。亲吻她让她入睡，轻抚她丝滑的秀发，看着她似睡非睡中金色的脸庞，多么成熟，多么美呀！看着看着，她的心中涌起了对这位美少女的万般爱意。

就在芬陀利尽情欣赏之际，枕在她浑圆膝头上的脸庞眼看着发生了巨变，就像一颗金色苹果瞬间萎缩起皱，刚才还十分丰满的脸突然变得干瘪难看：眼窝变成了又黑又深的大洞；曾经丝绸般的睫毛连同阴影消失得无影无踪；秀发已苍白，如同祭台上的香灰；嘴唇又瘪又皱，牙齿已脱落，先前玫瑰般红润的嘴干瘪，打着哈欠，一张一合；脸部的骨头凸起，渐成骷髅一样的可怕形状；身上年轻人的香气已无影无踪，代之以让人难以忍受的臭气；随着死亡临近，一些蠕动的小虫爬上来，而且出现了死神黑色指尖留下的铁青色斑痕。芬陀利禁不住大叫一身，不顾一切地飞跑到佛陀身边，向他讲述了她的所见所闻。

佛陀于是宽慰芬陀利，对她说："啊，芬陀利，生命就像水果，期待其成熟，又害怕其掉落。而美貌则像鲜花，终归要凋零。美丽的躯体有何用？且看那恒河流水边，尸骸正腐烂。老去和死亡谁也无法避免。而更加悲惨的便是那如同山洞中的回音，又像大象身后的脚印一样的轮回。

"忧伤来自欲望，欲望催生邪恶。肉体只是人的心灵的产物，产生于追求快乐的贪念。就像沉睡者觉醒以后，梦就会消失一样，只有那些学会断绝五欲、灭绝心念的人，才会消除忧伤，远离恶念。而对于那些五道修成的人们而言，肉体都可以消失。

"芬陀利呀，没有什么能比人的欲望更炽热，因此也就没有什么能比毁灭肉身更快乐。所谓灭意断行，爱尽无生，说的就是这个道理。不修梵行，老了就像白鹭，空守着干涸的莲池。一旦面临巨变，他们就会再次陷入痴念之中，在忧苦中重生。

"彼乐空闲，众人不能；快哉无望，无所欲求。真正的快乐呀，是没有欲望，了无所求，这是凡庸之人难以做到的。真人无诟，生死世绝。没有污垢的真人才能避免坠入轮回之道。心已休息，言行亦止；从正解脱，寂然归灭。心中已无妄念，言行无复差错；顺从正道得解脱，安安静静入涅槃。"

舞女听完，毅然将青丝剪断，将宝石、饰品等馈赠品全部扔掉，抛弃一切进入五道修行。众天神十分高兴，让白色都城上空的山峦光芒闪亮，并下了一场花雨，奇异的花瓣纷纷扬扬。

阎魔

YAMARAJA

高者亦堕，合会有离，生者有死

这是一个关于佛陀出生时，天空中的星星停止运行的故事，记载于宝典《法句经》。

一位婆罗门的儿子死在了青春年少、如鲜花般盛开的年龄，就像玫瑰花心生了虫，含苞欲放的莲花被掐断了莲池里清水的供应。即使在王孙公子之中，他也鹤立鸡群般清秀，而且学识渊博，在教义经典方面，无论是经文的注解释义，还是首卢迦的唱诵都无人能及。

年迈的父亲紧紧抱着儿子，三次昏厥在尸体旁。每当人们想要扶他回家，他便声嘶力竭地哭喊，然后昏倒在地。于是，人们趁他昏死之际，将尸体从他手中抢出，然后用净水清洗，用带香气的亚麻布裹缠，放在印度鲜花点缀的棺材里，运至墓地。当不幸的父亲醒来时，葬礼早已结束。严肃的同族老者们围在他身边，对他的悲痛过度进行了严厉批评。婆罗门无计可施，是啊，叹息和流泪又有何用，只得无奈与儿子作了告别。

但是，婆罗门并未就此停止丧子之痛，思来想去，忽然间一个大胆的想法闪现在心头。"对呀，听说古代有一高僧，在修成五德十力之后，直接找到冥王阎魔做辩论。我虽然意志薄弱，也没有修成无上智慧，但我有发自内心的对儿子的爱和执着的信念。因此，我要去拜会阎魔，求他把儿子还给我。"于是，婆罗门穿上僧衣，举行了教法规定的法事，供奉了香与花等祭品之后，便踏上了寻找冥王阎魔之旅。一路上他逢人便打听，哪里能找到阎魔，寻寻觅觅，路途遥遥。

有的人听闻此事，吃惊地张大眼睛不回答，认定他已经疯了；有的人则对他冷言讥讽；还有人劝他"赶快回家吧，趁你还没见到阎魔"。身佩镶有宝石的宝剑，浑身穿着亮闪闪的金银铁具，骑马悠悠路过的刹帝利王子们这样回答他："阎魔嘛，可以在爆发的箭雨下找到，可以在刀光剑影中找到，可以在战场的风暴中找到，可以在披了铠甲的战象阵列前找到！"黑黢黢的水手听了，海潮般大笑："这位大人，您要找阎魔？到咆哮的大海中找吧，到肆虐的飓风中找吧，暴风雨之神会回答你！"正唱着天女乌尔瓦西赞美诗的舞女们停下来回答他，一副妖艳之态："要找阎魔？那就在我们的臂弯中、红唇上和心里面寻找吧！一个吻就可以让你销魂哟。"然后尖声大笑，笑声犹如风过寺院，檐下风铃随风摇摆奏出和鸣。

婆罗门依然漫无目的，四处彷徨。记不清曾徘徊在多少河岸边，多少城楼的阴影中。终于有一天，他来到了东部群山之下的一大片荒芜之地，那里住着已经获取无上智慧的至圣尊者。眼镜蛇吐着分叉的舌头；花豹猛然从草丛旁跑过，两眼发出绿色的光；蟒蛇从他面前蜿蜒而过，茂密的苇丛被压出一条波浪，好像小船行驶在水面上。为了寻找儿子，婆罗门不能畏惧，只有前行。

终于，他到达了婆罗门尊者们居住的地方。尊者们已经获得了无上智慧，只用鲜花的香气来滋养生命。石山和古树的影子跟着阳光变长变短，变换方向，但尊者们打坐的树下阴影却没有变化。这些隐士可以直视太阳，眼睛不眨一下。鸟儿们在他们蓬蓬的大胡须里安了家。婆罗门浑身发抖，怯怯询问哪里能找到阎魔。

长久的沉默，婆罗门无言等待着。只听见小河潺潺唱诵永恒的首卢迦，树叶低吟起婆娑，无数金蝇嗡嗡叫，巨兽在丛林中出没。终于，尊者们动了嘴唇，一起问道："你为何要寻找阎魔？"尊者们一发声，流水停止了唱歌，古树不再摇曳，金蝇的翅膀也暂时安歇了。

朝圣者颤巍巍回答道："你们瞧！我也勉强算是一名婆罗门，但我天生愚钝，领悟不了真理，难以获得无上智慧。

六十年来，我孜孜不倦追寻圣迹，以期成为尊者。按照圣规，如果六十岁尚未获得无上智慧，那回家娶妻生子就是他的职责命运。我一切遵行，儿子诞生，美如夏花。他自孩提时就聪明好学，于是我竭力向他灌输对无上智慧的热爱，亲自教育他，直到他的知识超过了我，然后我又从象岛国延师施教。然而，他在最美的青春年华，却被带走了。嘴唇上刚刚长出淡淡的胡须，却被无情地带走了。因此，恳求各位尊者，告诉我阎魔住在哪里？我要祈求他归还我的儿子。"

只听尊者们用同一种声音齐声回答，就像许多河流汇成瀑布落下："怎么说呢，你这高龄之人竟然还深陷愁苦哀叹之中，仅此一点你就不宜获取无上智慧。殊不知星星死在轨迹上，众神会像树叶一样枯萎，人世也会像香烟一般消亡。生命犹如花朵，盛开意味着死亡，人之事好比诗歌书写在水面上。接近无上智慧的人只为存在而悲伤……也许你会由此得到启发，所以权且告诉你吧。阎魔之国不可造访，因为人类的双脚绝不可能踏在它的土地上。不过有一个地方，从此地向着落日之处几百里有一个山谷，一座闪光都城就在其中。那里只住着神仙，是他们化身为人时住的地方。每个月的第八天，阎魔会来此拜访，那时你可以见到他。但要起咒，念诵陀罗尼经，片刻不能忘，以免恶灵降临身上。现在就请离开，我们要重新进入冥想。"

经过几个月的跋涉，婆罗门终于站在了山谷之上的最高峰上，俯瞰乳白色的都城——一片光明，宛如忉利天宫。昔日罗摩神的信使哈奴曼，在夜巡兰卡岛时看到过十首魔王拉瓦那的宫殿，女人们相拥沉睡，交叠成环——用女人身体交织的花环。传说中那样奢华的宫殿恐怕也没有这般辉煌，但见魔法雕刻的台阶层层叠叠，高大的宫殿直冲云天，殿顶如在彩云间。拱门套着拱门，粉色大理石门像睡着的舞女张开的嘴；外带埱墙、内嵌金边的高墙围绕着花园，深深如森林；圆形屋顶洁白浑圆似乳房，银色乳头样的喷泉喷洒着香雾。诸神居住的宫殿大门上方刻着字，只有拥有无上智慧的菩萨们才能读懂，哼哈二将收拢翅膀担当护卫，一颗硕大的红宝石闪着火焰一般的红光。婆罗门站在大门前，虔诚地焚香，不断念诵陀罗尼经——直到守门的哼哈二将发了慈悲，卷起黄金门，将他放行。

宫殿大厅似乎高入九天，蓝天一样的圆形穹顶无须支撑，高悬在神仙们聚集的上方。黑色大理石的地面像深不见底的湖泊闪闪发光。婆罗门拜伏在地，不敢抬起眼睛。他感觉人类走在上面像大地在震动，摇摇晃晃。神仙们聚坐在一起，清晰地倒映在地面上，他们的面目并不像人间寺庙供奉的那般可怖，每个神仙额头上都戴有星星，有着长生不老的气色和耀眼的光明身姿。只有阎魔的额头不带闪光的星星，他盯人时的眼神深邃，似乎是深渊回应着深渊。阎魔说话了，在婆罗门听来，就像是从无底深渊涌上来的水发出的声音……

遵从这一声音的指示，婆罗门说出了自己的请求。

冥王用一种奇特的声音答道："婆罗门啊，你的请求值得称许。你的儿子就在东方花园里，牵着他的手，就此离开吧。"

欣喜万分的婆罗门进了花园。那里的喷泉永不干涸；果实保持成熟，永不掉落；鲜花永远鲜艳，从不褪色。他在众多玩耍的孩童中寻找，他亲爱的儿子就在喷泉旁。他大叫一声哭了出来，冲向儿子紧紧抱住了他，欣喜的眼泪流下来，喊着："啊！我的儿呀，我亲爱的长子。你认出我了吗？父亲为了你历经了多少悲伤。我为了找回你，甚至求到了冥王阎魔跟前。你认出我了吗？"

然而孩子像轻雾般挣脱了他的怀抱，眼中充满疑惑地说道："我不认识你！"

婆罗门不禁泪流满面，跪倒在孩子面前："啊，啊！我的儿子，你真的忘记了你的父亲？他爱你胜过自己的生命。他曾教你婴孩的小嘴喃喃祈祷，他从未拒绝过你内心的期望，将你像王子那样养大，教你所有婆罗门的智慧。你真的都忘记了吗？还有你的生身之母，自从我长途跋涉寻找你，她每日以泪洗面，暗自悲伤，难道你把母亲也忘记了吗？来，你再仔细看看我！再看看，肯定能认出我！也许是我太过悲伤，面容改变太多，以至于在你眼里我不是原来的模样？"

但孩子只是重复答道："我不认识你。"

婆罗门趴在了地上，极度绝望的他禁不住号啕大哭。看到他如此伤心，孩子感觉不忍，上前拍了拍他的背，说道："我真的不认识你！对我来说，你是一个陌生人。首先，说什么'父亲''母亲'这些像衰草一样已经消亡的俗界身份，我真的认为是很愚昧的。你很悲伤，说明你受害于痴迷。悲伤产生于贪念和欲望，就像菌类产生于腐败一样。在这里，我们不知道欲望，不知道悲伤，也不会心存幻想。你对于我犹如月前的风，又如熄灭的火和火熄之前的燃烧物。你把悲伤和愚昧带到这里，对谁都没有益处。所以，请你速速离开这里。"

　　于是，婆罗门只好离去，满腹悲伤让他无话可说。

　　这时他才想起去找佛陀——沙门乔达摩，去寻求忠告和安慰。佛陀同情于他，将手放到他胸前，使之宁静。然后说道：

　　"啊，婆罗门，你因为痴迷和愚蠢受到了惩罚。

　　"你要知道，人一旦死去，亡者的灵魂就会进入一个新的肉体形态。往昔的那些缘分就会彻底断开。这就像旅店的住宿客，一旦离开就像不曾存在一样。

　　"你的软弱和对恩爱的痴迷很值得同情，但要寻找慰藉，那只能在无上智慧中实现。

　　"人类对妻子儿女的牵挂都是徒增烦恼，到了终结之时，诸如人类的痴爱等等一切就像遭遇洪流，席卷而去，一点不留。

　　"命该绝时父母都无能为力，爱与力量也爱莫能助，此时的亲人们就像瞎子看管灯火一样茫然无助。

"所以，若能慧解这些道理，就可以拯救人世，启蒙人类，去除悲伤，消灭五欲，救赎自己。

"慧可消弭一切痛苦，远离各种烦恼的渊薮，犹如风卷残云。这样才能避免将来重生，获得八重智慧，淡然无为，最终找到永恒的宁静与安息。

"高者亦堕，合会有离，生者有死。

"因此，婆罗门，一切情欲、一切爱恋、一切惋惜都要舍弃，就像素馨花一样，花开成熟自然脱落。舍弃贪痴，离群独居，一心观法，犹如脱离象群的大象般快乐。"

此时的婆罗门开始意识到生命的空虚，快乐的无常以及悲伤的愚昧，于是不再悲痛，他恳求大师答应，允许步其后尘前行……

信仰之莲

THE LOTUS OF FAITH

就在菩萨将要落入火中的一刹那，从火焰底部突然升起一座硕大而美丽的莲花

这是《本生经》中讲述的一个故事。佛陀诞生之时，江河湖海恬静澄清，七层地狱见光明，盲者复明以观世间福祥，失聪者复听以闻人间喜悦之声。七重莲花生，岩石崩裂开，无量瑞光充满十方世界。

这是梵施王治理圣都贝拿勒斯时的一个故事。贝拿勒斯是一座生活着猿猴与孔雀、拥有七宝装饰的都城，那里回响着大象与骏马的嘶鸣，以及美妙旋律和歌女甜美的歌声。就在此时，未来的佛陀在经过无量劫的重生之后，诞生在贝拿勒斯一个王室财务总管的家中。

所谓一劫即一千万年。

未来的佛陀，目前还是一位菩萨，作为圣都的一名公子

在荣华富贵中被抚养长大。小小年纪就已经掌握人类各个门类的知识，长大成人后承袭了父亲的财务总管之职。在忙于公务的同时，对僧职人员大量施舍，从不吝惜，在这方面不想让其他人超过自己。

那时正好还有一位受人尊崇的觉者住在附近，正励志圆满修成十力，已经七天七夜粒米未进。终于，觉者从禅定三昧中站立起来，沐浴斋戒，重整法衣，利用十力之功驰骋天空，很快来到财务总管府邸大门前，手持铁钵站定。

此时，菩萨已经看到，那位化缘的觉者正默默站立在自家门前，便令随从将觉者的铁钵取来，以便盛入那些立志修炼高级智慧者允许而且喜欢吃的食物。随从于是遵命前行，拿取觉者的钵。

随从走向前，正要伸手取钵之时，突然间，大地剧烈摇晃颠簸起来，双脚像是站在波涛汹涌的大海上。正疑惑间，大地一下分裂开来，裂开了一个似乎要把地心暴露出来的大口子。眨眼之间，托钵僧与随从之间就形成了一个深不见底的深渊。深渊里面如同阿鼻地狱一般，滚滚地狱之火不断喷涌，巨大花岗岩像蜡一样迅速融化，即刻化为云烟飘散而去，像极了熔岩喷涌的大火山口。

与此同时，天空中一团黑色妖雾弥漫开来，一眨眼的工夫，太阳的脸被完全涂黑了，一片黑暗。

随从和仆人们惊叫着四散而逃，只剩下深渊这一边临渊而立的菩萨和那一边岿然不动、安然而立的觉者。具备十力的觉者双脚站立之处的深渊之口不再扩大，而菩萨这边站立的地面却在不断塌陷，裂缝越开越大，张开的大口似乎要把菩萨整个吞下。这一切正是罗刹鬼的首领——魔罗意欲置觉者于绝境，阻碍菩萨施舍食物。而遮住太阳的那片黑暗正是魔罗那可怕的脸。

就在此时，隐隐传来一阵响雷般的声音，只听那声音说道："那边站着的觉者不能靠你们的施舍活着，他的死期到了……我就是他和你之间的那团火。"

听了这番话，菩萨隔着熊熊燃烧的地狱之火看过去，深渊那边的觉者面不改色，十分沉着。既没有发话阻止，也看不出在鼓励他过去。

但是，眼前的深渊正在一刻不停地扩展，越来越大，似乎要吞食觉者一般。目睹此景，菩萨禁不住大喊："魔罗，你是绝对不可能得逞的。你的法力是不能用来违背你的职责的！啊，我尊敬的觉者呀，我一点都不害怕，马上到您身边去，请接收受您的仆人献给您的食物吧！"

说完，菩萨手持盛满米饭的铁钵，向着那熊熊燃烧的火焰一脚踩了下去，口中一边默念："玩忽职守犯下恶，不如干脆坠入地狱。"

此时，站在深渊对面的觉者莞尔一笑。就在菩萨将要落入火中的一刹那，从火焰底部突然升起一座硕大而美丽的莲花，恰似梵天王从黄金胎内诞生一样，将菩萨的双脚稳稳托定，在菩萨头顶洒下黄金粉末，似星雨一般。同时让菩萨平安渡往深渊那一边。于是，菩萨将施舍之米轻松倒入觉者的铁钵中。

　　此刻，黑暗消失，深渊了无踪迹。觉者升入空中，穿过一座玫瑰色的云桥，瞬间消失在喜马拉雅山的方向。而菩萨站定在黄金大莲花上，久久地对众生说法讲道。

叁

出自《卡勒瓦拉》的诗篇

RUNES FROM THE KALEWALA

本章所选 3 篇故事出自芬兰史诗《卡勒瓦拉》，该书是 19 世纪的芬兰医生艾里阿斯·隆洛特收集整理民间歌谣而编成的。

魔法咒语

THE MAGICAL WORDS

二十一

为了聆听卡勒瓦歌唱，美丽的太阳停止了运行，金色的月亮停下了脚步

有一本用古芬兰语写成的奇异诗歌集《卡勒瓦拉》，里面记述了混沌初开、乾坤初奠之际的一些事情，以及神匠们如何构筑天空，极北之地居住的魔女、魔法师的故事，等等。魔女之首娄希有一个美貌绝伦的女儿，各路神仙、勇士们甚至英雄维纳莫宁都疯狂追求她。她的纯美就像月光。她是那么白皙，透过皮肤能看到骨头；她是那么清纯，透过骨头能看到骨髓。为了出海追求她，英雄维纳莫宁决意打造一艘新船。下面要讲述的，就是记载于《卡勒瓦拉》中的故事。

老英雄维纳莫宁决心要造一艘新船——一艘快速战船。为此他亲自伐木，一边唱着魔法歌一边伐倒一些巨大的松树和冷杉等。伐倒的橡树、冷杉和松树会用细根发出声音，回

应维纳莫宁的歌声。一般人听来不过是回声而已，但传入维纳莫宁的耳朵里，却是魔法从树木中拧出的话语和词句。

现在只剩下战船的龙骨需要制作，一艘好的战船需要一根过硬的龙骨。维纳莫宁伐倒了一棵大橡树，打算将它弯曲、凿刻，将粗大的树干挖空。大橡树就要死了，临死之前它用令人心痛的语气发出树木之语提醒维纳莫宁："我是难以做你的战船龙骨了，因为虫子在我的根部安了家。不止如此，就在昨天，一只渡鸦落在了我的头顶上，那家伙的背上、头顶全是血，连纯黑的脖子上都沾满了黏糊糊的血呀。"

维纳莫宁于是放弃了这根橡木，走进深山继续寻找没有瑕疵的冷杉或松树。最后他终于找到了一根适合做战船龙骨的大树，就是它了。他和先前一样唱着魔法歌，将大树伐倒。念诵咒语，物体就能自然成型。维纳莫宁精通这样的法术，所以利用魔咒，船体很快就成型了。同样利用魔咒，似乎魔女轻唱间，战船的桨、肋骨和龙骨已经组装完毕。接下来要安装船首了，此时需要三句咒语，但维纳莫宁却不知道。为此，他的心中十分惆怅。

话说深山中住着一位年老的牧羊人，高龄几何无人知晓，只听说他已亲历了一千次满月。维纳莫宁进入深山，向老人请教这三句咒语。老人用梦幻的声音告诉维纳莫宁："想要知道魔法歌的咒语与词句，就到燕子的头上、大雁的肩膀上或者天鹅的脖子上去找，那里成百上千，要多少有多少。"

于是，老英雄维纳莫宁为寻找咒语出发了。空中飞翔的燕子被他杀死数千羽，几千只白雁被杀死，雪白的天鹅也被他用弓箭射落了几千只。但是，在这数千羽鸟儿的头上、肩膀和脖子上，别说咒语，就连咒语的第一个字母都没有找到。维纳莫宁暗想："这到哪里去找？对了，咒语可能就藏在夏天驯鹿的舌头下，或者是白松鼠红红的嘴巴里，说不定能找到成百上千呢。"

维纳莫宁为寻找咒语再次出发。无数被屠杀的驯鹿尸横遍野，成千上万的白松鼠惨遭屠戮。但是，在它们舌头下、嘴巴里，别说咒语，就连咒语的第一个字母都没有找到。

维纳莫宁又想："这到哪里去找？对了，咒语可能就藏在死亡之国马纳拉地下荒野上的死亡女神的住所。如果到冥界托奈拉走一遭，说不定能找到成百上千呢。"

于是，维纳莫宁为寻找咒语，向着马纳拉的地下荒野、无月的冥界托奈拉出发了。他健步如飞，连续走了三天。三天里，他像影子一样疾走在旅途上。

终于，维纳莫宁来到了冥界的黑河大堤上，所有亡灵都必须渡过这条河。他向河对面的冥童们大喊："哎，冥王托尼的女儿们，把船划过来！哎，马纳拉的孩子们，把船划过来！我要过河！"

但是冥童们高声问道："你是怎么来到马纳拉的？是怎么到达这个亡者之家、亡灵之国的？答得上来，我们就把船划过去！"

"是托尼让我来的，是死亡女神拉我到托奈拉的。"维纳莫宁隔河大声回答。

结果，托奈拉的女儿们非常生气，卡尔玛（死亡的拟人化）的贞女们大怒，回答道："你们人类的那些花招，我们都知道，你那些花言巧语一下就能看透。你是个活着的人类！到现在也看不出你被索命时留下的伤痕在哪里，也不见蒙受灾难的痕迹，更不见为你挖掘的坟墓在哪里。那么，到底是谁把活着的你送到马纳拉来的？"

维纳莫宁隔河大声回答："是铁把我送到托奈拉的，是钢把我领到马纳拉的。"

托奈拉的女儿们听后更加生气，卡尔玛的贞女们更加愤怒："你们人类的那些花招，我们都知道，你那些花言巧语一下就能看透。如果是铁带你到托奈拉，如果是钢领你至马纳拉，怎么不见你衣服上有一滴血？到底是谁送你到了马纳拉？"

维纳莫宁再次隔河大声回答："送我到马纳拉的是火，陪我到托奈拉的是焰。"

托奈拉的女儿们听后愈发生气，卡尔玛的贞女们愈加愤怒："你们人类的那些花招，我们都知道，你那些花言巧语一下就能看透。如果是火送你到马纳拉，焰陪你到托奈拉，你的衣服上怎么不见烧灼的痕迹，身上也没有任何烧伤？是谁带你到马纳拉的？"

维纳莫宁站在黑河这边，向着对岸再次大喊："是水带我到马纳拉，水陪我到托奈拉。"

托奈拉的女儿们听后生气至极，卡尔玛的贞女们愤怒至极："你们人类的那些花招，我们都知道，你那些花言巧语一下就能看透。你的衣服便是证据，一滴水也不曾滴下来。别再扯谎了，你依然活着。目前为止，你没有受伤，没有蒙难，没有遭遇不幸。没见你死，没见你骨头被敲烂。到底是谁把你领到马纳拉，谁指引你来到托奈拉？"

事到如今，维纳莫宁只好如实回答。他向对岸大声喊道："好吧！我把一切如实相告。我自己造了一艘新船，是用魔法之歌造的一艘战船。这期间，我的魔法之歌造好了船型，造好了龙骨，造好了桨。但是，我却不知道打造船首需要的三句魔咒。为此我来到托奈拉，为找到三句魔咒，我来到马纳拉。事情就是这样。托奈拉的孩子们，把船划过来！卡尔玛的贞女们，把船划过来！"

于是，死亡之女们划着黑色小船渡过黑河，将维纳莫宁渡到河对岸，又划船将他送到亡者徘徊的荒野上。将亡者们所饮之物让他喝，将亡者们所食之物让他吃。长途跋涉、旅途劳顿的维纳莫宁一下倒在地上，就此呼呼大睡起来。

维纳莫宁渐入梦境，他的衣服却没有入睡，具有魔力的衣服为他通宵站岗。

黑暗中，冥王托尼的铁指女儿坐在河中央的一块巨石上，用铁指编织着一张长达一千厄尔[42]的铁丝大网。

42　厄尔，英格兰古老的长度单位，最初定义为约等于成年人前臂的长度，后来在英国定义为45英寸（约1.143米），多数用于裁缝行业。

冥王托尼的儿子们也坐在河中央的一块巨石上，用长着铁指甲、如同钩子的手指，也编织了一张长达一千厄尔的铁丝大网。

他们将大网投入河中，向两岸张开，企图让维纳莫宁陷入网中。捉到这位魔法师之后，只要黄金般的月亮还在天上，银色的太阳依然将人间照亮，他就别想从马纳拉的深渊逃走，也别想从托奈拉的领地逃亡。

但他们没有想到，维纳莫宁身上的衣服正密切注视着一切，被魔法师施了魔法的衣服并没有睡觉。维纳莫宁念了一句咒语，立刻将自己变成一块小石头，骨碌骨碌滚到了河里。滚到河里的小石头即刻变成一条铁蝮蛇，从铁网的网眼中钻了出去，哧溜哧溜游到了河对岸，躲进了岸边黑色的芦苇丛中。

就这样，维纳莫宁毫发无损地离开冥界，从冥童们那里逃了出来。但是，最紧要的东西——三句咒语连半句也没有找到。

维纳莫宁又在暗自思索："现在看来，这咒语的成百词汇、上千音节肯定藏在远古的大地巨人卡勒瓦的五脏六腑之中。但是，此处距离卡勒瓦安息之处路途遥遥，更要翻过针尖山，还要在武士们锋利的刀刃和英雄们锋利的战斧上走一番。"

于是，维纳莫宁去见了自己的弟弟——伊尔玛利宁，一位不朽的铁匠。他打造的天穹，使用钳子之处不留任何齿印，使用锤子之处没有任何凹痕，是名副其实的大工匠。当天地之间一片黑暗时，正是铁匠伊尔玛利宁为人类用白银打造了太阳，用黄金打造了月亮。维纳莫宁大声招呼弟弟："我的弟弟伊尔玛利宁呀，我要到大地巨人卡勒瓦的胃袋里拿取魔法咒语。你给我打造一双铁靴、一副铁手甲和一副铠甲，还有一根内芯为钢的铁棒。"

伊尔玛利宁很快打造好哥哥需要的物件，并对他讲："我的哥哥维纳莫宁呀，远古的大地巨人卡勒瓦已经死去，他的坟墓非常深，别说咒语，你可能连第一个字母都拿不到。"

但维纳莫宁还是义无反顾地出发了。他翻过针尖山，在锋利的刀斧丛中勇往直前。他穿着铁鞋疾驰，用铁手甲拨开路上的刀斧，终于到达了大地巨人卡勒瓦的长眠之地——一处巨大的坟墓。

卡勒瓦沉睡于地下已经千月以上，一种名为哈帕的杨树在他的肩上扎了根，名为科伊武的白桦树长在了他的太阳穴上，叫作莱帕的接骨木从脸上长出来，胡子与垂柳的树皮一起蓬散着，枝叶茂盛名为奥拉维库斯的冷杉在他的额头上盘根错节，名为哈乌孔卡的山松从他牙齿间伸展出枝叶，一种叫作帕塔加的黑松在他两脚之上安了家。

维纳莫宁将白杨树从卡勒瓦的肩上稀里哗啦拔了出来，然后是太阳穴上的白桦、脸上的接骨木、胡子上的树皮、额头上的冷杉、牙齿间的山松和两脚间的黑松，一个一个全部拔除。

然后，维纳莫宁把那根锻打的铁棒一下插进了"劈山者"——地下安息的巨人口中。

　　已经长眠的卡勒瓦猛然醒了过来，在痛苦的呻吟中，咔嚓一声咬到了铁棒。不愧是钢铁芯，既没有被咬碎也没有被咬折。卡勒瓦痛苦之中想一下吞掉折磨自己的家伙，于是张大了嘴。就在此时，维纳莫宁刺溜一下像飞鸟一样钻进了他的喉咙里，然后下到他巨大的腹腔里，在那里燃起火，搭起了锻铁炉。

　　剧痛之下，卡勒瓦禁不住喊叫起神仙的名字，从靠在世界之轴上的神，到蓝色大海之神、冰原之神、森林精灵，甚至呼叫起了俞玛拉大神，这位大神出生时黄铜山像地震一样震撼，湖泊变成了山。但最终没有哪位神仙来帮助卡勒瓦。

　　于是，卡勒瓦对痛苦施加者大肆咒骂，大量的咒语脱口而出。风之咒、火之咒、风暴之咒、人脸石化之咒，以及将被诅咒者赶到一望无际、不闻马蹄声、小马找不到一根草的拉普尼亚大沙漠去的咒语，诸如此类的咒语源源不断。但是，不论怎样的咒语，都没有对维纳莫宁造成任何伤害，只是让维纳莫宁的嘴角露出嘲讽的微笑。

　　此时，维纳莫宁对着卡勒瓦大喊道："哎，你这北国第一歌手，在你教给我那三句急需的咒语之前，我是不会离开这里的。我四处寻找，始终没有找到。哎，卡勒瓦，你就将这三句咒语唱给我吧！将这不可思议的魔法之歌唱给我吧！"

RUNES FROM THE KALEWALA

作为获得了最高智慧的巨人、妖法魔力之歌的吟诵者，卡勒瓦缓缓张开了嘴，开始为维纳莫宁吟唱那不可思议的魔法之歌。

一字一句，卡勒瓦唱了起来。妖法之歌连着魔法之歌，一首接一首，卡勒瓦要唱尽他所有会唱的歌。在他唱完之前，群山消失，河流干涸，大湖的鱼人灭绝了，甚至大海都无力掀起波浪。

歌声缭绕，长达数日。数日间，不分昼夜，歌声绵绵，从未中断。妖术之歌，魔法之歌，创造之歌，毁坏之歌，一歌接一歌，连绵不绝。智慧之歌，鸿蒙开辟前神仙们唱的北国之歌，能够将无化为有、将暗夜变亮的歌，一首连一首，卡勒瓦的歌似乎永远不到头。

为了聆听卡勒瓦歌唱，美丽的太阳停止了运行，金色的月亮停下了脚步，大海的怒涛偃旗息鼓，卷走大树的冰河暂停其狂暴，大瀑布一时静悬在瀑潭上方。为了听他歌唱，尤奥塔纳的波涛高高昂起了头。

最终，维纳莫宁听到了梦寐以求的三句咒语，于是不再让卡勒瓦难受，从其腹中跳了出来。不久，卡勒瓦再度沉入永恒的睡眠。深爱他的大地再次将他遮蔽。在他的长眠之地，林木森森，盘根错节织起了网。

最初的乐者

THE FIRST MUSICIAN

二十二

狼站在了山岗上，熊爬到了高高的树上，只为倾听歌声

芬兰的古诗歌集《卡勒瓦拉》讲述了世界是由蛋黄而来，而天空是由蛋壳而来。并且记述了铁的起源和钢的诞生以及音乐的起始等等。其中，最初的乐者并非别人，正是那位维纳莫宁。《卡勒瓦拉》第二十二章描述了维纳莫宁如何用音质好的冷杉木和大梭子鱼的牙齿制作了世界上第一把三弦康特勒琴。传说他用冷杉木做了琴体，用梭子鱼的牙齿做了琴钉，又用看守狼和狗熊的邪恶巫师西伊希的种马的黑色鬃毛做了琴弦。

乐器已成，康特勒琴静待奏鸣。老英雄维纳莫宁于是命老人们弹琴，合着琴声唱起古老的诗歌。然而，老人们的歌声犹如风过秃山，软弱无力，声音听上去像冻僵了一般，似

乎是老人软塌塌的指尖被琴弦弹回的模样。

老英雄维纳莫宁于是又让年轻人歌唱。但年轻人的指尖在琴弦上的跳动好像没有精神，发出的声音阴沉沉的，同样是指尖被琴弦弹回的模样。因此，听上去欢乐不能回应喜悦，琴声完全不合歌声。

于是老英雄维纳莫宁将琴交给了住在波赫尤拉———一片冰冻旷野上的巫师和魔女们。

魔女们唱起来，魔女的女儿们唱起来；巫师们唱起来，巫师的儿子们唱起来。然而情形依旧，欢乐不能回应喜悦，琴声完全不合歌声。魔女们的指尖每次触摸琴弦，都会发出撕心裂肺的金属割裂声，就像惧怕暗夜的人被看不见的手触摸而发出的悲鸣。

琴声将睡在火炉边的一位老人惊醒。听了琴声，这位亲历二百个冬天的老人大叫起来："停了吧！停了吧！这声音听了不头疼吗？都冷到骨髓里啦。这破琴扔到海里算了，要不就赶快送还制琴人吧。"

就在此时，不可思议的事情发生了，琴弦自己发出了奇妙的声音，声音自然地变成语言。康特勒琴用自己的本声恳求般说道："不要把我扔进深渊里，尽快把我送还制琴人吧。在制琴人手里，我可以发出欢快的声音，奏出和谐美妙的旋律。"

于是，人们将琴送还给了制作人维纳莫宁。

老英雄维纳莫宁先把拇指洗净，再把其他手指一根一根清洗干净。然后来到银之丘，甚至攀上了金之山的顶峰，在面朝大海的欢喜石上坐定。一边拿起康特勒琴，一边大声说道："那些没有聆听过古诗歌欢喜乐的人们，那些没有领略过乐器奇妙节奏、音乐美妙韵律的人们，都过来听吧！"

言毕，年迈的维纳莫宁开始歌唱。歌声似流水潺潺，清扬悠远；又似大水泱泱，一任豪放。

指尖在琴弦上游走，如此轻快奔放，琴弦欢快回应，奏出奇妙乐章，似千羽小鸟放开歌喉齐声欢唱。歌者的喜悦，琴弦以喜悦回应；琴的韵律与老英雄的歌声巧妙呼应。

所有生活在森林和天空的生灵，听到这美妙的歌声，痴迷于这美妙的歌声，纷纷从四面八方向着古诗歌的吟唱者聚拢。

灰狼从深藏于大沼泽的窝里出来了，狗熊从冷杉树根下或者巨松的空洞中出来了。它们遇到篱笆就翻越，遇到障碍便推倒。维纳莫宁向世界发出欢喜的呼唤，世间以奇特的方式做出回应。于是，狼站在了山岗上，熊爬到了高高的树上，只为倾听歌声。

这座欢乐森林的王者、长着黑色胡须的老人柯尼帕纳，以及野兽之神塔皮奥的追随者们，为了欣赏老英雄的音乐，一个接一个现身了。甚至森林王之妻、猛兽之女神、塔皮奥拉的女主人也穿上她的红色衣裳和天蓝色长袜，爬上中空的桦木，只为倾听这神之歌。

林中百兽，空中飞鸟，只为欣赏歌者美妙的演奏，只为听取婉转的歌声，纷纷争先恐后地聚拢过来。

大雕从云中降落，猎鹰划破长空，白鸥从遥远的滨海沼泽起飞，天鹅从溪流深处升腾，敏捷的云雀、飞快的金翅雀、美丽的红雀都想落在神的肩头。

从天空中初升、光彩夺目的太阳和熠熠生辉的月亮停在各自的运行路线上。太阳在明亮的苍穹，月亮在长长的云端，分别在各自的位置上站定，一个手拿金梭，一个手拿银梭，忙于织造美丽的光之锦缎。忽然，未曾听过的歌声飘到耳边，不自觉间，金梭从手中掉落，银梭也掉落云间，织线"砰"一声崩断了。

水居的生灵、大海深处的千鳍鱼们都来欣赏维纳莫宁美妙的歌声。

鲑鱼、鳟鱼、梭鱼、海豹们迅速赶来，大鱼小鱼齐聚岸边，能待多久待多久，侧耳倾听昂起头。

与大海同龄、长着海藻胡须的水中王者阿赫托坐在巨大的睡莲花上，现身于波涛之上。

多子多福的海神之妻正用黄金篦梳理头发，听到了维纳莫宁的歌声，黄金篦一下掉到了地上。愉悦的战栗让她痴迷，倾听的欲望愈发强烈，于是她从绿色地狱中升上来，来到海边。她将胸部靠在岸边的岩石上，沉醉于维纳莫宁与康特勒琴的和声中。

勇士们哭了，最坚硬的心被软化了。那些从未流过眼泪的人们，此时此刻，无不感动得泪如雨下。

年轻人哭了，老人哭了，壮汉哭了，少女哭了，年幼的孩子们哭了。甚至维纳莫宁自己也禁不住热泪盈眶，眼泪就要像泉水般涌出。

果然，他的泪水潸然而下，眼泪流得比山丘上野草莓的果实还多，比燕子的头还多，比鸡下的蛋还多。

泪水流过他的脸颊，从脸颊流到膝盖上，从膝盖流到小腿上，从小腿滚落到泥土上。

泪水浸湿了他的六层羊绒外套，六条金色腰带、七层上衣和八层厚实的下衣都湿透了。

泪水汇成了河，流到海边，从海边直落地狱，翻卷着落到黑沙之国。

泪水在地狱底部变作花儿盛开，花儿又变成珍珠，珍珠最终镶嵌在王冠上，成为勇士永恒的欢乐的象征。

年迈的维纳莫宁此时大声喊道："喂！青年们，名门之女们！你们当中有谁能下到海底，去到那黑沙国，替我收集起眼泪？一个都没有吗？"

年轻人和年长者异口同声回答："啊啊，我们当中没人愿意下到海底，到黑沙国为你收集眼泪。"

就在此时，一只长着蓝色羽毛的海鸥一头扎入冰冷的波涛中，下到海底，去到黑沙国，收集起了维纳莫宁的珍珠泪。

维纳莫宁疗伤

THE HEALING OF WAINAMOINEN

二十三

来吧，血管女神！来呀！我呼唤您的名字，祈求您的救助

　　血管之神索讷达尔是一位既美丽又善良的女神，她用奇妙的纺锤、黄铜卷线杆和铁纺车奇迹般地编织出了人的血管。

　　由于恶魔西伊希施了奸计，负责看守狼和熊的牧人蓝珀居心不良，维纳莫宁被自己的斧子伤了膝盖，鲜血像从山间奔涌出的小溪，喷涌不止。

　　老英雄维纳莫宁本身具备各种知识，精通所有千年不变的语言，也知悉多种咒语，但偏偏不知道疗伤的咒语。因此，尽管他施了五花八门的咒，念了令人恐怖的咒语，唱了远古的咒语，念诵了方术诗，仍然无济于事。

　　他忘记了最强大的咒语——血咒。若非如此，凭此咒语就可以将血止住，就可以让血回流，就可以在被铁割裂处和

被钢的青牙咬伤处筑起牢不可破的堤坝。

血从维纳莫宁膝盖的伤口处止不住地汩汩流出。

老英雄维纳莫宁将爱马套在棕色雪橇上，从容不迫地坐上去，在骏马腰部轻轻一打，镶嵌着珍珠的大鞭发出一阵嘶鸣。

骏马拉着棕色雪橇在长长的路上飞跑。像风一样驱马疾驰的维纳莫宁终于来到巫师们生活的聚落，他要拜访的是第一家。他把雪橇停在门口，大声呼喊："喂，咱们家里有没有人懂得铁？帮我止住这流得像小河像瀑布一样的血？"

一个在屋子中间席地而坐的小孩子回应道："这里哪有什么人知道铁？就连被树木刮擦这样的小伤费尽气力都治不好，又有谁能为勇士疗伤？你还是到别处问问吧。"

于是，老英雄坐上雪橇，扬起镶嵌着珍珠的大鞭，轻轻打在骏马腰部，骏马以迅雷之势飞跑，转眼就到了聚落中央。维纳莫宁在一户人家门口停下马，大声招呼："喂，咱们家里有没有人懂得铁？帮我止住这流得像小河像瀑布一样的血？"

这家火炉旁最里面，躺着一位老婆婆，身上盖着毯子，说话含混不清，嘟嘟囔囔。她老得只剩下三颗牙，却是该国第一智者。老婆婆站起身，走到门口答道："要说能理解勇士的不幸，减轻他的痛苦，堵住血脉之河，止住像雨飞溅的血的能人，这里一个也没有啊，你还是到别处另寻能人吧。"

老英雄维纳莫宁扬起镶嵌着珍珠的大鞭，轻轻打在骏马腰部，骏马像闪电一样疾驰在通往最高处人家的长路上。很快到达这一家，维纳莫宁下了橇，倚在门柱上大声喊话："喂，咱们家里有没有人懂得铁？帮我止住这流得像小河像瀑布一样的血？"

一位老人住在巨大的熔炉里，炉膛里传出他的咆哮声："我治愈过更严重的、出血更快的伤口，战胜过更大的险情，冲破过更难的阻碍——靠的就是造物主最初的三句咒语。念诵着这三句咒语，无论河口、湖道还是汹涌的瀑布都能被制服。我们曾折断海角打通海峡，也曾将两个地峡连在一起。"

老维纳莫宁从雪橇上下来，大大咧咧走进老人的屋子里。老人先拿出一杯银水，然后又拿出一杯金水。但它们都止不住维纳莫宁高贵的神之血。

"你到底是什么人？是哪里来的勇士吧？你膝盖流出的血已经装满了七杯八钵。啊！要是我能念诵另一个魔法咒语——那个威力巨大的血咒就好了！可惜呀，我已经忘记铁的起源了。"咆哮声从炉膛内老人的长须里传出。

于是，老维纳莫宁开口了："我知道铁的起源，也知道钢的诞生。从前，有三个兄弟，老大叫水，老幺叫铁，中间的名叫火。一天火突然发怒了，傲慢的火焰熊熊燃烧起来，越来越大。在那个毫无生机的年岁、灾祸丛生的夏天，田野被烧光了，沼泽化作焦土，大自然的生灵都被无法扑灭的大火吞噬了。铁到处寻找避难之处，试图找个地方躲起来。"

老人在炉膛里大声问："那么，铁最终藏起来了吗？在那个能够将万物摧毁的毫无生机的年岁、灾祸丛生的夏天，去哪里找避难之处呢？"

老英雄维纳莫宁回答道："铁把自己藏起来了，藏在高空上长长的云端，藏在光秃秃的橡树顶端，藏在少女花蕾般的胸间……有三位已经订婚的少女将自己的乳汁泼在地上，第一位的乳汁是黑色的，第二位的乳汁是白色的，最后一位的乳汁是红色的。黑色乳汁的少女孕育出了熟铁，白色乳汁的少女孕育出了生铁，红色乳汁的少女孕育出了钢。此后两年，铁就藏在大沼泽中央的岩石顶端，天鹅来此产卵，野鸭在此哺育后代。狼跑过沼泽，熊也跑进荒地，它们刨开了铁藏身之处的土。一位神仙路过荒地，看到被狼刨出、被熊踩在脚下的黑沙，当天就将铁从沼泽中挖出，将烂泥洗去，把水渍烘干。"

老人在炉膛里大声问："所以这就是铁的起源？这就是钢的诞生？"

英雄维纳莫宁回答道："不，我还没讲铁的起源呢。没有火，就无法生成铁；没有水，就无法硬化铁。只有在大锻造师伊尔玛利宁的锻造场，铁才真正诞生。被称为"不朽的铁匠"的名匠伊尔玛利宁，这样对铁讲：'如果我将你投入火中，投入我锻造场的烈焰中，你将变得高傲，变得强壮，人人都会怕你，你可以杀死同胞兄弟。'过火后被不断捶打的铁却立下誓言：'我有树木可以撕碎，有石心可以啃咬，决不会去杀同胞兄弟。'……伊尔玛利宁将铁投入炉心软化，又在砧上成型，接着'噗'的一声浸入水中。然后用自己的舌头舔舔水，尝尝味，这可是淬火成钢的汁，这可是硬化成铁的水。片刻之后，他大喊道：'这水不行！不论淬火成钢还是硬化成铁都没有力量。啊，西伊希之鸟摩黑拉伊宁！啊，我的小鸟朋友赫里海伊宁！请扇动你们敏捷的翅膀飞过来，越过沼泽，飞过陆地，穿越海峡飞来呀！将蜜载于翅膀上，快快飞到这里来！七草六花蜜放在舌头上，快快送来吧！现在是淬火成钢、硬化成铁的关键时刻。'……然而，恶魔西伊希的坏鸟赫里海伊宁送来的不是蜜，而是血毒。它瞪着蜥蜴般的眼睛，将蛆虫的黑汁和蟾蜍的秘毒带给了伊尔玛利宁，这正是锻铁和淬钢的关键时候。结果，铁突然愤怒起来，全身震颤，大叫着，翻滚着，完全忘却了自己的誓言，曾经的誓言像被狗吞吃了一般。一瞬间，它杀死了同胞兄弟。而且刺进肉里，咬破人的膝盖，让血流成河，变成了狂暴的疯子。"

老人在炉膛里大声说："原来如此，我明白了铁的起源，明白了钢的不祥宿命！"就在此时，老人想起了最初的咒语——血咒。他即刻念起咒语诅咒铁，仁慈的咒语镇住乱流的血。眨眼间，被铁咬开的伤口闭合了，奔涌的赤流被拦住了。

老人又用手指将血管的一头捏住，数了数，然后做起魔法祈祷：

多么美丽啊，慈爱的血管女神索讷达尔，您拿着美丽的纺锤、黄铜卷线杆和铁纺车，奇迹般地给人们编织血管……来吧，血管女神！来呀！我呼唤您的名字，祈求您的救助……带来一卷红肉，带来一根蓝色血管，将伤口抚平，将血管接通……

顷刻间，维纳莫宁的伤口愈合了，皮肉比以前更结实，切断的血管接通了，断开的筋腱连上了，破碎的骨头也重塑了。

肆

来自波斯的故事

STORIES OF PERSIA

本章所选的 4 篇故事是小泉八云从古代波斯著作中选编的。

野鸽布提玛尔

BOUTIMAR, THE DOVE

二十四

万物造化之神，愿其品德为世人永久赞美，愿其神力为万世敬仰

在人们所熟知的世界海洋之彼岸，有一片不为人知的大海——幽冥之海。那里波涛汹涌，发出阵阵轰鸣声。靠近即碎的长长巨浪发出不同于其他海洋的声响，似乎在吟唱着永恒的赞歌。大海中间有一座岛，岛上有一处青春之泉，泉水不断从神秘的洞穴中汩汩涌出。这正是"双角"亚历山大[43]曾经苦苦寻找，最后却无果而终的泉水。只有他的大将军、先知希德尔发现了此泉，因而成为不老不死之人。据文辞巨匠侯赛因·本·阿里所著的波斯民间故事记载，亲眼见过此泉之水的其他凡人，似乎只有苏莱曼一人。此事可在其著作

---

43 "双角"亚历山大，即马其顿国王亚历山大大帝，他在传说中被描述为长着两只角的模样，称作"双角"。

《老人星之光》[44]中找到。

在诸多国王之中，苏莱曼是无与伦比的。因此，所有妖鬼、精灵、人类、地上的牲畜、空中的飞鸟以及深海中的鱼类都对他膜拜臣服。其权力之广，只有西风神泽费罗斯的骏马的四蹄可以度量。这匹神马疾驰一昼之远，约为人间名驹一月所行，夜行亦不逊于白昼。

话说有一天，苏莱曼驾临宇内第一高山——此山现今仍冠以他的名号——他在山顶落座之后，环顾四周，伊朗高原和印度诸国尽收眼底，一览无余。此时，天下所有生灵纷纷聚拢过来，向他致以敬意。天上的鸟儿在他的头顶搭起一座充满生机的华盖，空中的精灵悄悄来到他的身边侍奉左右。就在此时，宛如大地上升腾起来的霞雾，一团香气四溢的云朵自然生成，呈现在他的面前。云团中伸出一只白如月光的手，手中高举着一只钻石杯，杯中盛满奇瑞之水，泛着五彩之光。同时，云中传来音乐般清脆的声音，对他说："万物造化之神，愿其品德为世人永久赞美，愿其神力为万世敬仰！苏莱曼啊，我受神之命来到你处，为你带来一杯永葆青春与生命之水。这杯取自青春之泉的水，你是否饮下，全由你自

44　《老人星之光》是其作者在帖木儿苏丹要求下，根据《五卷书》翻译而成的波斯语简本。

己的心来决定，此乃天帝之御旨。苏莱曼啊，你需仔细考虑呀！你是饮下神水，生活在神之国度，长生不老，还是继续留在这充满艰辛的人间，请细细思量。"

此时的山巅一片寂静。听了这一席话，苏莱曼陷入沉思。散发着香气的云团静悬在那里，高举着钻石杯的白亮的手也呈静止状态，一动不动。苏莱曼像在梦中一样，对自己的心言道："确实如此，生命之金可以在'复苏'这个大集市里购买各种各样的物品，而且生命的田野上处处是沃土，可以栽种长生不老之国的茂盛香树。而死亡的黑色安息没有什么乐趣可言……但我在决心饮下神水之前，尚需与妖鬼、精灵、人类、地上的牲畜、空中的飞鸟等众生商量一下。"

月光般白亮的手依然高擎着灿灿发光的钻石杯。散发着香气的云团依然如故，没有丝毫改变。很快，妖鬼、精灵、人类、地上的牲畜、空中的飞鸟等，异口同声表示了赞同，因为世界的福祉依赖于苏莱曼的生存智慧，所有生物的幸福都寄托在苏莱曼的生命之环上，就像宝石镶嵌在黄金戒指上。因此，他们请求苏莱曼务必饮下神水。

于是，苏莱曼伸出一只手，从皎皎白手中接过钻石杯，白手即刻缩回到香香的云团之中。杯中的神水荡漾着一种不可思议的光，像极了幽冥之海中岛上的永恒曙色。那里的太阳从不在东方地平线升起，因而无法分清昼夜，只有血红的光飘忽游荡。苏莱曼手持神水杯，将饮未饮之时，不免犹豫起来，于是再度向世间生灵们发问："听命于我的妖鬼、精灵、贤者、天上与地上的各位生灵们，请告诉我，在我疆域内的生灵代表有没有缺席今天聚会的呀？"

众生齐声回答："回禀陛下，只有布提玛尔没有来，就是那只所有生灵中最可爱的野鸽布提玛尔缺席了。"

闻听此言，苏莱曼命令胡德胡德即刻将布提玛尔找来。胡德胡德是最厉害的女巫希巴女王利用巴尔基斯巫术创造的黄金鸟。很快，黄金鸟就将所有生灵中最可爱的野鸽布提玛尔带到了苏莱曼面前。此时的苏莱曼不断重复着自己创作的一首歌词："啊，我的鸽子，居于悬崖峭壁，隐巢于石阶之后，让我好好看看你的脸，让我仔细听听你的声……你的主人苏莱曼，将要饮下此杯生命水，从此长生不老于世间，体会永生不死之恩惠，我这样做是否合适？"

于是，野鸽开始向先知王发问，用的是人世间只有苏莱曼能够听懂的鸟语："陛下，我不过是一只飞鸟，如何能回答智慧之源的提问？纤弱如我者，又如何能为睿智的王者出谋划策？但倘若是圣命难违，则请允许我问一句：'这位芳香精灵带来的所谓生命之水，是为陛下一人特意送来？还是陛下广施恩泽，欲与众生分享而送来的呢？'"

"是为我一人送来的，杯中这点水也不足以与他人分享。"苏莱曼如此回答。

布提玛尔于是用鸟语说道："神之先知啊，如果陛下的朋友、辅臣、子女、奴婢等等，所有爱着陛下的人们都已去了地府，只剩陛下一人独活于世间，将会是一种怎样的场景？如果陛下独自饮下这生命之水，爱戴着陛下的人们到头来都要饮下死亡之苦水。就连这人世的容颜也会因岁月而起皱而衰老，星星明亮的眼睛也终会由黑色天使的手闭合。既然如此，那又为何追求青春之永恒呢？当陛下所歌颂的爱化作乳香一缕消散之时；当侵扰陛下心灵的尘杂随风而逝之时；当期待陛下驾临的目光化作回忆之时；当陛下耳旁愉悦的声音永归沉寂之时；当陛下的生命成为死亡荒漠中的一点绿洲，而最终意识到永存即永亡之时——我这只野鸽也在伴侣未到之时，早已化为腐朽。即便如此，陛下您依然希望长生不老吗？"

苏莱曼没有回答，只是默默伸出手，将钻石杯退还回去。白亮的手接过杯子，缩回云团中。很快，云团散开，永远消失了。就在此时，先知王金粉闪闪的大胡子上多了一滴清亮，露水般闪闪发光——那是心灵之雨露，眼泪之清露。

盗贼之子

THE SON OF A ROBBER

天降甘露让郁金香更加鲜艳的同时，也会让蛇草的毒汁更加强劲

本故事摘自设拉子[45]的演说大师谢赫·穆斯利赫丁·萨迪[46]创作的文学巨著《蔷薇园》。

话说彼时，这个国家的山区里盘踞着一群山贼，他们将山寨筑在比鹰巢还高的地方，因此军队始终没能攻下那里。整个国家因此而笼罩在恐怖气氛中，人心惶惶。这群山贼阻断商路，让山谷变成一片废墟。其野蛮与凶残，令军队也束手无策。这群山贼都是山里的土著，对烧光一切极为推崇。

45　设拉子，伊朗最古老的城市之一。

46　谢赫·穆斯利赫丁·萨迪（1208—1291），波斯诗人。《蔷薇园》是其成名作之一，亦被译为《真境花园》《玫瑰园》。

于是，山区的地方官们聚在一起，共同商讨应对之策。最后，他们想出了一条引蛇出洞的妙计：将山贼们从难以靠近的山寨引出来，然后全部歼灭。

机会终于来了。这一天，趁着山贼们追逐商队的间隙，勇敢的国王军队悄悄藏身于山洞之中，在山贼们回巢的必经之处偃旗息鼓，隐蔽起来。晚上，山贼们携带大量掠夺来的战利品，驱赶着为他们赚取赎金的大群俘虏，回来了。让人保持警觉的最大敌人，是被称作困倦的东西。夜行的山贼们归途劳顿，已经十分疲惫。就在此时，以逸待劳的波斯大军猛然冲了出来，势如破竹，将山贼们打得落花流水。山贼们被五花大绑，像一群野山羊被驱赶到王城，随即被带到了国王面前。

国王对各位地方官的计谋大加赞赏，并对他们讲道："如果不是各位用妙计击败了他们，贼势会日益坐大，终成暴戾之势。那时以王军之力恐怕也难以消灭他们。这就像泉眼本可以用一枚小盖封住，如果任其流淌，日久终成大河，那时即便骑在大象背上，恐怕也难以渡过……依照国法，盗贼应当处以极刑，所以即刻将这些囚犯全部处死吧！"

话说盗贼中间有一位俊美的年轻人，恰似年轻的棕榈树，挺拔俊俏，玉树临风。美少年的青春尚未成熟，双颊就像玫瑰浅绿色的苞芽，花蕾即将萌发。只因其年少美貌，一位善心的大臣站了出来，走上前去，在御座阶前伏下白花花的胡子，亲吻了国王的脚蹬，然后用劝解的语气缓缓进言："世界之王、时轮之轴、至高神的人间之影，请您垂听老臣的一个请求吧……这位少年尚未品尝人生的滋味，尚未欣赏青春之花的美丽。万王之王啊，臣斗胆恳请您，以您的宽厚仁慈之心赦免少年吧！臣将视其为陛下新降天恩而感激不尽。"

国王虽然宅心仁厚，但其内心却像钻石棱角般敏锐，明察秋毫。意识到大臣的进言远非明智，国王不禁眉头紧皱，并未爽快答应大臣的请求，而是对他讲道："爱卿啊，你难道不懂，良善之心对邪恶之徒是没有任何感化力的吗？即使承受再多的甘霖，柳树也是不会结果的。让你救火，你会任凭灰烬继续燃烧吗？让你灭蛇，你会杀大留小吗？对此等暴徒，就该毫不怜悯地毁灭，斩草除根。"

年迈的大臣恭恭敬敬施了一礼，恰到好处地赞扬了国王所讲是智慧之言，同时利用古代先知们的名言和传说中的特例及寓言，再度向国王求情："苏莱曼的继承者呀，您刚才所讲，对臣而言是至高无上的智慧，臣受益匪浅。诚然，这位年轻人如果由邪恶之人抚养，长大之后必定也成邪恶之徒。不过，如果把他交由正直善良之人熏陶教导，相信他会步入正道。他的心灵需要重塑，他的心田里应该开满鲜花。老臣愿不惜一切，为少年尽心尽力。"

此时，同样被少年的美貌所迷惑的其他大臣和地方官也同声附和于年迈的大臣，极力向国王求情。

国王虽然不动声色，但脸上暗含不快。国王很快答复道：

"看在你们心软的分儿上，我赦免这位少年！但是赦免他并无任何益处。爱卿啊，天降甘露让郁金香更加鲜艳的同时，也会让蛇草的毒汁更加强劲，对卑劣之敌不可掉以轻心。连鱼都藏不住的小溪，如果水流不断增长，水势渐大，即便身负重荷的骆驼也会被它冲走。切切不可忘记呀。"

年迈的大臣喜极而泣，千恩万谢之后，将少年带回了家，从此让少年丰衣足食，视同己出，如王子般抚养长大。为磨炼少年的文武之道，大臣对他悉心培养，骑射剑术自不必说，还有诗词曲赋，尤其是礼法方面的教育。为使其品行高尚，将来侍奉于人间的万王之王，大臣特意聘请名师数人精心施教。就这样，少年很快成长起来，既健硕又俊美。无论走到哪里，他的一举一动总会左右人们的视线，恰似波浪齐刷刷扭头仰望天心之月。除却国王，谁见到他都会报之以微笑。只有国王对近在咫尺的他表现出厌恶之色，每当众人对该青年大加褒扬之时，国王总是嗤之以鼻。一日，年迈的大臣兴冲冲来到国王面前，一脸得意，对国王言道："陛下您瞧！经过老臣悉心培养，那位少年已然从父辈处脱胎换骨；名师的教化使其心灵茅塞顿开，宛如泉涌。现如今，他的心田里开满有德之花。"

然而，国王只是苦笑道："爱卿啊，豺狼之子，即便与人类之子一起养大，终究还是豺狼。"

转眼到了第二年冬天，人们对国王所言已经渐渐淡忘。

一天，青年独自骑马出了都城，不经意间遇到一群山贼。悄然间，他感觉自己的心被这群盗贼吸引，而青年脸上大而凶的眼睛、鹰钩鼻以及血管里汹涌野性的外露让山贼们即刻意识到，青年是他们的族类，因此他们的心也被青年深深吸引。于是，山贼们便用先祖流传下来的土语与青年搭上了话。如此一来，一种凶猛之物在青年胸中激荡，掠过山岭的风、河中奔流的水、白云之上与鹰巢比邻的家、不为人知的洞穴的秘密、篝火熊熊的神坛，这一切与青年的心融为一体，瞬间复苏。

于是，青年与山贼们达成盟约，带着一颗叛逆之心回到都城，杀死年迈的大臣和他的儿子们，掠夺了王宫的财物，然后逃往山里。逃回山里之后，青年以父辈所筑山寨作为老巢，当起了山大王。此事被禀报到国王那里。

国王听闻此事，没有表现出丝毫震惊，只是苦笑着说道："唉，聪明的愚者就是说的他们呀！烂铁岂能锻成宝刀？教化焉能改良恶毒之心？同样一场雨，在滋润玫瑰花的同时也会浇灌沼泽中的灌木丛，不是吗？盐碱荒地之上又怎能长出甘松？由此可见，施善于恶与施恶于善是一样的，都应受到谴责。"

爱的传奇

A LEGEND OF LOVE

二十六

不想入睡的人们，请将你们的灵魂交给永不入睡的神吧

死亡天使德杰米尔有言："自出生起，我的心便仰慕你。即便在我死后，灵魂也会飞出墓穴，追随你的影子。"

你应该见过吧——坚固的白色都城高高耸立于半山腰，通达都城的台阶层层叠叠。城堡尖顶之上的蓝天里，棕榈树在摇曳；阿拉伯风情的大门倒映在被风吹皱的湖面上，微微颤动；镌刻在门檐上的先知金句闪闪发亮；清真寺的穹顶像极了鲁克[47]的蛋。座座清真寺的唤礼塔沐浴在夕阳血红的余晖里，唤礼声高高传出，送到信徒们的耳边："不想入睡的人们，请将你们的灵魂交给永不入睡的神吧！"

47　鲁克，阿拉伯神话中的巨大猛禽。

就在紧邻都城城墙的地方，有一处穆斯林墓地，其中有两座墓几乎是脚对脚并排而立。其中一座的墓碑顶部带有头巾，而另一座的墓碑成墓石形状，上面只镌刻着浮雕状的花朵与名字，看上去是一座女性的坟墓。旁边，古老的柏树笼罩在坟墓上方，投下一片凉荫，如同夏夜一般凉爽。

那女子风情楚楚，就像高高挺立着的盛开的郁金香。她步履轻盈，每行一步，好似双脚轻吻大地。面纱撩开，嫣然一笑之时，褐色嘴唇轻启，露出一排洁白的牙齿。而男子也正处于青春之夏，他的爱慕之情就像萨希德·本·阿格巴讲述的贝尼-阿兹拉的爱。但不幸的是，女子是一位信奉基督教的少女，而男子却是一名穆斯林。两人交谈尚且要避人耳目，更不用说向对方父母坦明两人之间的爱意。男子不可能让自己成为异教徒，那样做的结果会让自己的后代被神抛弃，陷入悲惨境地；而女子也一样，害怕家人反对，她也不可能发誓信仰先知。因此，女子只能透过自家窗棂偶尔与男子交谈。两人备受爱情煎熬，陷入痛苦的深渊。时间一长，思恋成疾。终于，可怜的两人在某一天同时病倒了。男子病情沉重，精神失常，长时间处于疯狂状态。好不容易，男子病情好转，精神恢复，然而又远走他乡，去了大马士革城。男子这样做，并非是想淡忘他难以忘却的事情，而是想借此机会让身体完全康复。

话说男子家比较贫穷，而女方家父母比较富裕。相恋的两人想方设法互通书信，女子趁机将一百第纳尔寄给了男子，并告诉他："既然你爱我，就请用这笔钱去找城里的画师，请他给你画一幅肖像，这样我就可以亲吻你的画像，聊慰我思念之苦。"

男子不久回信："可爱的人儿，你应该知道，这样做是有悖于我们的信仰的。当最终审判日到来之时，如果神要赋予这幅画像以生命，你将作何回答呀？"

信发出后，很快得到了回音，女子如此回复："最终审判之日，我将这样回答：'至上之神啊，如您所知，您所创之物是不具备再造之力的。但如果您想赋予这幅画像以生命，那么，即便因为我深爱您所创之物中最美的人胜过自己的灵魂而降罪于我，我依然会永远赞颂您的英名。'"

然而，没过多久，男子刚回到原来的都城就又病倒了。弥留之际，他对朋友耳语道："在这人世上，我再也见不到我深爱的女人了。我担心，如果我以穆斯林的身份进入另一个世界，恐怕再难与她相会。所以，我干脆抛弃我的信仰，成为一名基督徒。"说完，男子就咽气了。男子临终前所讲的话被认定为心神错乱导致的胡言乱语，因而家人依然将他葬在了穆斯林墓地。

男子的朋友火速赶往女子住处，此时女子也已处于弥留之际，其心灵遭受的伤痛令人悲悯。她对男子的朋友说："今生今世再也见不到我心爱的人了。如果我作为基督徒离开人世，在另一个世界里，我恐怕再也不能见到他了，这让我实在放心不下。所以我现在起誓：神只有一位，穆罕默德是神的先知。"

听闻此话，男子的朋友俯身至女子耳边，将实情相告，女子十分震惊。随后，女子缓缓说道："请将我送往他的安息之处。埋葬时，请将我的脚与他的脚相对。这样的话，审判日那一天，当我站立起来时，就能与他面对面了。"

国王的审判

THE KING'S JUSTICE

二十七

出于正义的谎言胜过出于恶意的真言

创造万物的主啊，我们赞颂您。造物主存在的秘密无人知晓。造物主在每个创造之物上都打上烙印，而人类的眼睛是看不到这种烙印的。造物主是灵魂之主，因而隐身于不得见之物中。天空中有亿万只眼睛在黑暗中张开，也看不到造物主的身影。尽管如此，出于对造物主的尊崇，太阳依然夜夜将自己火红的脸低垂于西天之下；月亮震惊于造物主的伟大而每月将身体变细，渐渐消失；大海永远颂扬着造物主的荣光而掀起重重波浪；火寻求上升到造物主之处；风则不断诉说着造物主的神秘，窃窃私语。在造物主的审判天平上，一声叹息也会重于千钧。我们赞颂您呀，造物主。

《蔷薇园》首卷第一章中记录着诸位国王的品行。其中有一段是关于一位波斯国王的记事，讲的是波斯国王亲自审判战争中捕获的俘虏并将其判处死刑的故事。

这名俘虏年轻气盛，他在被判处死刑后，心中不免浮想联翩："如果不是遇上这种倒霉事，我人生的路还长着呢，说不定将来会爱上美丽的女人，品尝幸福的滋味；也许我心中会埋下希望的种子，细心呵护，最终会开花结果呢。"

他越想越懊悔，但往前看去只是一片漆黑。"在这个没有月光的死亡之夜，太阳也不会再度为我升起。"想至此，绝望的他面对国王，用自己的母语开始破口大骂，疯了一般。谚语有云：将死之人，一吐为快。

话说国王虽然听到了年轻俘虏的激烈言辞，但对他脱口而出的狂暴语言一窍不通。于是，国王便问身旁的宰相："这东西到底在说什么？狗叫一般。"

宰相是位心地善良之人，他如此回答国王："陛下，他在不断唱诵圣书中的句子呢。唱诵神的先知的圣言，它能让人抑制愤怒和赦免暴行。这是神所爱的。"

国王听后，相信了宰相的话，心底莫名地涌起一股感动之情。如此一来，国王心中的愤怒之火很快熄灭，怜悯之情油然而生。于是，国王即刻命令撤销先前的判决，赦免该俘虏并立即释放。

此时，国王身旁还站立着另一位大臣，此人心理扭曲，目光狡诈，但通晓各国语言，是一个惯于陷害别人，借机飞黄腾达的奸佞小人。这位大臣此时装出祈祷一样的严肃面孔，大声说道："作为深受国王信任的大臣，像我们这样身处荣誉高位的人，在主君面前说谎实在是荒唐之极！这是作为大臣最卑鄙的行为。陛下，囚犯到底在喊什么，宰相刚才对您说谎了。他说那囚犯在唱诵圣言，那是彻头彻尾的谎话。实际上，囚犯是在对陛下大不敬，口吐狂言，为泄愤而大肆辱骂陛下。请陛下明察。"

听了大臣的话，国王脸色凝重，目光严厉地看了大臣一眼，然后对他说道："在我听来，宰相的谎言比你那所谓真相反而更加顺耳。为什么呢？因为宰相说谎是出于慈悲善良之心，而你讲明真相却是出于扭曲恶毒之心。出于正义的谎言胜过出于恶意的真言。刚才的赦免令依然有效。而至于你，以后就不要再出现在我面前了。"

伍

《塔木德》故事新编

TRADITIONS RETOLD FROM THE TALMUD

本章的 7 篇故事是小泉八云根据犹太典籍《塔木德》中的传说改写的，该书主要包含《密西拿》《革马拉》《米德拉什》三部分

拉巴的传说
A LEGEND OF RABBA

二十八 ————

梦因解析而成真

　　这是巴比伦祝祷书《革马拉》中记载的故事。关于梦的解析，拜纳大师曾经这样说过："耶路撒冷有二十四位解梦者，我把自己的梦讲给他们听，请他们解析梦境。但每个人给出的结果各不相同，不仅如此，就像谚语所讲：'梦因解析而成真。'他们给出的结果竟然都应验成真了。"万物之主啊，我们的一切都属于您，即使是我们的梦也属于您。

　　伟大的拉巴知识渊博，就像他精通的《创造之书》[48]一样神秘莫测。有一次，他想试探一下自己的弟弟齐拉大师，

————————————

48　《创造之书》，又称《创世之书》，是现存最早的犹太神秘主义著作，作者不详，该书认为希伯来字母和数字具有神秘的特殊意义。

于是用泥土造出一个男人，让他手拿信件去弟弟家。然而，毕竟不是女人所生，也没有神赋予的生命灵气，泥土生成的人不会说话。因此，任凭齐拉大师怎样问话，男人就是不回答。于是，齐拉大师凑到他耳边，悄悄说道："你这家伙是魔法变的吧？真是这样，就请现原形吧！"话刚说完，男人就哗啦啦地碎裂了，像一缕青烟被风吹散，不知飘向哪里去了。由此，齐拉大师对哥哥的才能愈加佩服，赞叹不已。

然而，就是这样伟大的拉巴在梦境解析上也曾输给解梦者巴·赫迪亚。赫迪亚门前每天车水马龙，热闹非常。他给人解梦可谓看客下菜碟，给你说梦，是吉是凶全看你是否给钱、钱多钱少。众多博学之士认为，梦见井是平安之兆，梦见骆驼是赦免罪过，梦见羊预示丰年，梦见猴子与大象之外的动物是吉兆，而梦见的猴子或大象如果带着颈圈或被缰绳捆着，那也是吉祥的。但在赫迪亚这里，求他解梦者如果不给钱，上述吉梦都会被解释成凶兆，而且被他说成凶兆的梦，最终必然成真，实在让人迷惑不解。

话说有一天，犹太大师阿巴依和拉巴很巧合地做了一个同样的梦，两人一起到赫迪亚这里来解梦。阿巴依付了钱，拉巴则两手空空。

两人共同请教赫迪亚："我们做了一个这样的梦，请解释给我们听。睡梦中，在一处很明亮的地方，能看到一卷东西展开，打眼一看，上面好像写着字，两人一起阅览，原来是《摩西之书》第五卷的内容：

汝之牛，宰于汝面前，然汝不能食……汝儿女成为外邦人之物。汝在田间多播种，然收获不多。"

解梦师赫迪亚听后，对付了钱的阿巴依这样说："此梦对您是大吉。梦到牛预示您繁荣富贵多吉利，太过喜悦从而难以进食。儿女在外邦喜结良缘，您将与他们告别，不会悲伤。他们的生活会和睦美满。"

转头又对拉巴讲："但是你一分钱也没给我。这梦对你是凶兆，灾祸将降临到你身上，你会连口吃的都没有，儿女都会成为俘虏。'田间多播种'是指阿巴依，'收获不多'说的才是你。"

于是两人又一起问："但是我们在梦中还读到这么几句：'汝有橄榄树，然不能以油涂身……世间万众目睹你被以上帝之名呼唤，对你心生畏惧。'"

赫迪亚听后如此讲："阿巴依大师呀，对您来说，这些话意味着既富裕又受万人敬仰。而对一毛不拔的拉巴来说就是凶兆了，无论怎么付出都得不到回报，您将因'莫须有'的罪名身陷囹圄，世人对您避之不及。"

拉巴听后依然自言自语道："但是，我还梦见我家的外窗倒了，我的牙也掉了，还看到两只鸽子飞过去，我的脚下长出两根萝卜。"

赫迪亚答道："一分钱也没给的拉巴，你的事情越来越糟啦。梦见外窗倒下预示你老婆要死啦，梦见掉牙说明你的儿女也会夭折，鸽子飞走则预示你要跟另外两个妻子离婚，梦里的两根萝卜意味着你要挨两次揍还不能还手。"

随后的日子，赫迪亚的预言一个一个应验了。拉巴的妻子先他而去，他也因涉嫌盗窃国王宝库而被捕，世人都把他看作罪人而躲着他。这还没有完，街上有两人互殴，拉巴去劝架，结果被双方殴打，而打架的双方都是盲人，拳头打到哪也不知道，他只能认倒霉。拉巴简直成了约伯[49]，诸多不幸降临在他身上。对于这些无妄之灾，拉巴大多可以勉强忍受，唯有年轻的妻子先他而去让他十分内疚，她是希思达大师的女儿。

拉巴终于想通了，给了赫迪亚一大笔钱，告诉了他自己梦见的所有可怕之事。这次赫迪亚改口了，给他说的尽是幸福、富贵与荣誉之类的吉言。这些解释之后全应验了，令拉巴惊叹不已。

话说有一天，一个偶然的机会，拉巴与赫迪亚一起坐船旅行。不经意间，赫迪亚凭以解梦的魔法书掉到了地上，拉巴赶紧捡起来看，首先映入眼帘的是几个大字："所有梦皆以解梦者所言而成真。"拉巴这才明白赫迪亚用邪法解梦的

---

49 约伯，犹太传说中的人物，在世间吃尽苦头。

TRADITIONS RETOLD FROM THE TALMUD

秘密，于是诅咒道："这个混账家伙！别的我都可以原谅，但把我的爱妻咒死一事绝对不能轻饶，她可是希思达大师的女儿呀！这个可恶的妖法师，我要诅咒你！"

于是赫迪亚害怕了，他混在罗马人中间出逃，期望以此赎罪并逃脱拉巴的诅咒。但事实证明，这一切都是徒劳的。

就这样，赫迪亚来到罗马，在国王宝库门前摆起了摊，依旧每天替人解梦，依旧做尽坏事。一天，国王的财务大臣来到他的面前，说："我梦见手指被针扎了，给我解一下这个梦。"

"拿钱来！"赫迪亚大声喊。看到客人没有给钱的意思，赫迪亚于是一言未发。

过了几天，财务大臣又来问道："我又梦见两根手指被蛆虫啃掉了，你给解一下这个梦吧。"

"拿钱来！"赫迪亚又大声喊。看到客人没有给钱的意思，赫迪亚还是一言未发。

又过了几天，财务大臣第三次来到赫迪亚面前，说道："我梦见我的整只右手被蛆虫啃光了，给我解一下这个梦吧。"

赫迪亚嘲笑道："您哪，快回去看看由您保管的国王宝库的丝绸吧，都被虫子吃光了。"不用说，事实的确如他所言。

国王为此大怒，下令对财务大臣处斩。然而财务大臣抗辩道："那位犹太人，从一开始就知道虫咬一事，却闭口不谈，为何只对我处以斩刑？"

于是，赫迪亚被带来质问。他朝财务大臣笑了笑："哈哈！不就是因为你太吝啬，一分解梦钱也不给，国王的丝绸才化成灰的吗？"

听了他的话，罗马人怒气填胸。他们将两棵小杉树压弯，用绳子绑在一起，然后将赫迪亚的左脚绑在一棵树的树梢上，右脚绑在另一棵的树梢上，随后用刀砍断绳子。"啪"的一声，两棵树向原位弹去，赫迪亚的身体被撕成两半，五脏六腑飞溅出去，头盖骨裂成两半，脑浆都漏完了。

这正是伟大的拉巴对他的诅咒。

嘲弄者

THE MOCKERS

二十八

话音未落，地里掘出的男尸眼看着站立起来，肉体被净化，眼睛和心脏恢复生机，

　　这是关于西蒙·本·约卡伊大师的传说，见于《耶路撒冷塔木德》[50]一书的歇布斯专著部分。古犹太最高评议会认为有四种人不能出现在上帝面前，而嘲弄者就是其中之一。

　　有关西蒙·本·约卡伊大师的一些神奇故事在巴比伦版和耶路撒冷版的《塔木德》中均有记载。其中最为奇特和美妙的，是他对厚颜无耻的嘲弄者进行惩处的传说。

　　有人对罗马人建设的许多大工程不以为然，大加诋毁。他还经常公开声称罗马人修建道路不是为别的，只是为了更

50　由于《塔木德》中的《革马拉》分为以色列与巴比伦两个版本，因此《塔木德》也分为《耶路撒冷塔木德》（或称《巴勒斯坦塔木德》）和《巴比伦塔木德》两个版本。

快地移动他们那邪恶的军队；建造桥梁只是为了征收通行税；构筑水渠、建设浴场只是为了享乐；开设市场不过是为了支撑其罪恶之举，别无他用。诸如此类的言论招致了罗马人的迫害。此人不是别人，正是西蒙·本·约卡伊大师。由于口无遮拦，他被判了死罪。无奈之下，他与爱子一起逃亡，在一个洞窟里栖身。在那里，父子俩一住就是十二年之久。除了祈祷之时，他们都不穿衣物，若非如此，他们的衣服早就腐烂成灰了。实际上，他们在浅睡和冥想时，会将整个身子埋在沙子里，只把头露出来。

上帝看到了这一切，就为父子俩在洞窟里创生出一棵天堂的角豆树，每日结出果实作为他们的食物。另外，为使父子俩免受严寒，上帝还在洞窟里营造出永恒的夏天。因此，两人一直平安地住在洞中。直到有一天，先知以利亚来到人间，告诉他们罗马皇帝已经死了，世间危机已经解除，父子俩这才走出洞窟。但是，由于长年累月沉浸在冥想之中，父子俩不知不觉间已经修成圣洁之身，就像那些以翼遮面、站立在上帝神座周围的天使。因此，父子俩走出洞窟，看到农人在田野上耕耘，立即怒火攻心，大声怒斥他们："啊呀，这些人只知道苟且凡世今生，对永恒之事完全不顾！"

继而，父子俩眼中喷出怒火，将田野连同耕作的农人，甚至罪恶之城索多玛和俄摩拉一起烧毁。此时，上帝的谴责之声从天而降："你们两人从洞中出来，难道是为了毁掉我创造的世界吗？快快回到洞中！"父子俩于是回到洞窟中，又住了十二个月。算起来，两人在洞窟中整整住了十三年。第十三年，上帝之声再次降临，赦免父子俩所犯之罪，准许他们回到人世间。

由于长期待在洞中，西蒙大师的身体出现很多溃疡，痛苦不堪，是太巴列的水治愈了他。于是他决心回报，以一己之力让太巴列也干净清爽。他在众人面前宣讲，嘲弄者们也在其中听着，他们不敢直视西蒙大师的眼睛，只是在同伙中间窃笑嘲弄。

西蒙大师在太巴列城外坐定，掏出羽扇豆，一颗颗切碎，然后用一种其他人都不懂的语言对着豆粒吟唱。（这种语言即使是天使和魔鬼也罕有知晓，对于人类来说，能够理解它的就更少了。）吟唱完毕，西蒙大师从容不迫地站起来，就像农人播种一样，将豆粒撒播在自己周围，一边播撒一边走起来。很快，羽扇豆撒落的地方，无数人骨从地下呼呼冒出。人们把遗骨捡起来，埋葬到合适的地方。这样一来，土地便得到了净化。不只是人类的骸骨，早先居住在这里的巨人之骨，以色列立国以来在这片土地上生存并死亡的所有动物的骨骼，全部得以清理。

此时，有一个心理扭曲、疑心甚重的撒玛利亚人，想让西蒙大师难堪，偷偷将一具污秽的尸骸埋回净化过的地里。然后若无其事地来到西蒙大师面前说："大师，我还以为我的那块地都被净化了，谁知道还有一具污秽的尸体没被清理，是具男尸。看来大师的智慧是盛名之下难副其实呀，又或者是魔法有缺陷的缘故？啥也别说了，过来看看吧。"说完他便与大师一起来到那块地，掘开土，露出污秽的尸骨，然后在一旁冷笑。

实际上，西蒙大师通过神灵感应早已洞悉此人所行之事，于是看着他那张扭曲的脸，正色道："确实呀，像你这种人不配活在人间，干脆与这具尸体换个位置吧。"话音未落，地里掘出的男尸便站起来，肉体被净化，眼睛和心脏恢复生机。而另一方，心理扭曲的嘲弄者瞬间变成一具死尸，鼻孔和耳朵里爬出蠕动的蛆虫。

西蒙大师在回去的路上，路过一个远离城镇的塔，塔里面住着人。塔顶的房间里传出刺耳的揶揄声："哎呀呀，来啦！来啦！自以为能够净化太巴列的那位大师！哎呀呀，过来了！"嘲弄者是一位颇有学问的人。

西蒙大师回应道："我发誓，即便有你这样的人存在，即便你们不断嘲弄，我也要净化太巴列！"

大师刚说完，站在塔内房间里的嘲弄者随即碎成了一堆白骨。白骨堆里冒起一缕青烟，袅袅升起。就像书中所言：神的愤怒变成烟。这缕烟，正是神的愤怒所幻化的。

艾斯特的选择

ESTHER'S CHOICE

三十

纵使死亡天使能让我们分离，你仍然是我一切的一切

　　这是一个与西蒙·本·约卡伊大师有关的故事，见于《米德拉什》的希尔·哈希里木注释部分。

　　很久以前，大都市西顿住着一位十分富有的以色列人，包括外邦人在内，所有认识他的人都非常赞赏他的为人。他的妻子是个无与伦比的美人，只有传说中以美貌照亮古埃及大地的萨拉可与之媲美。

　　然而，如此富有的人过得并不幸福。他的家中从来没有传出婴儿的啼哭声，儿女绕膝的幸福他从未品尝过。时不时还会有流言蜚语传入他耳中："大师不是教导过吗？结婚十年都生不下孩子，这样的妻子应该休掉，按照法规将嫁妆还给她就是了。不能延续香火的女人要她何用？"还有人羞辱

他的妻子，坚信她因貌美而自负，生不出孩子是对她虚荣心的惩罚。

于是，一天早晨，西蒙大师在自家会客室里见到了两位客人，正是西顿富商和他的妻子。夫妻俩毕恭毕敬地向他行礼。大师的目光始终远离富商妻子的脸庞，因为圣人不能看女人，甚至不能看她的脚后跟。但是大师能感受到她身上散发的香气弥漫了整个房间，就像礼拜时天使们编织的花环一样芬芳。此外，西蒙大师还察觉到妇人在哭泣。

终于，男人站了起来，开口说道："我与艾斯特结婚至今已十年有余。当时我已经二十岁了，年过二十依然单身是违背神意的，对此我谨遵教海。如您所知，艾斯特是西顿最美丽的女人，我能娶这样美丽可爱的人为妻，真是三生有幸。爱妻贤惠善良，近乎完美。

"娶妻之后，我成为以色列的富翁。提尔人知道我，迦太基商人以我的名字起誓。我有很多商船，里面装满了象牙、俄斐金和来自东方价值连城的珠宝，我也有精雕细刻的玛瑙花瓶和祖母绿杯子，更有成队的车马——就算皇亲国戚也没有如此的财富。我所拥有的这一切都是靠上帝保佑，感谢上帝！当然也有我的妻子艾斯特的一份心血，她是一位聪慧勇敢、善于建言的贤内助。

"但是呀，大师，如果让我有一个儿子，让整个以色列知道我已为人父，我情愿散尽家财。在这一点上，恩深似海的神不予我恩惠。我就想，如此美丽贤惠的妻子无法生育，可能是我无此福分。因此，我特来请求大师，请您帮我拟一份合法的离婚文书，我想将它给予我的妻子艾斯特，离婚前将尽可能多的财产给她，以此来堵住世人之口，断绝闲言碎语。"

西蒙·本·约卡伊大师手捻灰白胡须，陷入沉思，沉默像神殿里的荣耀之云笼罩着三人。远处，西顿城内海潮般的市井声隐隐传来。终于，大师开口了。艾斯特望了一眼大师的脸，平常不苟言笑的大师竟然眼中流露出笑意。恐怕是大师看透了夫妇俩的心思，因而露出会心的微笑。

"孩子们，在以色列，没有正式声明而又仓促行事，反而会引发不好的传言。世人会发挥他们的想象力，要么说艾斯特不是个好妻子，要么说你是个严苛的丈夫。在世人中间播下这种招致嘲弄的种子可不好。所以，你们先回家，准备一场大的宴会，邀请你们双方的亲友和所有出席过你们婚礼的人参加。然后以善良人和善良人对话的方式，告诉他们你们夫妇将要离婚的原因以及艾斯特没有任何过错等等，获得他们的认可。那么，第二天你们再来我这里，我就可以给你们出具文书。"

于是，大宴会开始，来宾云集。除了被死亡天使牵手而去的，所有出席过艾斯特婚礼的人都来了。美酒应有尽有，黄金盘里的肉冒着缕缕香气，玛瑙杯放置在每个人的肘边。此时丈夫站起来，当着大家的面，对妻子深情言道："艾斯特呀，我们相亲相爱共同度过了多少岁月，如果我们无论如何都要分手的话，如你所知，那并非因为我不再爱你。我们没有孩子，可能是神对我们不满意。所以我要对你说，在你即将离开之际，作为我爱你并祝愿你幸福的一点心意，你可以从这里拿走任何你喜欢的东西，不管是黄金还是价值连城的宝石，只要你喜欢，尽管拿去。"

接下来大家推杯换盏，夜幕在欢乐与歌声中悄然降临。宾客们脑袋昏沉，耳边似有无数蜜蜂嗡嗡响，大胡子不再随着笑声颤动，大家一个个睡熟了。

此时，艾斯特招呼侍女们："我现在就回娘家，你们好生照看老爷睡觉，等老爷睡熟了，你们就把他带过来。"

第二天，丈夫一觉醒来，发现自己睡在一个陌生的房间，陌生的家。然而他感受到女人的香甜气息，象牙般的手指轻轻抚摸着他的胡须，他的头枕在柔软的膝盖上，一双漆黑闪亮的眼睛看着他醒来——这哪是什么陌生人，自己分明枕在艾特斯的膝间。经历了昨夜悲凉的梦，还在迷糊中的丈夫不禁高声喊："喂，你到底做了什么？"

就像无花果树林里鸽子的鸣唱，艾斯特用极为轻柔的声音回答："不是你告诉我，只要我喜欢的东西都可以带走吗？我就选了你——这世上我最喜爱的东西，带你回了娘家。现在你还要将我撵走吗？"

泪水模糊了丈夫的双眼，使他看不清妻子的脸。但妻子

　　　　TRADITIONS RETOLD FROM THE TALMUD

轻柔的声音依然在耳边——她在吟诵一首古老的诗,一首对于相爱的人来说历久弥新的诗,是路得的名句:"无论你去哪儿,我都跟随着你;无论你住哪儿,你都是我的家。纵使死亡天使能让我们分离,你仍然是我一切的一切。"

就在此时,西蒙·本·约卡伊大师忽然出现在洒满金色阳光的门口,伟岸灰白的身姿酷似巴比伦的银像,他高举两手为他们祝福。

"啊,以色列!上帝将永久的祝福赐予你们,神将你们的心用爱相连,就像高超的工匠把黄金连在一起。愿将夫妻或单身者置于家庭的神守护你们。神创造了这位勇敢的女人,就像在以色列安家的瑞秋和莉亚。你们将在神的殿堂里看到你们的子子孙孙。"

就这样,神将恩惠赐给夫妻二人。以后的日子里,艾斯特就像葡萄结籽一样,生了许多小孩。他们夫妇在以色列幸福地看着自己的孩子还有孙辈成长起来。正如圣典中所言:上帝更愿听取贫困者的祈祷。

哈拉卡的争论

THE DISPUTE IN THE HALACHA

三十一

我们不应服从于一个声音，即便是天堂之声

很久以前，密什那的博士们与以利以谢大师就烤制面包的炉灶在律法意义上是否洁净展开了争论，此事被记录在《塔木德》里。博士们依据经典《哈拉卡》[51]认定炉灶为不洁之物，而以利以谢大师则认定炉灶是洁净的。双方都不想被对方说服，因此观点不断被推翻，反论接连被驳斥，翻来覆去争个没完。最终，以利以谢大师为了证明自己在律法解释上的正确性，呼唤来一棵角豆树。角豆树遵从大师的呼唤，将自己连根拔起，慢慢升到空中，根部的土哗啦哗啦落下来。角豆树在空中飞行了四百码，又颤颤巍巍地落下来，把根扎进土里。

---

51 《哈拉卡》，出自《米德拉什》第二部分。

平时见惯了奇异之事的博士们根本不为所动："我们对角豆树的所谓证言不予承认。就《哈拉卡》而言，角豆树能说出什么？角豆树能教我们律法吗？"

以利以谢大师于是来到户外，不断祈祷，对小河说："你，小河流水，来为我作证！"话音刚落，小河的水改变了流向，开始倒流，一直回到它们的源头。鹅卵石暴露在河床上，被烈日暴晒。

然而，圣贤的门徒们依旧坚持他们最初的观点："小河能对我们讲法吗？难道我们不听上帝之声或者上帝的仆人摩西之音，而要去听小河流水？"

以利以谢大师这次来到记载着圣言的墙壁前，对着高大的墙壁大喊："你，神圣之墙，请为我观点的正确性来作证！"刚说完，就见大墙开始嘎嘎摇晃，眨眼间墙壁内侧开始弯曲，就像风向改变的那一刻鼓得满满的帆一样，眼看着就要向博士们头上压下来。就在此时，约书亚大师慌忙斥责墙壁道："大师们在争论，与你何干！难不成想要砸死我们？站在那里别动！"如此一来，大墙便遵从约书亚大师的指令不再动弹，同时又要听从以利以谢大师的指示，不能恢复原样。于是，这堵墙直到现在还保持着原来的状态，似倒非倒。

此时，以利以谢大师已经看明白了，反驳自己的博士们的心已经像房屋基石一般坚硬，无奈之下他大声喊道："看来别无他法，只有靠上帝之音来给我们裁决了！"声音之大，学院的房基都为之颤动。然后，空中传来一个声音："你们要将以利以谢大师怎样？《哈拉卡》的一切都是由他来决定的。"

但是，约书亚大师并不害怕，站在他们中间说道："这并不合法，我们不应服从于一个声音，即便是天堂之声。我的上帝，记得很久以前，您在西奈赐予我们律法时曾经说过：'汝等须从众。'"

因此他们不但没有听从以利以谢大师所言，反而将他逐出教会，并把他关于律法判定的全部文献付之一炬。

（先知以利亚宣称上帝在这件事上是被误导的，也承认了自己裁决有误："我输给了我的孩子们，孩子们在此事上胜过了我。"奈登大师也证实了此事。除此之外，我们也得知作为对以利以谢大师被逐出教会的惩罚，天下三分之一的大麦、橄榄和小麦遭受虫害。由此我们可以坚信以利以谢大师并没有错。）

就在被逐出教会期间，以利以谢大师病倒了，对此博士们并不知悉。作为学问修行很深的人，阿齐瓦大师与其弟子们来请教以利以谢大师。大师用胳膊肘支撑起身子问客人："你们为何到我这里来？"

阿齐瓦和弟子们一起回答："我们来学习《哈拉卡》。"

大师又问："为什么不早点来？"

众人答道："因为没有空。"

以利以谢大师听后很气愤："这么说吧，你们生命终结时，要是能够寿终正寝，我将感到吃惊。尤其你，阿齐瓦大师，你将以最悲惨的方式离世。竟然公开讲没有空闲学习律法，就凭这一点，我也不用诅咒你了，这对你也好。"

以利以谢大师就要离世了，他将胳膊叠放在胸前，继续讲道："悲哀呀，悲哀！我的两只胳膊难道是祸害？这样叠放着就像律法书卷了起来，里面的内容被掩盖。这之前如果你们来到我身边，定会学到不少难得一见的知识。可现在，我的知识将陪我一起死去。我学了很多，也教了不少，但无论怎样教，我作为老师的知识一点不见少。就像大海里的水，被狗舔一口，你能看出海水减少？"

大师继续对他们讲："我做过各种各样的事情，其中针对埃及黄瓜的生长，曾解开三千《哈拉卡》。这件事上，除了阿齐瓦·本·约瑟夫大师，再无他人向我问起。我们一起走在田野上时，他对我说：'埃及黄瓜之事教给我吧。'我只说了一句话，就见遍地是黄瓜。他又问：'怎样收获？'我又说了一句话，所有的黄瓜纷纷聚拢在我脚下。"就这样，说着说着，以利以谢大师的灵魂离开了他。阿齐瓦大师和他的弟子们为以利以谢大师的去世，也为自己的迟来，没有学到律法知识而悲叹不已。

过了不久，以利以谢大师的预言变成了现实。之后的阿齐瓦大师成了受人尊重之人，在学界成为少有的饱学之士。但是，罗马人开始禁止在以色列传播律法，而阿齐瓦大师拒绝服从。他在众人面前公开言道："我们这些研习律法之人，在学习律法的同时接受神的意志而接受磨难。如果你以蔑视的姿态对待，又有多少磨难可以承受？"然后依然讲法不已。

最终，敌对者将他拉出来处刑，对他进行拷问和酷虐。大师此时依然在祈祷。他们用铁刷将他的皮肉撕裂，阿齐瓦大师念诵着圣言去世了。

约哈南·本·扎卡伊大师

RABBI YOCHANAN BEN ZACHAI

三十二

那位自负的弟子似乎被神的电光击中一般，又像是枯叶遇烈火，瞬间燃烧殆尽

在天界，有一种额头上带字的生物。白天它额头上的文字显示为"真理"，熠熠生辉，比太阳还要亮，天使们看到后便知是白天。而当夜幕降临时，文字就转换为"信仰"，天使们看到后便知已是晚上。

作为《塔木德》篇章的汇集者，希勒尔宗师有八十位后来成为圣者的弟子。其中三十人因其大德至圣而有圣灵宿于其身，恰如摩西一般，容颜焕发，鬓角处放射着太阳般明亮的光芒。

另外三十人，据说具备约书亚一样的圣德，只要发出指令，太阳也会停止运行。余下的二十人中，最为优秀的莫过于乔纳森·本·乌兹尔大师，而最差的便是约哈南·本·扎

卡伊大师，两人都勉强处于中间位置。虽说位处中间，约哈南大师的圣德远比今人高得多。大师的位次即便处于末尾，现在的人仍然不可与其相提并论。

约哈南·本·扎卡伊大师虽然位次较低，但他对经典的研究却很深奥：《密西拿》《革马拉》《米德拉什》这些典籍，关于希伯来字母换算、省略与置换的卡巴拉法则，对于埃特巴什、埃特巴兹、阿尔巴姆、艾阿克贝查、塔什拉卡这五个神秘单词的研究，以及古代传奇、小律、精义、太阴论、天人语、棕榈树的密语、魔咒等等，无不精通。

举例来说，即便拿大海的水当墨，拿河边摇曳的芦苇当笔，所有的人都来当记录者，也不可能将约哈南·本·扎卡伊大师的学识写完，更不用说大师在他一百二十年的人生中对世人的教诲了。尽管如此，他在希勒尔宗师门下弟子中仍位居末次。

大师的一生，前四十年一直从事俗务，主要是勤于商务，所获之利只是为以后天赐余生做善行而储备财力。其后四十年潜心研究，或许是因为学问积累过多，屡遭世人非难，被称为巫师。这就如同古代有些巫师通过组合禁忌之名的字母，创造出活生生的鸟兽和新鲜的水果，因而广受责难一样。甚至有两位名叫奥沙雅和卡奈阿那的巫师研究《创造之书》，为自己创造出一头牛犊并吃掉了它，两人因此备受责难。

大师最后的四十年以圣职身份施教于人。

据《塔木德·民事侵权卷》中《巴瓦·巴斯拉》的记载，约哈南大师曾经教训过一个自负的弟子。有一次，约哈南大师在讲到先知以赛亚时这样说："圣者将长宽各三十肘尺[52]的宝石和珍珠切割，打磨成长二十肘尺、宽十肘尺的长方块，镶嵌到耶路撒冷的大门上。"

刚讲完，一名自负又愚蠢的弟——他是一个无耻之徒的儿子——以揶揄的口气大声笑道："呵，自古以来，有谁见过鸟蛋一样大的祖母绿和钻石，还有红宝石和珍珠？您当真要告诉我们还有长宽各三十肘尺的宝石吗？"约哈南大师没做任何回答，弟子嘲笑着离开了。

几天后，心怀叵测的弟子乘船外出旅行。他本是贸易商，买卖做得比较大，凭借商业天赋和定价本事在诸多国家颇有名气。在乘船外出的一天晚上，等待黎明起锚的水手们都已睡熟。心术不正的弟子偶然间发现海中出现一道亮光，仔细一看，海底有一大群天使，有的正在挖出巨大的钻石和祖母绿，有的在撬开大得惊人的贝壳取出大珍珠。天使们在令人恐惧的光亮中一边干活儿，一边紧盯着这边。那位弟子突然感到莫名的恐怖，膝盖打战，牙齿掉光。本不想说话的他，舌头好像被什么力量驱使着，大声叫喊道："哎——，那么大的钻石和祖母绿，你们要拿去做什么？如此大的珍珠，你们要送到哪里去？"海底的声音回答道："送

52　肘尺，一种古老的长度单位，即成年人中指尖到手肘末端的长度。

到耶路撒冷大门处！"

旅行回来的那位弟子急匆匆跑到大师讲课的地方，将自己所见一五一十告诉了大师，并发誓：以后再也不会怀疑大师所说的话了。

然而，大师已经看穿这位弟子的心，他的心中有邪恶的黑斑块，于是用雷鸣般的声音回答道："愚蠢之人！如果没有看到那一切，你现在依然会嘲笑圣者之言吧！"说完狠狠瞪了他一眼。只消一眼，那位自负的弟子似乎被神的电光击中一般，又像是枯叶遇烈火，瞬间燃烧殆尽，化作一堆冒着青烟的白灰。

人们感到十分震惊，而约哈南·本·扎卡伊大师对脚边冒烟的白灰根本不予理会，继续对弟子们讲解棕榈树和恶魔的密语。

TRADITIONS RETOLD FROM THE TALMUD

提图斯的传说

A TRADITION OF TITUS

三十三 ————

六十座铁山也敌不过一只蚊子嘴上的针

这个传说见载于《塔木德》中的《吉廷》一文。提图斯 [53] 出生之前，这个世界就像人的眼球，大海是白眼珠，陆地便是黑眼珠，瞳孔则是耶路撒冷，瞳孔中的影像就是神的殿堂。

在《耶路撒冷塔木德》里的《楚尔林》一文中，有这么一句谚语：六十座铁山也敌不过一只蚊子嘴上的针。

之所以这样讲，是因为有个典故。从前，提图斯率领着他的军队从罗马开来，包围了圣城并且摧毁了它，还把贞女们作为俘虏抓去。在此之前没有看过耶路撒冷的人，将再也

---

53 提图斯（39—81），罗马帝国弗拉维王朝第二任皇帝，在即位前曾率军攻破耶路撒冷。

无缘目睹以色列当年的辉煌。

当年，那里有三百九十四所会堂，三百九十四所法庭，还有同样数目的学院供年轻人学习。如果所有寺院的大门同时打开，黄金门轴发出的声响在很远的地方——即便往外走了八个安息日——依旧清晰入耳。至圣上帝的神殿里，巨大的帷幕由八千二百万贞女织成，将其拉开需要三百僧侣，清洗时三百僧侣也是缺一不可。然而，提图斯用这巨大的帷幕包裹起神器、祭具，装上船，向着罗马扬帆而去。

船行海上，渐行渐远，陆地的影子就要淡出视线。就在此时，一场猛烈的暴风雨突然而至，深海展现出了它的黑暗，波涛露出了它的牙齿。船夫们惊恐至极，纷纷大喊："这是神的惩罚！"

然而，提图斯一边冷笑，一边朝着天，朝着雷鸣，朝着闪电声嘶力竭地大喊："看哪！犹太之神只会在海上发威！淹死了法老，淹死了西西拉，这次又想淹死我和我的军队。犹太之神，如果你够伟大，就到陆地上与我一比高下，怎么样啊？在坚实的陆地上，我等着你。你能否打赢我，上岸后比试比试！"（顺便提一下，西西拉并非被淹死的。提图斯把话说错了。）

就在此时，乌云中迸发出一团耀眼的白火，一个雷霆般可怕的声音回答提图斯："你，心灵扭曲的以扫[54]之孙，暴

---

54 以扫，犹太传说中的人物，先知亚伯拉罕的孙子。

虐无道的黄口小儿，既然如此，你就快到陆地上去！好好听着！在你上岸的地方，有一个动物在等你。在天界此物太小，吹一下就能飞起来。快去吧，你和它打斗试试看！"

说完，暴风雨消失，一切归于平静。

之后过了数日，提图斯和他的军队在一处叫作意大利的海滨登陆。这里一直被大都市罗马传来的噪音震颤着，噪音一直传到海角天涯。据说名僧乔舒亚在离罗马一百二十英里处，耳朵生生被震聋。罗马有三百六十五条街道，每条街道有三百六十五个宫殿，而在通往每个宫殿柱廊的地方，都有三百六十五级大理石台阶供人攀登。难怪如此。

话说提图斯大帝刚刚踏上海滨，脚还没有站稳，就被一只蚊子袭击了。蚊子钻进他的鼻孔，又从鼻孔进入他的脑子里，用它的尖嘴到处乱刺，让提图斯七颠八倒痛苦不已。而且，这种痛苦持续不断，丝毫不给他喘息之机，罗马的医生们束手无策，没人能让他的痛苦减轻半分。这只蚊子在提图斯的脑子里一住就是七年，拜它所赐，提图斯的容貌因为无休无止的苦痛而严重变形，如同地狱里人类的模样。

为了治病，提图斯求助于罗马人信仰的神，在每个神庙供奉大量牺牲[55]和贡品，最终证明没有任何作用。一天，他偶然间路过一家铁匠铺，铁锤敲打铁砧的声音传出来，就像

---

55 牺牲，指为祭祀宰杀的牲畜。

是大卫弹奏的竖琴妙音入了扫罗[56]的耳，妙不可言，声声拨动愉悦的心。顷刻间，七年之久的苦痛一下烟消云散。提图斯心中喜滋滋的，禁不住高兴地大叫："哈哈！终于找到治病良药啦。"随即向锻造之神奉上牺牲，又命令铁匠铺火速将铁锤铁砧搬到御所来，小心伺候。提图斯每天付给铁匠四个奏兹姆——用以色列货币计算——为他治病。

但是，铁匠总不能无休无止地敲敲打打，然而一旦停止敲打，蚊子立马开始折腾，提图斯又开始痛苦。无奈之下，其他的铁匠铺也都搬了过来，甚至作为前奴隶的犹太人的铁匠铺也不例外。提图斯给异教徒铁匠们发放酬金，唯独不给犹太铁匠一分钱。"看到你的敌人在遭罪，就是给你的最大报酬。"提图斯如此说道。

然而，仅仅过了三十天，铁锤的声音就不能减轻蚊子折腾造成的苦痛了。提图斯明白自己命不久矣。

于是，提图斯将家人们召集到一起，告诉他们为避免审判日到来时以色列之神将他的遗体从坟墓中挖出来，所以他死后要火化，然后将骨灰收集起来，分别装在七艘船上，撒到七片海里。

（然而，《米德拉什》里的《传道书》记载，罗马皇帝哈德良曾经问过约书亚·本·哈纳尼亚大师：最终审判日到

56　扫罗，以色列王国的第一位君主，公元前 1047 至前 1007 年在位。

来时，人类肉体是从哪一部分再造的？大师回答：用脊梁骨上的卢兹。哈德良让大师证明给他看，约书亚大师从脊骨中取出一小块骨头，即卢兹，浸入水中不见软，放入火中不见燃，放入臼中捣，不见其碎烂，放在砧上砸，铁锤折断，铁砧成两半。

如此看来，提图斯的愿望难以实现。神将利用提图斯的卢兹骨再造其肉体，用来惩罚和审判。）

提图斯的尸体被火化之前，为了寻找那只蚊子，人们打开了他的头颅，在脑浆中寻觅。

人们霍然看到，那只蚊子已大如燕子，按以色列的单位计量，重约两塞拉。仔细一看，它的爪子是青铜做的，尖嘴是铁做的。

陆

中国怪谈

SOME CHINESE GHOSTS

本章所选的 7 篇中国故事是小泉八云从海外汉学家们翻译的中国古籍中挑选并改编的。

大钟之魂

THE SOUL OF THE GREAT BEL

三十四

就在钟声变弱，渐渐消失之时，猛然间似乎有一阵啜泣声传入耳中

娇语犹在耳。

——《好述传》[57]第九回

大钟寺钟楼里的漏刻[58]每到既定时辰，撞木就会准时荡起，对着大钟宽大的钟唇撞上去。大钟的边沿铸刻着《法华经》和《楞严经》的庄严经文。且听那巨钟被撞击后所发出的声响吧！

"珂爱！"虽为无舌之物，却发出这般巨响，钟声远播，

---

57 《好述传》，明清小说，流行于清代，具体成书时间不详。撰者不署，编次者署名"名教中人"。小泉八云所引句子出自该书英文版，与原书中的句子并非一一对应。

58 漏刻，中国古代的一种计时器。

声势浩荡！在这巨大声波之下，在钟楼青绿屋脊高高翘起的飞檐之上，众多小龙浑身颤抖，传到金黄色的尾部；滴水瓦当在布满雕刻的横梁上瑟瑟发抖；堂塔之上，数百个小钟不断摇晃，似乎有话要讲。"珂爱！"一声轰响，寺庙屋脊上的黄绿瓦片一起震颤，蹲在上面的木质金鱼在空中胡乱扭动。在众多朝拜者的头顶上，缭绕的青烟中，佛陀竖起的手指在高处晃动。"珂爱！"宛如雷霆轰鸣，殿堂檐口上雕刻的众妖怪，其红莲之舌一起蠕动。然后是一下，又一下，撞击之后产生的连绵不断的回响，浑厚有力，洪亮绵长！

终于，轰然之声逐渐被时断时续的银铃般的低语替代——听上去像是一个女人在低喊："鞋！"就在钟声变弱，渐渐消失之时，猛然间似乎有一阵呜泣声传入耳中。就这样，五百多年来，大梵钟每天都在发出鸣响："珂爱！珂爱！"钟声总是以轰然之声开始，继之以无数的浑厚金声，最后是低语般的哀怨之声——"鞋！"大钟为何发出"珂爱！"之声，又为何发出"鞋！"的哀怨之声？关于大钟的由来，这是在古代中国都城五彩斑斓的街巷里尽人皆知，连孩童都耳熟能详的。

大钟的故事见载于广州府学者俞葆真所著《百孝图》[59]

---

[59] 《百孝图》，清代会稽人俞葆真编，选取上古至明代的一百个孝道故事。然该书并未收录与大钟有关的故事，作者也非广州府人士，西方汉学家在翻译该书时出现了偏差。

一书。

这是距今大约五百年前的事。明朝天子永乐皇帝给颇有才干的高官关由 [60] 下了一道旨，命他铸造一口百里之外都能听到钟鸣的大钟。永乐皇帝还特别吩咐，铸造大钟的材料中必须添加黄铜以使钟声更加洪亮，添加黄金以使钟声更加深沉，添加白银以使钟声更加柔美。大钟的表面和钟唇上要铸刻佛经中的金句。铸造完成后的大钟要悬挂在帝都的中央位置，让钟声传遍京城五彩绚烂的大街小巷。

关由不敢怠慢，即刻将全国一流的铸模师、著名的铸钟师和铸造业的能工巧匠召集起来，大家齐聚一堂，共同计算铸造大钟所需的各种材料，并做出巧妙安排。同时，在铸模、燃料、器具以及熔化金属的大坩埚等方面都做了万全准备。匠人们废寝忘食，不辞辛劳，全身心地投入到大钟的铸造中。他们听从关由的指令，夜以继日地辛勤劳作，可谓尽心竭力，期望早日铸成大钟，不辱天子赋予的使命。

铸造终于接近尾声，当泥范从通红灼热的铸型上剥离以后，在场的人们都惊呆了：所铸之物几乎没有任何价值，多日来的巨量劳作和心血全都化作泡影。添加进去的各种金属相互排斥，黄金轻视黄铜，无论如何都难以相融，而白银更是拒绝与铁水混作一同。于是，关由和他的匠人们只好重整旗鼓，从头再来。重新制作铸模，再度燃起炉火，金属又一

60　在北京民间，亦有邓姓或杨姓工匠的说法。

次被熔化，在极度的忍耐和苦心中进行第二次铸造。天子听闻此事后很生气，但并没有说什么。

大钟的二次铸造终于结束，但其结果却更加令人失望。究其原因，依然是各种金属之间的强烈排斥、拒绝融合。大钟内部的材料严重不均匀，侧面龟裂，出现裂纹。钟唇周围有熔渣残留，同样出现很深的裂缝。鉴于此，第三次铸造已不可避免。对于这种结果，关由十分沮丧。天子收到奏报后龙颜大怒，即刻派遣使臣携带圣旨去见关由。黄绢制作的圣旨上赫然加盖着天子的龙玺，旨意如下：

> 奉天承运皇帝，诏曰：府尹关由，圣命在身，然二度铸钟未成，深负朕望。着即再次铸制，如若不成，人头落地。钦此。

话说关由膝下有一女，生得眉目清秀，名唤珂爱，此名时常出现在当时的诗人口中。与美貌相比，珂爱更有一颗美丽的心，是一位心地善良之人。珂爱深爱着自己的父亲，担心自己出嫁后父亲会感到孤寂，便拒绝了众多"好逑者"。因此，在看到那道加盖着龙玺的可怕圣旨之后，珂爱因过度担心父亲的安危而当场昏厥过去。虽说不久便苏醒过来，身体也渐渐恢复，但一想到父亲身处危难之中，珂爱便心慌意乱，寝食难安。左思右想之后，珂爱打定主意，将自己的珠宝偷偷卖掉，带着所得金钱急匆匆地跑到某位占星师那里。

在支付了巨额酬金之后，珂爱向占星师求教，怎样才能拯救父亲于危难之中。于是，占星师在观测了天象，卜占了银河之象，查看了黄道吉凶，对照了五行表和炼丹家的秘籍之后，沉思良久，最后对珂爱讲道："这个嘛，除非年轻女子的肉熔化在坩埚里，处女的血融合在金属熔液里，否则金和铜决然不会亲近，银与铁也断然不会相拥。"占星师的话让珂爱十分悲伤，她满腹忧愁地回到家。她没有对任何人提起这件事，占星师的话作为秘密埋在了她的心底。

第三次铸造大钟的日子，也是关键的最后一搏终究还是来了。这一天，珂爱和她的侍女一大早便陪同父亲来到铸造场，两人站在一个小高台上，从这里可以清楚地看到铸造师们忙碌的身影和熔化了的金属熔液。匠人们都在各自的工段上默默忙碌着。周围听不见其他声音，只有燃烧的猛火所发出的低吼声。很快，火的低吼变成了怒吼，好似台风逼近的风暴声，轰轰作响。金属的血池逐渐变成旭日般的朱红色，闪闪发光。紧接着，朱红色变成了闪亮的金黄色，金黄色又很快变成了满月一般耀眼的银白色。终于，匠人们停止向大火中添柴。大家的目光一起聚焦在关由的脸上，急切地等待着。此时的关由已经摆好姿势，正准备发出浇铸的指令。

就在关由发出指令的手势将出未出之时，一声尖叫让他不由得扭过头去。在熊熊烈火的轰鸣中，人们分明听到了小鸟婉转歌唱一般的声音，那是珂爱尖锐的叫声："为了您，我的父亲！"随着一声喊，珂爱纵身跃入那翻滚着的白热的金属热流中。大坩埚里的熔液怒吼着迎接着她，溅起的火花飞到了屋顶上，溢到了土坑边上。伴着闪光、轰鸣、低吼之声，五彩的火花像喷泉一样打着旋飞向空中。最终，一切像地震平息一样，归于平静。

关由此时悲痛欲绝，疯了一般，要紧跟着女儿跳进去，但被几个壮汉及时抱住。他们牢牢抱定关由不敢松手，直至他昏厥过去，人们才把死人一般的他抬回了家。而珂爱的侍女痛苦之余，目光呆滞，话也说不出，她手里捏着一只鞋，茫然站立在坩埚旁。那是一只绣着珍珠和花朵的漂亮鞋子，本属于故去的美丽女主人。侍女在珂爱纵身跃起的一瞬间，本想抓住自家小姐的脚，不承想脚没有抓住，只抓住了一只鞋。美丽的鞋子就这样脱离了珂爱的脚，留在了她的手上。可怜的侍女傻子一般直勾勾盯着鞋子，一动不动。

虽然发生了这样的惨事，但圣命难违，该做的事仍需做。虽然对成功不抱多大希望，铸造师们的工作仍需完成。但出乎意料的是，与前两次相比，这次的合金纯度要高得多，纯白闪亮。葬身其中的美丽身躯了无痕迹。如此一来，大钟破天荒地铸成了！更加令人惊奇的是，等金属完全冷却后再看，大钟外观漂亮、轮廓完整、色泽不输任何其他的钟，堪称完美。那么，珂爱的遗骸为何不见任何痕迹呢？想来应该是被贵重的合金完全吸收，融入了已经完全相融的黄铜与黄金里，与已经合为一家的银与铁融为一体了。钟声响起来，人们惊喜地发现，与其他的钟相比，大钟的声音更加深沉，更加柔美，更加洪亮。钟声就像夏天的惊雷，远播百里之外。同时，钟声又像是在大声的呼唤，呼唤着一个女孩的名字——"珂爱！"

大钟还有更加令人惊异的地方。在大钟被一次次撞击的间歇，一阵低低的呜咽声会传入人们耳中，就像拉长的尾音。这声音最后结束时就像有人在抽泣着苦苦哀求，听上去似乎是一个女人一边啜泣，一边低声呼唤着："鞋！鞋！"时至今日，当人们听到大钟发出的轰然巨响时，依然会肃然沉默。而当"鞋！鞋！"那唏嘘般的清脆柔美之声从空中传来之时，据说北京城色彩艳丽的街巷里，母亲们会这样对自己的孩子窃窃私语："喂，听听！珂爱在哭着要她的鞋子呢！那是珂爱要她鞋子的声音啊！"

孟沂的故事

THE STORY OF MING-Y

三十五

在想起我的时候，就请忘记我的哭泣，只记住我的笑脸吧

诗人郑谷有诗云：小桃花绕薛涛坟。[61]

诸君可能要问：薛涛何许人也？千年间，美人薛涛的坟墓之上，古树在悄悄诉说。她的名字伴着树叶的絮聒飘入听者耳中。枝丫交错，不停摇曳，枝叶间透下的光影斑斑驳驳，无名野花散发出女人的芳香，这一切便让薛涛的名字自然浮现在脑海里。然而，除了她的名字，我们无从知道古树还在诉说着什么。薛涛的岁月只保留在这些古树的记忆深处。若想了解薛涛其人，从讲古人（夜晚讲述古代故事的说书人，听众只需支付少量的门票钱）那里可以略知一二。薛涛的故

61　出自唐代诗人郑谷的《蜀中三首》。

- 207 -

SOME CHINESE GHOSTS

事见载于《今古奇观》[62]一书，在本书的众多故事中，薛涛的故事可谓不同凡响。

距今五百多年前，明朝洪武皇帝[63]治世，广州府城里住着一位名叫田百禄的人，此人以学识和孝道闻名。田百禄膝下有一子，名叫孟沂。孟沂年少美貌，风采优雅，学识出众，琴棋书画无所不通，同辈人当中无出其右者。

孟沂十八岁那年夏天，父亲田百禄前往四川成都赴任教官[64]一职，孟沂陪父母一同前往。成都近郊有一家曾做过转运使[65]的张姓富户，这家主人对子弟教育十分重视，一直想聘请一位良师施教。张家主人听说新教官已经到任，便想就此事与教官商议，于是特意拜访了田百禄。席间，张家主人偶遇多才多艺的田家儿郎孟沂，与他交谈之后当即决定聘请孟沂为自家先生。

因张家离城有数里之远，为方便起见，孟沂决定暂时寄居在雇主家。初次离家独立生活，孟沂为此做了万全准备。临别前，父母引用老子等古代圣贤的金言，对孟沂做了一番学究式的训诫：

62　《今古奇观》，明代白话短篇小说选集，抱瓮老人编。本篇故事是小泉八云根据《今古奇观》中的故事改编的。

63　洪武皇帝，即明太祖朱元璋。

64　教官，明代对掌管学校的官员的统称。

65　转运使，主管运输事务的中央或地方官职。

"世人一见到美貌之人便情呀爱呀激动不已，但上天绝不会被这些东西欺瞒。所以当你路遇女人从东边来时，你便扭头看向西边；当年轻姑娘从西边来时，你就将目光转向东边，如此即可。"

如果孟沂在往后的日子里没能遵循这些训诫，那必定是因为他太过年轻，不够世故，年轻浮躁的心导致的轻率吧。

于是，孟沂前往张家做起了先生。时光荏苒，不觉间秋去冬来，冬去春又来。

阳春二月，被称为"百花生日"的传统节日——"花朝"一天天临近了。孟沂的心底陡然涌起一股思亲之情，于是便向张家主人表明了归家省亲的意愿，对方愉快地答应了孟沂的请求。考虑到孟沂久别父母，回家之时必定要带点礼物，张家主人便将二两白银作为贺仪交到了孟沂手上。长久以来，中国有着在花朝节给亲朋好友送礼的习俗。

孟沂踏上了回家之路。这一天风和日丽，空气中洋溢着花香，让人有种昏昏欲睡的感觉，周围不时传来蜜蜂振翅的嗡嗡声。走着走着，孟沂猛然间发现，自己脚下的路似乎有种多年间人迹未至的感觉。荒草漫膝，道路两旁长满大树，树枝上爬满青苔，在头顶上交织成荫，即使白天也显得阴暗。然而，浓荫里小鸟在歌唱，树叶在摇曳；密林深处，金色的薄雾使万物笼罩在亮光之中；周围的空气里弥漫着花香，闻起来像是寺庙里的袅袅香烟，沁人心脾。惊喜于这梦幻般的白昼，孟沂胸中充满愉悦。于是，他在一棵大树下坐了下来，大树的枝丫在紫蓝色的天空中摇曳，树下铺满刚刚谢落的花瓣。孟沂深吸一口充满花香的空气，尽情享受着一时的静谧。正当孟沂身心放松地休憩之时，一阵声音引起了他的注意，他不由将目光转向一片繁花盛开的桃林处。就是这不经意的一瞥，孟沂猛然发现一位年轻女子站立在那里，艳若桃花，似乎刚从桃花中脱颖而出，正要躲进花荫深处。只是一瞥，已让孟沂心神摇荡。女子容貌艳丽，肤白如雪，眉毛弯弯若蚕蛾展翅，一双长长的美目顾盼生辉，让人一睹难忘。孟沂忙将目光转向他处，慌乱中站立起来，再次踏上旅途。但不知为何，他总觉得刚才看到的美目正在某处树叶后面偷窥自己，于是步履窘迫，慌乱中衣袖里的银子掉落在地而浑然不觉。就这样刚刚走了一小会儿，身后传来追赶的轻盈脚步声，而且还有呼喊他名字的声音。孟沂吃惊不小，急忙回头看去，只见一位美丽的小侍女站在那里，对孟沂讲道："这位先生，我家主人说您的银子掉落在路上，让她捡到了，特让我来送还给您……"孟沂彬彬有礼地谢过小侍女，并请她转达对其主人的谢意，然后重新踏上旅途。行走在寂静无人、花香弥漫的小路上，穿过光影斑驳的树荫，孟沂感觉像在梦中。一想起刚才的美貌女子，孟沂的心就会奇怪地怦怦乱跳。

话说数日之后，孟沂要返回张家，走的是同一条路。很快，孟沂来到了上次偶遇佳人的地方，他驻足观望，今天依然是阳光明媚的好天气！然而，让他深感意外的是，在那片小树林深处，有一栋充满乡村风情的房舍映入眼帘，而他上次却完全没有注意到。房舍不大，却十分雅致。二重飞檐的屋顶铺满明亮的蓝色瓦片，高耸于茂密的树冠之上，似乎要融化在蓝天里。入口门廊上，几近乱真的绿叶与黄花雕刻沐浴在阳光里，别有一番风情。门口有几级台阶，台阶上面蹲伏着两只硕大的陶龟。孟沂注意到，站在旁边的女主人正是那经常出现在梦中的曼妙身影！而上次那位委托她转达谢意的侍女也陪伴在女主人身旁。就在孟沂目不转睛地盯着她们之时，对方似乎也在看向这边。

孟沂看到那两人一会儿说一会儿笑，似乎是在谈论他。见此情景，一向腼腆的孟沂鼓起勇气，远远地向着美人招手致意。但让孟沂意想不到的是，那位侍女竟做出"请到这边来"的手势。孟沂只好打开半掩在藤蔓鲜花之中的木门，沿着长满青草的小径走向玄关。来到玄关旁，孟沂才发现女主人的身影不知何时消失在了房子里。侍女站在宽大的台阶上迎接孟沂，对正在上台阶的他说："我家主人说了，您肯定是为了前几天的事来致谢的吧？那就请进吧。久闻您的大名，我家主人一定要见见您，认识一下……"

孟沂惴惴不安地进入房中，脚下的地毯感觉像森林里的苔藓，柔软而富有弹性，走在上面听不到任何声响。最终他来到一间宽敞的客厅，鲜花的芳香弥漫在清凉的房间里。屋里异常清静，给人一种气定神闲的微妙感觉。阳光透过半开的竹帘在地面上洒下条条光斑，偶尔有小鸟的身影从上面掠过。有着火红翅膀的大蝴蝶飞进来，绕着三彩花瓶翩翩起舞，之后又飞了出去，消失在微暗的小树林里。就在此时，如同刚刚飞走的蝴蝶，女主人悄然无声地从另一个入口走了进来，恭恭敬敬地向孟沂行礼致意。孟沂忙将双手放在胸前，垂首回礼。抬头看去，女子要比想象中高许多，身材修长如同美丽的百合。白色橘子花编织在青丝里，青瓷色的罗衣随着主人走动而变换颜色，就像云霞因光线不同而五彩纷呈。

照例的寒暄之后，两人落座，女子开口问道："请恕我失礼，冒昧问一句，您是否就是那位在张家做先生的孟沂君呢？张家是我们的亲戚，您既然是张家孩子的先生，我就不把您当外人了。"孟沂吃惊不小，如实作答，然后问道："恕我冒昧，能告诉我您的芳名吗？张家主人对我照拂有加，您与他又是什么样的关系呢？"

美丽的妇人如此回答："敝姓平，在成都也算得上古老望族。我本姓为薛，是文孝坊薛姓人家的女儿。我与此地平家的年轻人平康缔结姻缘，因此与张家也联了亲。我的夫君在我们结婚之后不久就亡故了，因此我选取这处远离村庄的地方，过着孀居的日子。"

女子的声音有一种小溪潺潺、清泉涌流的感觉，且有一种让人轻松欲眠的音乐感。她说话的样子也让孟沂觉得有一种从未领略过的难以言明的柔美。但得知对方是孀居之人后，孟沂不由得担心起来，自己并没有收到正式的邀约，长时间逗留并不合适。因此，在饮尽一杯对方奉上的茶水后，孟沂便站起身来告辞。见此情景，薛氏细语挽留："何不多待一会儿呢？难得屈驾光临，还没招待您呢，就这样匆匆离去，若让张家知道怠慢了您，岂不迁怒于我？"

孟沂只好又坐了下来。实际上，他的内心是愉悦的。眼前女子的美是他从未见过的，孟沂的心里涌起一股难以遏制的爱意，这种爱意甚至超越了对自己父母的爱。谈话间，不知不觉夕阳西下，橘黄的太阳渐成煞白，淡紫色的薄暮已经降临。遥远的北方天空上，掌握人间生死和命运的三公星[66]睁开了它冷峻明亮的眼。屋内挂起的五色灯笼已经点亮，丰盛的菜肴已经上桌。一番谦让之后，孟沂坐在了餐桌旁。然而面对满桌佳肴，孟沂全无胃口，他的心全在对面落座的佳人身上。看到孟沂几乎不动筷子，薛氏便来劝酒，很快酒过数巡。那酒呈紫红色，十分冰凉，酒杯上竟凝结着露珠，喝下去却全身温暖，犹如一股火焰燃于体内。酒越喝越多，渐渐地孟沂就像中了魔一般，眼前的一切都显得更加明亮，屋里的墙壁感觉更远，屋顶也感觉更高了，阑珊的灯火看上去就像群星般熠熠闪光。薛氏的声音更像来自遥远夜空的旋律，不断飘入耳中。此时的孟沂酒酣气壮，舌头也得到彻底解放，平时怯于出口的话语此时也像脱缰的野马脱口而出。对此，薛氏并没有劝阻之意。对于孟沂的褒美之词，虽然她的嘴角

66　三公，中国古代星官名。三公星是三颗星星，属于当代天文学中的猎犬座。

看不出任何笑意，但明眸里却分明洋溢着愉快的微笑。对于孟沂的热情赞美，薛氏则做出情意绵绵的回应。

"很久以来，我对您的非凡才能和诸艺精通就早有耳闻。我虽不敢说研习过音律，但对歌咏之事尚略知一二。今夜您难得莅临，我不揣冒昧，想与您共同演绎一曲，如何？我有乐谱一支，虽系拙作，如蒙您过目，则不胜荣幸。"

"如此，不胜恐慌哪！深感荣幸的应该是我呢。如此厚意，某自当万分感谢。"

听到小银铃的召唤声，侍女将乐谱拿了进来，随即又退了出去。孟沂拿起乐谱手稿，即刻仔细看了起来。乐谱写在一张淡黄色的纸上，纸如丝绢般轻薄，上面的文字颇具古风，且十分优美，似乎是由著名的苍蝇般大小的墨精黑松使者[67]亲自挥写而成的。而且谱面上有唐代大诗人元稹、高骈、杜牧等人的落款。看到如此贵重的世间绝品，孟沂不由得发出一声惊叫，不愿让手稿片刻离手。

"啊呀，这是何等贵重之物！不输于任何皇家宝物。而且是我辈出生前五百年，唐代诸位大家演唱过的真迹呀。不得了，您竟收藏有如此稀有之物！看这墨色！大约就是人们常说的'百年如石，一点成漆'，对吧？而且此曲也是如此精妙！这可是五百年前被称为诗人中的君子、曾经的四川刺

67　唐代冯贽在其著作《云仙杂记·黑松使者》中写道："玄宗御案墨曰龙香剂。一日见墨上有小道士，如蝇而行，上叱之，即呼万岁，曰：'臣即墨之精黑松使者也。'"

史高骈的名作呀！"

"高骈！我所爱的高骈！"薛氏喃喃自语，眼里泛着异样的光，"啊，我是说诗人高骈也是我所喜爱的。孟沂先生，我们一起用那比当今更加华美、更具才智的古调吟唱这首诗吧。"

于是两人唱起来，歌声似流水，一唱一和如凤凰和鸣，荡漾在香气洋溢的夜晚。有时，对方的歌声太过魅惑，孟沂只有静静欣赏的分儿，室内的灯火在他眼前朦胧浮动，不觉间，两行欢喜之泪滚落脸颊。

两人絮絮相谈，推杯换盏，唐诗吟唱了一首又一首，直至深夜。孟沂几次想起身告辞，但都被薛氏美妙的声音迷乱，她要么讲述唐代大诗人的趣闻以及他们所爱的女子们的奇闻轶事，要么柔声吟唱，其曲调优美闻所未闻，让孟沂完全沉浸其中。渐渐地，孟沂已经情不自抑，就在薛氏举杯向他劝酒之时，孟沂一下将她揽入怀中，托起她美丽的脸庞，吻上了她那比红酒还要红艳的香唇，两人相吻相拥，渐入佳境。外面的夜色更加深沉，两人却浑然不觉。

窗外小鸟鸣叫，鲜花盛开在朝阳里，孟沂知道分别的时刻到了。薛氏将孟沂送至玄关，依依难舍。"请君勿忘我，得闲之时要常来。我知君非无聊之辈，但君年轻，有句话仍需叮嘱：你我之事只有上苍知道，请君严守。此物送与君，权作昨夜良宵之信物。"

女子于是将一枚卧狮玉镇纸交与孟沂。传说孔子在完成《孝经》之时，彩虹从天而降，落在孔子脚下凝成一块黄玉，而后被雕琢成这枚世间难得的镇纸。孟沂接过赠物，拉住她的手依依不舍，随后说道："谨遵教诲。我会守口如瓶，如若不然，将遭天谴。"最后，两人互许誓言后便分别了。

话说孟沂回到张家，生平第一次说了谎。他告诉张家主人，天气已经转暖，母亲让他回家去住，每日往返即可，虽然路途稍远，但他毕竟年轻有力，多走路对健康也有益处之类。张家主人听了孟沂所讲，倒也没有提出异议。由此，孟沂便可以每夜留宿薛氏家里。如同初次相见的夜晚，两人每夜都尽情欢乐，时而吟诵，时而交谈，有时还会下起象棋——据说象棋是周武王模仿战争而创制的[68]。有时更会吟咏风花雪月，以及五十韵、八十韵等颇有难度的联句等等。在这般才艺方面，薛氏总是技高一筹。下棋时，孟沂屡屡被将军；吟诗时，无论在诗句、诗韵还是诗意上，薛氏皆更胜一筹。他们选取的诗的题材总是最难的，都是唐代大诗人常用的，而吟唱的诗作也是五百年前元稹、杜牧、高骈等名家的作品，但吟诵最多的依然是四川刺史高骈的诗。

就这样，在两人卿卿我我中，夏天来又去，秋天带着它金色的露珠和紫色的幻影到来了。

68　该说法不符合史实，现代意义上的象棋起源于唐代。

终于，让人意想不到的事情还是发生了。一天，孟沂的父亲偶然与张家主人会面，对方问了一个奇怪的问题："冬天快要来了，令郎还是要每日回城吗？路途有点远，令郎每天早晨归来都面带倦色。下雪的时候，就让他留宿我家吧？"孟沂的父亲大吃一惊，忙说道："犬子没有回城啊！整个夏天都不曾归家。莫非是不学好，与不良之徒纠合在一起通宵达旦，譬如赌钱或是混迹于青楼？"

张家主人听了，摇头道："不会，绝无可能。令郎不是那等下作之人，况且我家周围并无酒肆、烟花巷之类游玩场所。想必是结识了一些投缘的同龄人在外过夜，怕我知道了不依，故而说谎。在我查明此事之前，请不要惊动令郎。今晚回去我就让下人悄悄跟随令郎，看他到底去了哪里。"

田百禄当即表示同意，并答应明天一早就是张家拜访，便回家了。当天晚上，孟沂刚出门，张家下人便悄悄跟上了他，远远地尾随其后。当走到一条异常黑暗的小路时，孟沂就像突然钻进了地里，一下消失了。下人在周围转着圈搜寻了一遍，不见任何踪影，然后满腹狐疑地回到家，将看到的一切一五一十告诉了主人。张家主人即刻派人去告知孟沂父亲。

且说孟沂刚走进薛氏家，就看到薛氏在悄悄哭泣。孟沂即吃惊又心疼，忙问缘由。薛氏将头贴在孟沂胸前，一边抽泣一边说道："孟沂君，你我恐怕要永久分别了，请不要问为什么。从一开始，我就知道终会有这一天，但没想到会来得如此之快，就像一场始料未及的灾难，因此情不自禁哭了

　　　　　　SOME CHINESE GHOSTS

起来。今宵之后，你我将再难相逢，你不会把我忘记吧？我知道，你将来会成为一名大学者，名利双收，当然也会有哪位美丽的女子代替我抚慰你。因此，你就不必过于悲伤了，且让我们尽情享受这最后的一夜吧！我可不想给你留下悲切的印象——在想起我的时候，就请忘记我的哭泣，只记住我的笑脸吧！"

说完，薛氏拂拭掉脸上的泪花，将美酒、乐谱和七弦琴拿了过来。在最后的别离到来之前，她不想让孟沂有片刻忧伤，因此对他吟唱起了古时那些慰藉心灵的诗句，大意是夏日湖边，湖面倒映着蓝天，人的心里也有一片静静的湖面，远离尘缘。二人在酒与歌的狂欢中忘却了所有悲伤，对孟沂来讲，这最后一夜带给他的欢乐胜过初次相见，似乎已入天堂，胜却人间无数。

然而，当旭日淡黄色的光线透入房间时，悲伤重回心头，两人相拥而泣。最终，薛氏陪送孟沂来到玄关台阶前，依依惜别之时，她将一件离别的赠物放到孟沂手中。那是一个玛瑙笔筒，作为装饰品放在大诗人的文案上十分相宜。两人执手相看泪眼，哀哀惜别。

话说孟沂无论如何也不愿相信这是两人的诀别，他想：这怎么可能？明日我还要拜访。她若不在，让我如何活下去？我去拜访，她总不会拒绝见我。他心事重重，不觉走到了张家门前，一抬头，啊呀！父亲和张家主人正站在玄关前等着他呢。

就在孟沂闭口不语之时，父亲发问了："你这东西！每晚都到哪里去了？！"

知道自己的谎言已被戳穿，孟沂在父亲面前垂首默立，但依然闭口不答，那毕竟是羞于出口之事。见此情景，父亲勃然大怒，挥起拐杖猛击孟沂，让他如实招来。孟沂一方面害怕父亲，另一方面，依照律法，子违父命当竹笞一百以示惩罚，这也让他心生畏惧。最终，孟沂只好老老实实坦白了他的恋爱故事。

听了孟沂的坦白，张家主人不禁变了脸，正色道："我家亲戚中，根本就没有姓平的。你说的那个女子，我们也从未听说过。话中所讲那座房舍，更是无从谈起。本以为你对自己的父亲不会撒谎，现在看来并非如此。这里面必定有不可告人之处。"

如此一来，孟沂只好将薛氏所赠之物拿了出来，除了黄玉狮子和玛瑙笔筒，还有美丽妇人的几篇自作诗。看到这些，张家主人和田百禄都十分吃惊。从外表就可以看出，黄玉狮子和玛瑙笔筒都是在地下埋藏数百年的古物，而且做工精巧，远非今人所能为，是两件无法仿造的古代名匠的作品。而那些诗篇则颇具唐风，也是诗中杰作。

张家主人开口道："百禄兄啊，咱们赶快到令郎所说的地方去看看吧，也好实地查证一下。虽然令郎所言非虚，但总觉怪异非常。"于是，三人一同向女子所住之处走去。

三人来到一条小路上，但见浓荫蔽日，花香阵阵，荒草萋萋，且有一处小桃林，红桃灼灼。一直在草丛中寻寻觅觅的孟沂禁不住发出一声惊叫，昨日还在的高高的青瓦屋顶已然消失不见，只剩一片湛蓝的晴空；而本应是黄绿相间的门廊处，如今只见树叶在艳艳秋阳下摇动，发出哗啦啦的声响；原来是宽大台阶的地方，只有一座孤零零的荒坟。由于年代久远，墓碑已被青苔覆盖，墓主的名字已难以辨识。薛氏的家已无迹可寻。

　　此时，一旁站立的张家主人猛然手拍额头，转头对田百禄吟出一句诗人郑谷的诗：

　　　　小桃花绕薛涛坟。

　　张家主人继续说道："百禄兄，迷惑了令郎的美人就是眼前这座荒坟的主人呀！她不是说嫁给了平康吗？平康这人自然是没有，但成都确有一条名为平康的巷子。这薛姓女子所言皆有谜底呀，她自称来自文孝坊，然既无此地，也无其人。但请看，'文'与'孝'合为一体便是'教'字，文孝坊即是教坊。刚才所言平康巷就在教坊里面，唐朝时曾是名妓所居之地。另外，此女经常吟诵高骈之诗，而且所赠笔筒与镇纸上有'渤海高氏清玩'字样，高骈曾被封为'渤海郡王'，现今渤海府已不存于世。高骈还做过四川刺史，是著名诗人，其奇闻轶事流传至今。高骈治蜀期间，曾有一宠爱的美妓姓薛，就是那位文采飞扬、艳压群芳的薛涛了。莫非令郎所遇女子便是薛涛？须知那些诗稿和文玩都是高骈赠与薛涛的。薛涛非一般女子，死后虽然五体化为腐朽，但有些难以言明的东西依然留存此地，她的灵魂可能仍在这片树林的阴暗处游荡。"

张家主人的话刚说完，三人便感觉有一阵难以捉摸的恐惧袭来。晨雾让远处绿绿的树丛看上去朦朦胧胧，树林里更觉鬼气森森。一阵风吹过，带来丝丝花香，是那种行将枯萎之花所发出的香气，就像遗忘在箱底的旧衣所发出的味道。风过后，林中枝叶婆娑，听上去像是发出"薛涛"般的窃窃私语声。

田百禄对儿子的身心状况十分担忧，很快就把他送回了广州城。几年之后，孟沂学业有成，获得了很高的名声与地位。随后与名门之女喜结良缘，后来又做了父亲，子女们也都德才兼备。对于薛涛以及他们之间所发生的事，孟沂终生难以忘怀，但他再未对任何人提起。当孩子们看到他文案上摆放的两件精美之物——黄玉狮子镇纸和玛瑙笔筒，央求他讲讲来历时，他也只以沉默作答。

织女的传说

THE LEGEND OF TCHI-NIU

三十六

他做了一个梦，梦见一个并不相识的美丽女子站在自己的床前，弯下腰看着他

在对古代经典《老子》作注的《感应篇》[69]一书中有一个故事，故事是如此古老，以至于悠悠千年过去，人们已经忘记了它的最初讲述者是谁。但故事的内容又是如此美好，就像看过便会永记不忘的祷文，至今依旧鲜活地保留在四亿民众的心里。作者到底是谁，是何府何县人氏，已经无从知晓。但不论故事多么古老，流传多么久远，故事讲述者的缺失实在是少有的事。我们只知道，故事的主人公名叫董永，生活在距今大约两千年前的汉代。

69　《感应篇》，全称《太上感应篇》，是道教的劝善书，出现于宋代，作者不详。该书并非对《老子》的注解，此处为小泉八云误记。该书原文无故事，后世对其注解时添加了诸多劝善故事，小泉八云是根据法国汉学家儒莲翻译的法文版注解改编的。

董永的母亲在他幼年时就已去世，他十九岁那年，父亲又撒手人寰，他成了孤儿，而且身无分文，一贫如洗。父亲是极为贫穷之人，养家糊口已经倾尽气力，一生辛劳却没能留下任何财产。父亲去世后，董永陷入十分窘迫的境地，他拿不出银两为父亲举办一场简简单单的葬礼，更无力为父亲选取一块风水宝地作为安息之所，只有自叹命运不公。穷人的朋友没有富人，董永的亲朋好友中，也没有人能够出资替他解困。这位年轻人要想获得金钱，只有一条路——给有钱人卖身为奴，他也打定主意要走这条道。但亲朋好友实在不忍，纷纷劝阻，希望他好好考虑，另寻他路。他们承诺以后会出手相助，让日子慢慢好起来。但董永主意已定，婉拒了他们的好意，并对他们讲："只要能让父亲尽快入土为安，我即便卖身百次也情愿。"而且，考虑到自己年轻又有气力，他将自己的卖身价标得高高的，这样一来就能得到足够的钱为父亲修一座像样的坟墓，但同时，他自己也将陷入无力偿还的境地。

于是，董永来到贩卖人口的大集市，奴隶和无力偿还债务的人在这里被明码标价售卖。他将写有卖身价和卖身原因的牌子挂在脖子上，然后在一条石凳上坐了下来。集市上人来人往，来看董永的人也不少，但当看到他牌子上的要价后，都轻蔑地冷笑一声，匆匆而过。也有人只是出于好奇而对他问东问西，还有些人对他假意赞美，更有人公然嘲笑他的不重私利和幼稚的孝心。在这般无聊与屈辱中，几个时辰过去了，正当董永对寻到买主、卖出自己几近绝望之时，一位州府高官骑着高头大马过来了——来者是一位威风凛凛、家有上千奴隶的大地主。高官勒紧缰绳，鞑靼马停了下来。他打量着奴隶们挂在身上的牌子，盘算着价格。来到董永面前时，高官即没有笑也没有问，只是仔细看了看这个年轻人的体格和他身上的牌子，便爽快地买下了他，并吩咐随员即刻支付银钱，做好相关文书让他过目。

董永终于可以完成自己的心愿了。他雇佣有名的工匠来设计，找技艺高超的石匠来雕刻，为父亲打造了一块虽然不大但十分精巧的墓碑，看到的人们都称赞不已。墓碑还在设计之时，葬礼便已经开始了。亡者的口中被塞入铜钱，大门口挂起白灯笼，董永上香诵经，用净火焚烧纸糊的各种冥器以供亡者在地府使用。他还请风水先生和巫师卜占吉凶、驱鬼辟邪，选定一处吉祥宝地作为父亲安息之所，修筑墓室。最终，出殡的队列从家中逶迤而出，沿途抛撒纸钱，董永父亲的灵柩在诵经声和哀哭声中被运往墓地。

葬礼结束，董永来到买主家开始了他的为奴岁月。主人让他住在一间小屋里，董永将祖先牌位全都摆放在里面。作为孝子，他每日在牌位前焚香祷告，虔诚叩拜。

春风三度吹拂大地，缅怀和祭奠故去亲人的清明节也过了三次，董永也已三次在父亲墓前摆起五样供品，叩拜祭扫。虽然三年服丧期已过，董永缅怀父母的心却从未褪色。岁月如梭，几年来董永从未有过片刻欢乐，也没有一天休息，但他对自己的为奴日子从不悲伤也从不抱怨。在这些日子里，他对祖先的祭拜也从未懈怠。但不幸的事还是发生了，稻田里的酷热击倒了他，他病到无法起床。看到他病得如此沉重，一起劳作的人们认为他将不久于人世。作为奴隶，大家每日都有忙不完的活计，或家里或野外，日出而作，日落才拖着疲倦的身子回来，因此没人能够照顾董永，连去看望他的人都没有。

那是一个酷热难耐的上午，身患重病的董永躺在床上，半睡半醒。迷迷糊糊中，他做了一个梦，梦见一个并不相识的美丽女子站在自己的床前，弯下腰看着他，并用细长美丽的手指抚摸他的额头。女子凉凉的手贴在董永的额头上，他顿觉一股奇怪的舒适感传遍全身，像是有新的生命力注入体内，全身的血管开始隐隐刺痛。深感迷惑的董永慢慢睁开眼，让他大吃一惊的是，真的有位美丽女子站在床前，正弯腰注视着他，而且正是梦中见到的女子！女子柔软的手正在抚慰他青筋乱跳的额头。

董永惊奇地感到，折磨自己多日的体内热火不知何时消退了，全身凉爽舒适，梦中感觉到的血管中的刺痛更加强烈了。就在此时，两人的目光碰在了一起。董永看到女子的眼睛异常美丽，在形如燕翅的眉毛下，如黑宝石般熠熠闪亮，沉静的目光则像穿透水晶的光线，能把自己看穿。猛然间，一阵不安袭上心头，他话到嘴边却欲言又止。见此情景，女子一边抚慰他，一边莞尔一笑，开口道："我来就是为了让你康复，然后嫁给你。好了，起来吧，我们拜堂成亲。"

女子说话时如小鸟歌唱，抑扬顿挫且声音清亮，但她的目光中却透出一股威严之气，让人感觉难以违拗。董永下床站起来，对身体如此神速地恢复元气颇感惊奇。他被小巧的凉凉的手牵着，大步向前走，连惊叹的机会都没有。他几次鼓起勇气，想对女子讲明自己一贫如洗，实在没有能力娶妻，但一看到女子明眸中那不可抗拒的眼神便心生畏惧，已到唇边的话又咽了回去。女子那锐利的眼神似乎看透了他的心思，于是她用爽快又清亮的声音对董永讲道："不必担心，我自有办法。"

看着自己寒酸的样子和褴褛的衣衫，董永十分窘迫，不禁羞红了脸。但再看女子，似乎也是寻常人家的女儿，全身上下不见任何首饰，而且赤着脚。就在董永胡思乱想之际，两人已经来到祖先牌位前，那女子与董永一起跪倒叩拜，又一起喝了不知从何处而来的交杯酒，然后拜过天地，女子便成了董永之妻。

无论怎么说，两人的婚姻太过离奇。别说结婚当日，就连结婚之后，女子姓甚名谁，从哪里来，家住何方，无人知晓，也未曾提及。当一起劳作的人们问起时，董永难以回答，只知道她叫"织"，其余身世便一无所知了。对于妻子，董永有点畏惧，当她的目光扫过来时，便觉手足无措，但在心里，他却默默地深爱着自己的妻子。结婚之后，渐渐地，他的奴隶身份也不再像一块巨石重重地压在心上。

夫妇二人居住的小屋在婚后也变得面貌一新，新奇又精美的贴纸将陋室的寒酸挡在外面。女主人还用只有她自己掌握的奇妙手法，无中生有，随手拈来，将小屋装饰得舒适宜居。

每当黎明时分，妻子便起床精心准备饭食，端至丈夫面前。丈夫傍晚归来，丰盛的晚餐早已摆上餐桌。除此之外，妻子每日坐在织机前织布。她的织布方法与众不同，只见绸布从织机上源源不断垂下来，如流金一般。布面上自然形成五颜六色的提花，紫色、酒红色、翠绿色，五彩缤纷。图案也是千奇百怪，有威风凛凛的骑士、梦幻般的龙牵战车、云霞一样的战旗等等。一根根龙须清晰可见，闪耀着珍珠般的光泽，而骑士的头盔上，各色宝石熠熠闪光。这样的绸布，织女每天都能织出一匹。她的名声迅速传播开来，远近的人们纷纷涌来，观看这神奇的一幕。而大都市的丝绸商人们听闻此事，迅速派人来到织女家，要求订货并向她求教织布技巧。织女按照商人们的要求，织出他们想要的绸布，换取大锭银子。至于那些恳求传授织布技巧的人，织女则笑着告诉他们："你们中间没人拥有我这样的手指，叫我如何教你们呀？"确实如此，当她织布时，没人能看清她的手指——她的手指动作如此之快，就像急速飞行时的蜜蜂振翅。

斗转星移，季节变换。此时的董永已然丰衣足食，美丽的妻子充分实现了她"我自有办法"的承诺。

织女特意买来一个大柜子，用来盛放家财，里面满是丝绸商人带来的亮闪闪的银锭。

一天早晨，董永吃过早饭，正要下地干活儿，织女很少见地喊住了他，然后打开大柜子，从里面取出一纸用隶书写成的文书。董永取过文书，打眼一看，"啊"的一声惊叫，禁不住跳了起来。原来那是董永的赎身文书，是妻子用自己所织绸布换来的银两，悄悄买回了丈夫的自由身。

"好了！从今往后再也不用为他人做嫁衣了，你就为自己出力吧！我已买下此屋，连同宅地与屋内所有物件。另外，南边的茶园，紧邻的桑田，也都属于你了。"织女喜气洋洋地告诉董永。心存感激之余，董永想跪倒在地拜谢妻子，但被织女一把搀住。

如此一来，董永成了自由身，伴随着自由而来的是兴旺。他辛勤劳作，大地也百倍回报他的辛劳。雇工们十分尊重自己的主人并祝福虽然寡言但面善心慈的女主人。不久，人们听不到熟悉的织布声了，原来是女主人诞下一个胖胖的男婴。董永初次看到美玉般的儿子，喜极而泣。随后，妻子便一心一意照料起孩子来。

日子一天天过去，孩子很快显露出他的与众不同，神奇之处超过他的母亲。他出生三个月便会讲话；七个月便能背诵圣贤之言，朗读经典；不足十一个月就能熟练握笔书写，用楷书书写老子的训诫。寺庙的和尚特来相见并与他交谈，他们对孩子的可爱和谈话时彰显的聪慧震惊不已，并对董永讲："令郎真是上天所赐，这是上天对您的眷顾之兆，实在是可喜可贺呀。愿您长寿百年哪。"

说话间，节气已到十一月。在这个时节，花已凋谢，夏日的香气已随风飘散，北风吹来阵阵寒意。这一夜，董永家灯火通明，夫妻二人相对而坐，身影沐浴在柔和的灯光里。丈夫满心欢喜和期待，诉说着自己对孩子和家庭未来的筹划，而妻子则静静聆听，时而看丈夫一眼，报以微笑。灯下的妻子看上去有着从未有过的美丽，董永一直痴痴地盯着妻子看。夜已深，烛火越燃越短，窗外，树梢在风中鸣响，这一切，董永全然没有察觉。

突然间，织女默然站起来拉住董永的手，就像结婚那天早晨一样，牵着丈夫的手走到儿子安睡的摇篮边。熟睡中的小儿不知梦到了什么，脸上现出微笑。蓦然间，与妻子初次对视时产生的那种莫名恐惧重新袭上董永的心头，虽然对妻子的爱与信任让他一时平静下来，但像鬼神附身一般的恐惧依然挥之不去。似乎被一只巨手压迫着，董永不自觉地跪倒在妻子面前，就像拜佛那样五体投地。终于，他睁开眼看向妻子，瞬间又被一种巨大的恐怖吓得闭上了双眼。妻子正在变得越来越高大，超越常人数倍，身体笼罩在光环里，四肢透过衣物闪闪发亮。但妻子的声音没变，依旧是那样柔美：

"董永，我的夫君！我们分别的时刻到了。我本非凡间女子，而是以神灵化身来到人间。孩子是我们爱的结晶，将来会成为像你一样的大孝子。你的孝心感动了玉皇大帝，他让我来到你的身边。现在，我要回到玉帝那里去，我的夫君，就此分别吧。我本是女神织女。"

说完，光环渐渐消失。董永睁开眼，妻子已经永远消失了，就像风从空中吹过，烛火被风吹灭，一切如此不可思议，如此难以阻挡。房门依然闩着，窗户也关闭如初，小儿仍在安睡。窗外，夜色已褪，黎明到来。东边的云霞变作一扇庄严开启的黄金大门，旭日就要东升。朝阳下，晨雾变得五颜六色、异彩纷呈，像极了织女织出的锦缎。

颜真卿归来

THE RETURN OF YEN-TCHIN-KING

三十七

他的脸一如生前，面色红润恰如新婚之日春风满面，又如佛塔中双目半闭、面带微笑的佛像

论述神灵报应的《感应篇》第三十八章讲述了一个关于颜真卿的故事。颜真卿是生活在盛唐时期的人物，其离世至今已有千年。

在颜真卿担任六部中的刑部尚书时，发生了以无道将军李希烈为首的叛乱。[70]一时间叛旗高举，各地百万军队附逆，席卷北方，势如破竹。天子闻听奏报，深知李希烈性格极其凶恶残暴，但他对天下无畏之人却极为钦佩，因此下旨让颜真卿即刻亲赴叛军大营，对李希烈晓以大义，说服其停止叛乱；同时向依附于他的叛乱民众宣读诏书，对他们予以谴责

---

70 李希烈叛乱时，颜真卿已不再担任刑部尚书，而是任太子少师。本故事为民间传说，有些地方与史实不符。

SOME CHINESE GHOSTS

和警告。因为颜真卿的智谋、信义和豪勇早已闻名天下，天子相信如果逆贼李希烈尚能听取忠诚信义之人的话，那么他应该能够接受颜真卿的劝说。于是，颜真卿穿好官服，安顿好家人，与妻儿告别，之后便怀揣诏书，单枪匹马、义无反顾地向着叛军大营疾驰而去。他对站在门前为他送行的头发花白的老仆说："很快回来，不必担心！"这是他留给家人的最后一句话。

终于，颜真卿来到叛军大营。军营里，叛军之首李希烈高坐中间，众多将领分立左右，叛军兵士站立两边。颜真卿昂首而过，径直来到李希烈面前。大营里枪戟林立，寒光闪闪，万鼓齐鸣，惊天动地。头顶上，几面黑色龙旗随风飘扬；营帐旁，一堆篝火熊熊燃烧，颜真卿瞥了一眼，但见火苗乱窜，舔舐着人骨，烧得通黑的骷髅清晰可见。对于这一切，颜真卿毫无惧色，他直视着李希烈的眼睛，慢慢从怀中取出黄绢诏书展开，做好宣读准备。兵士们停止了呼喊，军营内暂时安静下来。就在此时，郎朗之声响起，颜真卿开始大声宣读诏书：

"奉天承运皇帝，诏曰[71]：李逆希烈并附逆贼众……"刚刚读了一句，轰然一声响，喊叫声像肆虐森林的风暴，剑

71　"奉天承运皇帝，诏曰"的用法始于明代，唐代诏书上无此内容。此处为小泉八云误写。

戟乱摇，金鼓齐鸣，钦差大臣颜真卿感觉脚下的土地都在震颤。只见李希烈挥了一下手里的金杖，兵士们安静了下来。李希烈大喊道："好了，好了！狗要叫，就让它叫吧！"于是，颜真卿继续宣诏：

"尔等狂妄愚昧之辈，陷无辜民众于水火，生灵涂炭。须知，天朝子民乃上天所赐。律法条条，滥伤无辜者，天不容情，而遵圣贤之道者必能富贵荣华。尔等犯下弥天大罪，罪不容赦。另，告朕子民，朕乃尔皇、尔父，岂有毁灭尔等之思。朕所思者，唯子民之福祉、繁盛与大成。切勿盲从愚举，触犯天颜。速弃恶从善，俯听钦差训诫……"

宣诏之声未落，兵士们的喊叫声又起，一片骚动。喊声传向四面八方，在山上形成回声，俨然如飓风呼啸；金鼓之声亦震耳欲聋。

颜真卿看了一眼李希烈，只见对方在大笑，他便知无须二次宣诏了。颜真卿决意竭尽所能，不辱使命。因此，他无视李希烈的目光，将诏书一口气读完，然后递与李希烈。但李希烈并未伸手接诏，颜真卿只好将诏书放回怀中，然后双臂交叉抱于胸前，悠然看向李希烈，静等对方回应。

李希烈再次挥动手中的金杖，喊声和锣鼓声渐渐停了下来，一切归于寂静，只有头顶上的黑色龙旗在风中猎猎作响。

终于，李希烈满脸奸笑地开口了："老狗颜真卿！跪下对我发誓效忠，就像觐见皇帝老儿那样五体投地，三拜九叩，我就饶你不死。否则，即刻将你投入火中烧死！"

闻听此言，颜真卿背向逆贼，朝着天地拜了两拜，然后纵身跃入熊熊烈火之中，两手抱于胸前，像一尊神像挺立火中。

李希烈见状大惊，一下从座位上站起来，大声呵斥部下。部下赶紧从大火中拉出颜真卿，赤手替他扑灭袍子上的火，同时连声赞叹，对颜真卿的英勇不屈钦佩不已。李希烈也从座位上走下来，软语相劝："颜公真乃豪爽忠义之人哪！名不虚传。就请入座，一起用膳吧。"

颜真卿凛然看向李希烈，用大钟一样的朗朗之声回答道："住嘴，李希烈！只要你还走在叛逆之路上，我宁死也不会要你的任何东西！与你们这些逆贼坐在一起，与强盗为伍，让我如何向世人交代！"李希烈不禁勃然大怒，拔剑猛地刺向颜真卿，颜真卿仆地而亡。临死前，他依然挣扎着遥向南方[72]，向着皇宫，向着他所忠诚的君王的方向叩拜。

几乎与此同时，身在皇宫内殿的天子忽然感觉一个身影拜伏在自己脚下，刚要问话，只见那身影悄然起身，站立在自己面前。仔细一看，原来是老臣颜真卿。天子尚未开口，就响起了熟悉的声音：

"启奏陛下，陛下交给臣的使命业已完成。臣竭尽所能，不辱圣命。此次前来，只为拜别吾皇，前往他处为官奉主，恳请陛下恩准。"

---

72 实际上，长安位于李希烈大营西方，此处为小泉八云误写。

天子猛然发现，挂在对面墙壁上的猛虎画卷，竟然透过颜真卿的身体看得一清二楚。就在此时，大殿内忽然刮起一股阴风，带来阵阵寒意，随后穿堂而出，颜真卿的身影也一下消失了。天子这才明白，忠臣颜真卿刚才所讲的他处奉主，原来是指地府之事。

与此同时，在颜真卿家中，头发斑白的老仆忽然看到了主人的身影。只见主人像往常一样，看到庭院收拾得井井有条，便面露微笑，大步向堂屋走去。

"阿郎[73]，这样如何呀？"老仆问道。"啊，甚好！"然而主人的声音还未到，身影却消失不见了。

于是，天子的军队与叛军展开大战。到处狼烟四起，血流成河，飘满河面的尸体顺流而下，被送到大海里喂鱼。战争持续了数年，最终居于西北荒漠之中的游牧民族加入了天子的军队，他们是天生的骑手，并且个个都是能开二百磅强弓的好射手。带着黑羽的箭矢如雨点般射向叛军，卷起一阵死亡风暴。李希烈的军队被击垮了，幸存者要么投降，要么发誓归顺。正义终于再次战胜邪恶。但此时距离颜真卿离世，已经过去了几个春秋。

天子下诏，令三军将士务必找到颜真卿的尸骨并将其带回。将士们在无数无名之墓中搜寻，终于找到了颜真卿的墓。

73　唐代家仆称主人为阿郎。

他们刨开封土，准备将棺材拖出来。但打开墓穴之后，众人都惊呆了——棺木在他们面前化作一堆齑粉。原来棺木已被虫蛀，早已腐朽，见光后随即风化，只剩薄薄一层空壳。但再看，颜真卿的尸体却完好无损，静静躺在那里，不见任何腐朽迹象，土中的小虫并未打扰熟睡中的老臣。而更加令人惊奇的是，他的脸一如生前，面色红润恰如新婚之日春风满面，又如佛塔中双目半闭、面带微笑的佛像。

见此情景，站在墓旁的老和尚说道："众位施主，这是上天眷顾之兆啊。只有少数将要成仙的人才会出现此等情形。如此看来，颜公已位列仙班了。"

颜真卿的灵柩被扶回故园，安放于敕造灵庙之中，并按最高礼遇举行了隆重的葬礼。从此，颜真卿身着盛装，安眠于高庙之中，万世不朽。墓碑上雕刻着他的谥号、官位和孝悌忠信四个大字。墓的四周站立着青龙、白虎、朱雀、玄武四尊护神石像，两只寺庙中常见的高丽犬守护在墓前。

茶树的起源

THE TRADITION OF THE TEA-PLANT

三十八

天地万物，悉数无常。山川远眺，形态亦然。生生长长，终归无常。

端目耳鼻口，身意常守正，比丘行如是……

诱惑再次像秃鹫一样盘旋在他冥想的高天之上，带着他迷茫的灵魂盘旋飞舞，不断地下降，下降，最终飞落到幻想的世界。回忆像有毒的花香又一次迷乱了他的心神。那年，他正在前往中国的途中，那个庞大帝国的人们渴求佛法功德的滋润，犹如久旱的土地渴望甘霖。在他路过伽尸[74]时，发生了与那位舞女只是一瞥的偶遇。当时，舞女叫住了他，向他的铁钵里投了些许布施。他虽然用扇子遮住了自己脸，但还是遮蔽不及，看了她一眼。于是，犯罪般的自责便远涉千里紧跟着他。他前往遥远的异域本是为三千大世界的佛祖传

74　伽尸，古印度十六大国之一。

教的，但那种感觉一直尾随着他，阴魂不散。可咒的美人！她一定是诱惑之王魔罗创造出来用于摧毁义理的。贤明的世尊曾经这样训诫佛家弟子：

"出家人不可注视女人。如果偶遇女人，不可看她的眼睛。奉持正念，不与女人交谈。心中时刻默念：'出家人戒除色诟，洁身自好。如人开田沟，接近大道边，沟中生莲花，香洁可人意。'"

但同时，另一种带有可怕意味的记忆浮现在他的脑海里，那是训诫第二十三节中的话：

"爱欲莫甚于色，色之为欲，其大无外，赖有一矣，若使二同，普天之人，无能为道者矣。"

但是，如果被爱欲俘获，那又如何日夜打坐诵经呢？外面，夜幕正在降临。他想，治疗心灵之疾与心思迷乱的药，除了诵经似乎别无其他。于是，在暮色苍茫中，他开始一心一意念起经来。

"南无莲华宝玉！

"吾之所愿，如龟藏六，可勉向正，一心向念。

"南无莲华宝玉！

"屋盖不遮密，雨水必浸入，心意不善修，贪欲必侵入。

"南无莲华宝玉！

"行净无瑕秽，自知度世安。灭恶极恶际，易如鸟逝空。随佛如是做，可以获大安。

"南无莲华宝玉！

"日照于昼，月照于夜，甲兵照军，禅照道人，佛出天下，照一切冥。

"南无莲华宝玉！

"放逸者纵欲，增长如蔓藤，此处他处生，如猿觅林果，猿猴得离树，得脱复趣树。佛祖如我愿，不复此辗转。

"爱结如葛藤，夫从爱润泽，思想为滋蔓，所生枝不绝，但用食贪欲。

"南无莲华宝玉！"[75]

然而，好悲哀呀！他的祈祷听上去空洞无物。经文深奥微妙的意蕴——莲华的意蕴、宝玉的意蕴，本应在每句话中都能得到充分感受，但像这样单调地诵唱，只会给他被诱惑和被折磨的回忆平添一层危险的阐释。啊，那女子的耳坠！那像闭合的花瓣一样的耳朵，配上金刚石般闪亮的耳坠，什么样的莲花能比它美？他的脑海中依然浮现出女子耳朵的模样，以及耳旁那看上去如果实般异常香甜的脸。

"先诛爱本，无所植根，勿如刈苇，令心复生。如树根深固，虽截犹复生，爱意不尽除，辄当还受苦。"戒训第二百八十四节中所讲的确实是真理啊。

对于爱欲的束缚，他又想起戒训第三百四十五节所讲：

"对爱欲束缚，加绳加锁，敌不过女人璎珞[76]。"

75　上述经文并非完整连续，是故事主人公随口而出的。

76　璎珞，古印度佛像脖颈间的装饰品，后来演变成女性挂在脖间的饰品。

"啊，无所不知、无所不能的乔达摩呀！"他大声喊道，"无所不见的佛祖！您的训诫是如此丰富！您对人心的理解是如此通透！难道这也是您的一种诱惑吗？还是魔罗在您面前所幻化出来的万千幻象？那一夜，大地像战车一样颤抖，从太阳到太阳，从世界到世界，从宇宙到宇宙，从永远到永远，传递着微妙的震动。"

啊，那个女子的耳坠！明晃晃挥之不去。岂止挥之不去，而是越来越鲜明地出现在他的脑海里，荡来荡去。不仅如此，那耳坠变得似乎愈发温润，能够看到可爱的样式和美丽的形态，似乎是吸吮了他的力量，让他变得虚弱，而对方越来越强大。如鹿眼一般黑亮清澈的大眼睛，黑发中的珍珠，樱桃小口中玉一般的皓齿，似乎要接吻而嘟起来的花一样芳香的唇，从未闻过的让人昏昏欲睡的甜香气味——那是青春的芬芳、女人的体香——全都浮现出来了。他猛然站立起来，凭着坚强的意志再次诵起经来：

"天地万物，悉数无常。山川远眺，形态亦然。生生长长，终归无常。"

虽然如此，但那如梦如幻的美又是什么？那些让人眼花缭乱的美，譬如梦幻般的太阳，夕照里的群山，看似无形却变幻无穷的水，还有那……啊，算了，空想那些有什么用。让人可咒的女人哪！然而，为什么要诅咒那个女人？她做了什么让苦修者诅咒的事吗？没有！只是因为她的身影以及对她的回忆和幻想。她究竟为何物？是让人产生幻觉、美梦、幻影、空想，让人心神紊乱的迷幻之物！但过失和罪孽应归咎于自己。有悖信仰的思想，无法自控的回忆，这些才是罪恶的渊源。虽说思想就像流动的水、飘忽的雾一样难以捕捉，但心中的野马完全可以被称为"意志力"的驭手制伏，套进理智的战车。为了得到幸福，必须这样做！于是，他又念诵起了经文。

"睡眠解寤，宜欢喜思。听我所说，操集佛言。所行非常，谓兴衰法。夫生辄死，此灭为乐。解脱得度。"

她的身影是虚幻的，并不存在。那迷人的身影真是虚幻的吗？她曾经布施于我，布施者的功德也是虚幻的吗？布施者柔美的手指也是虚幻的吗？所谓正念，这里面有许多无法衡量、难以理解的东西。她布施的是一枚带有大象印记的金币，这与诸王布施给佛祖的金币是一样的，这肯定不是虚幻的。她从胸间取出金币时，可以看到她的肤色不输金子；丝质腰带与纤细的胸衣之间露出年轻的腰部，细腻光亮，像一把软软的弓；说话声就像她脚踝上闪亮的银环发出的声响，清脆悦耳；更加难忘的是她的微笑，在那如盛开的花朵一般的口中，是一排花蕊般的细密白牙。

唉，连我自己都觉得软弱，真是羞愧！为什么"决心"这名驭手未能控制住"幻想"这匹马？这种意志力的松弛是不是即将到来的睡魔的危险前兆？但那时的幻想是如此鲜活，如此清晰，以至于现在都能看到那些身姿正在异样地活动，在梦中的舞台上演着不雅之剧。"啊，清醒的神，完全清醒的神！"他大声喊道，"请您救救我这卑微的佛家弟子吧！请授予我真正的禅定之力，请赋予我达成誓愿的力量！让魔罗走开！"然后，他继续诵经。

"为佛弟子，常悟自觉。昼夜念佛，惟法思众。为佛弟子，当悟自觉。日暮思禅，乐观一心。"

就在此时，一阵听上去如流水喧哗的嗡嗡说话声传来，淹没了诵经声。星光很快从眼前消失，天空中是无尽的黑暗，一切已从视野中消失，只剩一片漆黑。嗡嗡声越来越大，好似潮水袭来一般。他感觉脚下的大地在下沉，不知何时，全身有一种双脚离开地面，飘浮在宇宙里的感觉。一个人在黑暗中飘呀飘，然后就像佛塔上飘落的羽毛，轻轻地慢慢地落了下来。自己这是死了吗？不对，并没有死。突然，他感觉自己像是被第六神通[77]送回来一样，再度站在了光芒里——那充满芳香、云霞一般、让人昏昏欲睡的光芒，曾照耀在印度某个都市的大街上。

刚才听到的嗡嗡声，现在终于找到了来源——一大群蠕动着的朝圣者。但那些人与他有着不同的信仰，他们的额头上有着各种污秽猥琐之神的印记。他极力想从人群中冲出来，但做不到，只得被裹挟在一里宽的人流中，像卷入恒河激流的一片树叶，不自觉地向前移动。人群中既有坐在车里的王

77　即佛家六神通中的漏尽通，能破除执着烦恼，脱离轮回。

侯、骑在大象上的公子、身着僧衣的婆罗门，也有成群的唱着赞歌和节日小曲的放荡舞伎。但这是要到哪里去？目的地是哪里呢？他们走过榕树林，穿过茂密高大的棕榈林，终于来到一片洒满阳光的田野。但是，要去哪里？目的地呢？

远处呈现一片青色，一排石砌的高大建筑像一座山矗立在那里，那是一座大寺院。数座带有雕刻的尖塔刺向天空，金色的装饰在蓝天里熠熠生辉。走近看，寺院愈发显得高大，青色的石面变成了灰色，整个建筑的轮廓在阳光下显现出来。建筑的一些细节也变得清晰起来：石龟驮着形如大象的台座，柱头上刻着巨大的鬼面，腰线间缠绕着蛇与怪兽，回廊上安置着多头的神像，带有回纹的壁龛层层叠叠，猥琐的肉欲神的彩画等也清晰可见。在一片带有石刻的山坡中间，有一群张牙舞爪的鬼神雕像，它们的肢体交缠在一起，组成一座金字塔，下面有一个大门洞，像湿婆张开的大嘴，正在将人群吞进肚里。

人群的大潮像旋涡一样滚滚向前，涌进更为宽阔的里面，似乎没人注意到他的黄色僧衣，实际上，根本没人留意他的存在。高高的头顶之上，宽大的游廊纵横交错，在火炬的黄光照耀下，无数雕刻精美的巨大石柱排列开来，一直延伸到看不见的尽头。香烟缭绕中，兀自站立着一些从未见过的怪模怪样的雕塑，远看似乎是大象或者金翅鸟，走近才看出其中的秘密——是纠缠在一起的女体。一位神仙骑在传说中各种各样的怪物身上，同样的鬼神雕像被雕刻师重复制作出许多个，不论从哪里看，都像是一个鬼神衍生出来的。巨大的石柱本身就是一种肉欲的象征，这种精神狂乱的崇拜在饮食歌舞中，在拧弯的黄铜灯、扭曲的黄金杯、雕刻的大理石水槽上都得到活灵活现的体现。

完全不知道走了多远，只知道穿过了无数的石柱，走过了成群的石像，沿着灯火闪烁的通道不断向里走。这段路程似乎超过了商队之旅，也超过了他曾经的中国朝圣之旅。就在此时，不知为什么，周围一下子变得异常寂静，就像在墓地一样。刚才还热闹非凡的人海像瞬间退了潮，自己被拽进了地下建筑的地狱底部。环顾一周才发现，他独自一人掉在了一个从未见过的地下空间。他的面前有一个水池，里面有一根差不多一人高的圆形立柱，球形柱头上挂着花环，上面吊着几盏同样形状的点着棕榈油的灯，除此之外再无其他雕塑、神像之类的装饰。石块铺就的地面上铺满了各种各样的花，像一层厚厚软软的地毯，脚底弥漫着花香——一种令人愉悦、陶醉、心生亵渎的奇异花香直冲头顶。一阵无法抗拒的倦怠感向他袭来，自己的意志已经不受控制，他慢慢瘫坐在了鲜花地毯上。

寂静中，一阵低语般的脚步声伴随着脚环发出的清脆响声传入耳中。突然，他感觉到女人温润的手臂缠绕在他的脖子上。是她，是那个女人！令他迷幻、诱惑着他的那个女人！但仔细看，又有些不同，似乎模样和身姿都变化不小，眼前的她有着沉鱼落雁般的绝世之美和仙女般的魅力！茉莉花瓣一样柔软细嫩的脸颊贴在他的脸上，注视着他的眼睛像夜一样深，像夏天一般美，花一样的嘴唇喃喃耳语："你把我的心悄悄偷走了，这么长时间，我找你找得好苦啊！不过，总算找到你了。知道吗？我给你带来了好东西，我的唇和胸，还有花与果。渴了？请饮我眼中的泉！要供奉？我就是你的神坛！要祈祷？我就是你的神。"

两人的唇吻在了一起。女人的吻让他热血沸腾，好像每个细胞都在燃烧。不一会儿，"迷幻之物"凯歌高奏，魔罗获得了胜利！半夜里，伴随着对冲动的自醒，梦中人一下睁开了眼——中国的天空，群星灿烂。

梦如此短暂，如假寐一般。但誓言已破，苦修者的悲愿已遭背叛，无可挽回。羞耻与悔恨一起涌上心头，他横下一条心，从腰带上抽出一把锋利的短刀，割向自己的双眼，将眼睑割下扔在地上。然后开始祈念：

"佛祖啊，您的弟子因为肉体的虚弱而被击败。我要在此重新发下誓愿，现在开始，我要在此地打坐，不食不饮，直到誓愿达成。"

说完，他便开始用沙门禅定法打坐，身体坐在盘起的下肢上，右手放在左手上，手心朝上放在翻转过来的脚心上，进入了冥想。

东方的天空一片暗红，日头已经升起。太阳投射在地面的影子逐渐变短又渐渐变长，慢慢地太阳落进了它的火烧云焚化堆里。夜幕降临，星星闪烁又隐去，黑夜过去了。魔罗的诱惑失败了，这次，苦修者坚定了信念，悲愿达成！

太阳再度升起，将微笑洒满世界。鲜花纷纷舒展开花蕊，小鸟鸣唱着朝拜太阳的晨曲。寺院的重檐和塔尖沐浴在阳光里，熠熠生辉。誓愿达成，沉浸在喜悦中的印度朝圣者在晨光中站立起来。当他把两手放到双眼上时，禁不住发出一声惊叫——这是咋回事？难道是做梦？不，不是梦！然而，他的双眼一点不觉疼痛，眼睑完好无损，就连睫毛也不少一根。难道真有奇迹发生？他赶忙去寻找扔在地上的眼睑，到处都寻不见，奇怪般地消失了。不过，请看！他抛弃眼睑的地方竟然不可思议地长出两株小树，树上长着细长的眼睑形状的叶子，茂密繁盛，雪白的花蕾向着东方正欲绽放。

此时，通过自己在强大的禅定三昧中获得的神通，虔诚的传道僧知晓了这些新生小树的秘密，它们的叶子具有不可思议的功效。他携带《妙法莲华经》来到这个国家传经布道，于是，他便用当地语言给神奇的小树命名为"茶"，然后对小树讲道：

"祝福你们，美丽的小树，你们有益、提神，生于坚定的正道之心！看吧，今后你们的名字将被广为传颂，直至天涯海角；你们的香气将乘着四季的风，飘满天南海北。从现在到永远，饮用你们叶汁的人们将神清气爽，你们能缓和疲劳、解除倦怠。而我们出家人打坐念佛之时，你们也会帮我们赶走睡魔。可喜可贺，可喜可贺呀！"

因此，直到现在，凭借法界誓言的功力与虔诚的赎罪功德而诞生的茶仍在被众人饮用，令他们神清气爽。而茶的香气也同祭拜时常见的青烟一样，升腾在世界各地的天空，永久不绝。

瓷神的故事

THE TALE OF THE PORCELAIN-GOD

三十九

灵魂是无法分割的，那就将我的生命赋予我的作品，将我的灵魂赋予我的瓷瓶

高岭土与白不子[78]是靓丽花瓶的骨架与肌肤。那么，最早发现这一秘诀的是谁呢？是谁第一个发现这种乳白色的土具有此等美质呢？从死亡多年的山上采集的白土，以及在经年累月的曝晒下，巨大岩石的骨与肉化成的白色粉末，二者被调理成这种不见任何杂质、冰一样的泥块。那么，第一个调理白不子的人究竟是谁？又是谁首先发现瓷器这一非凡艺术品的秘密并学会制作的呢？

实际上，我们是知道这个人的。他起初只是普通的人类，后来被供奉为神，数万投身陶瓷行当的人在他雪白的塑像前

78　高岭土与白不子均是制作瓷器的基础原料。

膜拜，他就是被称为"菩"的人。[79] 菩的出生地我们已无从知晓，也许是因为近年的战争让这种传说从人们的记忆中消失了。这个黑发民族在战争中失去了两千万条生命，就连位于浮梁[80]的青山间、制作的瓷器像火红的玉的著名瓷都景德镇也被从地球上抹去了。

在菩之前，瓷窑的神灵就已经存在了，他产生于大力神，由"大神灵"分化而来。距今约五千年前，黄帝教导人们制作陶器时，当时的陶工们就已经在一边转动制作陶器的转轮，一边哼唱着向神灵祈福了。黄帝逝去三千多年后，受天神派遣，命中注定要做瓷神的人诞生了。

瓷神总是徘徊于陶房的烟气和劳作中，至今仍在为人们提供帮助，让陶工的成型方案尽快完成，让设计者设计的产品更加风雅，让油工的釉彩更加鲜艳。也就是说，陶瓷艺术都是瓷神利用从上天那里得到的智慧一手创造的，是他的灵感创造了所有的釉彩奇迹，所有面世的青瓷佳品，以及后世人们完成的所有杰作。

青色的瓷器统称为"青瓷"，具有镜面一样的光泽、雁皮纸般的薄胎，叩击则声如石磬，锵锵作响。其色彩为天青色，是五代时期的后周皇帝世宗柴荣御赐之色，他曾亲书"雨过天青云破处"来形容青瓷的诱人色彩，因此青瓷又有"柴

79　此人指的应当是明代人童宾，他在景德镇民间被称为"风火神""窑神"。

80　浮梁，指位于江西省东北部的浮梁县，景德镇在历史上长期归其管辖。

　　　　　　　SOME CHINESE GHOSTS

窑"之说。青瓷在所有瓷器中位列第一，堪与世间名玉媲美，贵重无比，可以说无论什么样的凶恶之徒，都没有敲碎它的胆量。

汝窑，汝窑瓷器位列第二，其成品有的细腻如铜，叩击作铮铮之响；有的色彩蓝如夏日之海，并在表面浮现出鱼子纹路。

官窑，官府所辖瓷窑，其成品在名瓷中位列第三，其色彩犹如晨曦中的天空映照着些许暗红，白鹭向着旭日飞去的感觉。

哥窑，所有瓷器中位列第四，成品中有的色彩淡雅，有着鱼鳞一样千变万化的美；有的犹如蛋白石，在釉中加了米色粉。哥窑是宋代名匠章氏兄弟中的哥哥章生一最先烧制的。

定窑，所有瓷器中名列第五，据说苏东坡曾有诗句形容其白如丧偶者的丧服，美如滴落的眼泪。

秘色窑，有着隐秘的色彩，日光下才能看出它冰一样的颜色，时有时无，若隐若现，是被著名诗人徐寅赞赏的瓷器。[81]

蜀窑，出色的青白瓷，杜少陵用诗句"扣如哀玉锦城传"[82]来形容它。

81　唐代诗人徐寅在《贡余秘色茶盏》中写道："捩翠融青瑞色新，陶成先得贡吾君。功剜明月染春水，轻旋薄冰盛绿云。古镜破苔当席上，嫩荷涵露别江濆。中山竹叶醅初发，多病那堪中十分。"

82　出自杜甫《又于韦处乞大邑瓷碗》："大邑烧瓷轻且坚，扣如哀玉锦城传。君家白碗胜霜雪，急送茅斋也可怜。"

秦窑，釉色白或青，看上去像是鱼鳍搅乱了平静的水面，表面可见鱼形。

还有瓷瓶被叫作吹红器，形容瓷器的红色犹如雨后夕阳；而脱胎器则是指瓷器的胎薄如蚕蛾翅，轻如鸡蛋壳。

夹青，瓷碗空着时像珍珠一样白，注满水后便不可思议地出现一群游动的紫鱼，制法奇特诡异。

窑变，瓷器在窑内借助火的魔力而发生釉色变化。入窑时是血红色，中间变成蜥蜴般的绿色，最终出窑时却是天蓝色。

吉州窑，釉色是夏日夜空般的紫色；而清窑的釉色则像雪与银混合产生的白亮色，

宣窑，有的像坩埚中炼化的铁水一样通红，有的像红宝石一样呈现透明的红色，有的像柑橘皮一样呈现凹凸不平的黄色，还有的像桃子一样呈现淡淡的红晕。

裂纹釉，如远古冰层里出现的裂纹一样的青瓷；另外还有金龙一样的洪武釉；红釉中出现许多尖角的蟹爪釉。

所谓乌金釉是指像瞳孔一样黑亮的黑瓷，或者像印度人肤色的黄褐色瓷器；紫金釉则是指釉色像秋叶一样焦黄的瓷器。

龙缸窑，釉色如豆苗绿，其中染有银色云龙。

另有琥珀色的葡萄花加绿叶，罂粟花相陪，并配有蟋蟀相斗浮纹的宣和窑。

还有釉色像苍天中撒满金色星尘的康熙臧窑；釉色是黑加银，如风雨交加的夜晚，闪电划破夜空的乾隆臧窑。

隆庆窑，瓷器表面绘有《秘史》《男女秘戏》等不堪的春宫画，是悖德皇帝明穆宗下令烧制的不洁之物，瓷神看了也会以手遮面逃走吧。

除此之外，还有很多奇形怪状、材质不同、令人惊讶的瓷瓶。带有奇妙关节的；带浮雕、贝壳雕、透明雕的；有着吊钟形状的瓶口并饰以花串的；瓶口像鸟嘴，像露出毒牙的蛇口，像少女红唇的；还有肉色底面上浮现紫色静脉的；带有耳朵和耳环的；形如蘑菇、莲花、四脚蛇的；女面马腿怪龙形状的；还有整体呈微妙的半透明状，但像煮熟的饭粒闪闪发光，或酷似霜花花边，或像珊瑚展开的花瓶。

更有用瓷器制作的各种各样的神像或佛像。如灶神；十二墨神；一出生就白发苍苍的老子；手握充满人类智慧书卷的孔子；双足雪白、站立于金百合花心的美丽慈悲的观音菩萨；教会人们烹饪的神农；微闭双眼、微露神秘微笑的佛像；骑着白鹤飞翔的寿星；大腹便便、代表满足和财富的布袋佛；从慈悲的手中不断洒落彩虹色珍珠雨的才艺女神。

然而，菩留给匠人们的无与伦比的瓷器制作秘诀，却大部分被遗忘，永久失传了。但是关于瓷神的故事还留在人们的脑海里。因此，任何一位老瓷匠，或者整日坐在阳光下为大作坊捣颜料的老盲人都会告诉你，菩本是一介贫穷工匠，凭借不知疲倦的耐心钻研以及上天赐予的灵感逐渐成为一位名匠。他的名声是如此之高，以至于有人相信他掌握了黄白术，即点石成金的秘诀。还有人认为他是妖法师，他将咒符放在别人的屋檐下，利用梦魇的魔力将人杀死。更有人断言他是占星家，发现了支配万物的五行的秘密——星云和银河中运动的力量。至少那些无知之辈是这样认为的。另一方面，侍奉在天子身边、智慧博学的大臣们对菁的绝技也是交口称赞，他们认为只要有上乘的材料，在他巧妙的指尖下，什么样的美丽瓷器都能随心所欲地制作出来。

某一天，菁将一件价值连城的名品献给了天子，那是一个模仿矿石质地，通体像燃烧闪烁的黄铁矿石的瓷瓶，瓷面上有一只变色龙，其颜色因观赏者的角度不同而变化，光彩陆离，堪称绝妙。天子也对这件作品的瑰丽深感震惊，便向周围的大臣们询问起瓷瓶的来历。天子被告知，这是一位名叫菁的天下无双的瓷匠，用他所掌握的鬼神附身般的秘术制作出来的。于是，天子便派人带着丰厚的赏赐召见菁，让他进殿面圣。

贫穷的瓷匠来到皇帝面前，三拜九叩之后，静候皇上旨意。

皇帝开口道："你的献礼朕已看过，甚好！为此赏银五千两。这次若能按照朕的旨意，制作出朕想要的物件，将给你三倍的赏赐。举世无双的瓷匠，好好听着！朕所需者，乃一只瓷瓶，只是要有活肉般的颜色和意趣，要牢记朕所讲。所谓活肉之感，是指瓷瓶听到有人对它吟诗时，要会颤动；能服从人的意志而活动；会因人的某种想法而惊颤。就按此制作吧，记住，朕的旨意不可违！"

在瓷器制作的百般工艺中，不论是调和颜料的"配色"，在瓷瓶上绘画的"画样"，上釉彩的"吹青"，上光的"填彩"，还是监视窑火的"烧炉"，菩都炉火纯青，无出其右者。即便如此，在聆听了皇上的旨意后，虽然领取了五千两赏金，菩依然忐忑不安，悄然离开了皇宫。他不禁暗想："诚然，让瓷器颜色如肉而且能动的秘诀，只能是太上之道的玄妙，凡人怎么可能赋予黏土以生命？又怎么可能付之以表情呢？除了太极，谁会有赋予灵魂的能力呢？"

此时的菩，在陶瓷行家公认的需要秘技的色彩及其意境方面已经独领风骚。呈现蔷薇花般妖红色的吹红、醒目浓红色的肉红、山青色的翠绿、柔黄的黄罐釉、金彩灿然的本金等色彩的秘诀，皆已被菩掌握。鳝血纹、青蛇绿、堇菜紫，就连欧洲珐琅彩工艺师们常年苦心研究却没能成功的酒红和薄紫，也早已被菩开发出来。即便如此，对于皇上交代的差事，菩依然内心打战。

回到自己的工坊后，菩自言自语道："只凭凡人的微薄之力，如何能将泥土做成肉，并让它随人的意志而颤动？这真是一种无法解释的可怕想法。如果是神的力量，创造百万个太阳也是轻而易举的事，比我用转轮制作一个瓷壶都简单。但对凡人来说，无论怎样拼命，又如何能完成神仙们才能做的事？"

然而，圣命断不可违，为了达成天子的愿望，颇有毅力的陶瓷名匠使出了浑身解数，做了百般努力。日复一日，月复一月，几个春秋过去了，但所有的努力不见任何成效。他曾向神灵祷告，也曾向窑灵祈愿，但没有任何效果。菩不禁仰天大叫：“神灵呐！请听听我的祈求，帮帮我吧？我该如何是好啊？我这无能之人，无法将活生生的灵魂赋予黏土。请告诉我到底该怎样做，才能让这冷漠的泥块变得如活肉一般，闻言而动，受惊能跳呢？”

熊熊烈火中，窑灵给出了一个奇怪的回答：“愚蠢的信念，奇怪的心愿！试想，人能记住思想的脚步走过的路吗？风起处，你能称量一阵风吗？”

即便如此，菩依然意志坚定，心如磐石，决意继续努力，无论如何都要完成圣命。于是，烧制试验做了七七四十九回，按照天子的愿望做了四十九次努力。然而，所有努力都是徒劳的。这一切不过是浪费资材，耗尽自己的力量与心血，成功依然遥不可期。不仅如此，灾祸临门、贫困随身、不幸也降临灶台。

不知为何，烧制时从未见过的窑变发生了。釉面颜色有时变得灰白，有时变成煤烟黑，像林子里的霉土。面对这些不幸与艰难，菩忍不住对窑灵哭求：“啊，火之灵！没有您的帮助，我根本无法做出如肉鲜活的东西。请告诉我到底该怎样做。”

熊熊烈火中，窑灵又做了一个奇怪的回答：“你能学学天宫的画师，在天上画出彩虹吗？他的笔是光线，他的颜料是夕阳西下时的漫天彩霞。"

烧制过程中出现了一种情况：瓷瓶表面没有任何问题，一切都在顺利进行中，釉面也没有发生窑变，甚至开始出现活肉颤动的感觉，却在最后环节功亏一篑，所有人的苦心劳作都化为泡影。反复无常的材质背叛了他们的努力，釉面上要么出现萎缩的果皮样丑陋皱纹，要么出现粗暴拔毛后鸡皮上的粟粒。此时的菩再次向窑灵哭求道："啊，火之灵！没有您的冥助[83]，随意志而颤动的东西，我怎么可能做成？"

熊熊烈火中，窑灵再次做了一个奇怪的回答："你能赋予石头灵魂吗？你能仅凭意志就让花岗岩山上的泥土颤动吗？"

烧制时，又出现了另一种情况：一切进展顺利，没有出现任何问题，发色好，瓶面既没有出现裂纹，也没有出现褶皱或波纹，似乎一切完美无瑕；但最后看，却没有温润的肉，肉色表面呈现的是粗糙的金属光泽。虽然下了很多功夫，活肉颤动的感觉却全然没有，都随烟而逝了。菩绝望之余，对窑灵发出了绝望的尖叫："啊，残忍的神！无情的神！我是那样虔诚地供奉你，跪拜你，我到底有何罪过而被你抛弃？又因何罪孽而拒绝帮我？我是人间的废物，没有神明相助，我如何能做出闻言而动、因思而颤之物呢？"

这次，窑灵在猛火中如此回答："你的灵魂能分割吗？

---

83 冥助，即神佛的佑助。

不能！若想成功，只有把你的生命赋予作品，把你的灵魂赋予瓷瓶！"

闻听此言，菩的胸中像燃起一团火，他主意已定，奋然站立起来，马上着手第五十次烧制。

黏土与石英、高岭土与白不子经百回过筛，又经百次清洗。然后，那乳白的黏性之物在菩不知疲倦的手指下又经百回揉捏，他最后将只有自己知道的颜料加入其中。下一步便是瓷瓶的成形，瓷胚在菩的手里转了又转，抚了又抚，终于，活生生的柔软性出来了。似乎是回应内部而来的活力，瓷胚表面也变得像活肉了，看上去似乎在颤颤而动。可以看出，瓷胚焕发出活力，而且在向里面浸透，呈现出血液的鲜红色和静脉般的紫色。接下来该上釉了，用的是色如太阳的半透明白釉，整体看上去像是女人光滑的肌肤，给人以假乱真的感觉。开天辟地以来，凡人之手从未制作出如此精美之物。

于是，菩指示手下人将尽可能多的松柴投入窑炉。直到现在，他也没把自己的想法透露给其他人。当窑内被烧得通红时，他将自己亲手制作的作品放了进去，只见里面爆出一片火花。然后他在火之灵面前低下头，默默念诵起来："火之灵，炎之主啊！您的真意我已领会。灵魂是无法分割的，那就将我的生命赋予我的作品，将我的灵魂赋予我的瓷瓶！"

就这样，瓷窑不断添柴加火，烧了九天八夜。这期间，匠人们观察着瓷瓶，看它在火舌的舔舐下渐成蔷薇色，结晶成型。第九天的晚上，菩告诉疲惫的同伴们，这次烧制一切顺利，肯定会成功，让大家暂且回家休息。他同时跟他们讲："如果太阳升起后，大家没有看到我，不必担心，将瓷瓶出窑，向皇上交差即可。"

然而，就在这天晚上，菩投身火中，将自己交给窑灵，将自己的生命交给作品，将自己的灵魂赋予瓷瓶。

第十天的早晨，匠人们回来了，将稀世瓷器从窑中取出。此时，菩的尸骨已荡然无存。仔细看那瓷瓶，确实活生生的，有一种闻言而动、思之而惊的感觉。手指轻叩瓷瓶，发出清脆的响声，听上去似乎在呼唤一个人名，那是制作者的声音，呼唤的是制作者之名——菩。

此事传到朝廷，天子御览了奇迹般的瓷瓶，对身旁的人们讲道："一件原本不可能做到的事情，他却凭借信仰与恭顺之力实现了，但他为此付出如此残酷的牺牲却并非朕所愿的，朕只想知道，这位天下无双的名匠是从哪里获得的技艺，神或鬼？天庭或地府？不过朕现在知道，菩已经位列仙班了。"天子对菩的忠臣风范大为感叹，对这位世间少有的名匠之灵表达了与神同等的敬意，对着菩的灵位躬身而拜。同时，天子下旨，在天朝所有城市，特别是各地御窑作坊中为菩树立雕像，朝夕诵念其名，祈求他对陶业赐福。

牡丹花魂

THE SOUL OF PEONY

四十

等武三思赶到时，侍女已然进到了墙壁里

在中国唐朝，有一位名叫武三思的学者，他以爱花闻名，尤爱牡丹并精心栽培，颇有耐心。这在日本书籍中也有记载。（在日本也备受尊崇的牡丹是八世纪从中国引入的，在日本园艺师的培育下，目前已有不下五百个变种。）

话说有一天，武三思府上来了一位美丽少女，自言家遭变故，无奈之下只得侍奉他人聊以过活，又言自己粗通文墨，若能入书香门第为婢，则为幸事。武三思观其模样俊俏，内心欢喜，遂不再多问，直接让她留在府内做侍女。

平日里，武三思静观这位新侍女，发现她不仅心地善良，而且诸艺皆通，不像来自寻常人家，更像大户或官宦之家教养出的女儿。她的礼仪举止无可挑剔，许多只有达官贵妇才通晓的风雅之事，诸如琴棋书画、吟诗作赋等，竟也无所不通，令武三思甚为惊讶。武三思不由喜欢上了这位侍女，最后竟到了想方设法讨其欢心的地步。文人墨客和达官贵人来访时，他总让此女出面应酬。客人每见其容姿端庄秀丽，举止温文尔雅，待人彬彬有礼，便赞叹不已。

某日，名为狄仁杰的著名德义大师来访，武三思便想让那位新来的侍女出面招待，也是想让狄仁杰赞叹一番。但是千呼万唤却不见侍女出来，无奈之下，武三思起身亲自去唤，但遍寻不着，找遍整个府邸都不见踪影。

想到客人尚在厅堂，武三思怏怏而返。走到檐廊时，他忽见一位女子在前面悄无声息地匆匆走着，仔细一看正是那位侍女，于是忙唤其名并快步赶上。侍女听到呼唤，一下子回过头，然后如蜘蛛一般平贴到墙上。等武三思赶到时，侍女已然进到了墙壁里，墙面上只剩一幅五颜六色的侍女影像，但嘴巴和眼睛还能动，她对武三思悄悄说："婢没有听从阿郎的召唤，实在是罪过。然婢非人间之女，实为牡丹之魂，因见阿郎十分喜爱牡丹，故而化作女儿身，前来侍奉。但今日狄仁杰来访，此人乃德义岸然之人，令人畏惧，奴婢实在不敢再以此身出现……就此拜别阿郎，婢要回去了。"

说完，影像全然消失，墙面干干净净。武三思从此再未见过那位侍女。

此事见载于一本中国书籍[84]，日本书名译为《开天遗事》。

84　五代王仁裕撰《开元天宝遗事》，主要讲述唐朝开元、天宝年间逸闻遗事。

柒

异想和其他幻想

FANTASTICS AND OTHER FANCIES

本章所选 6 篇文章是小泉八云对自己幻想的记述，以及听说的奇闻。

万圣节之夜
THE NIGHT OF ALL SAINTS

四十一

人在行善之后会留下香气，犹如花魂生生不息

万圣节之夜——晴空如洗，夜已深，月光如水洒下。

西风解人意，轻轻拂面，抚慰孤独的心，又似与谁私语，在亡灵之地独自徘徊。

墓地里，盛开着各色花儿。

花儿们偷偷端详着月儿的脸，不觉间，看不见的香气在夜色里悄然弥漫。

风，轻轻抚慰着花儿脸。不一会儿，花儿们齐齐合上柔软的眼睑，花香越来越淡。

夜风想让花儿再次睁开眼，怎奈百花已沉入梦乡，无论怎样吹拂都徒然无用。

夜风怎么会了解其中的缘故呢？花香只不过是花的灵魂，看不见摸不着。

月光里，花儿们静静低下头，等到午夜过后便永远合上了眼，花魂也随之而去，花香越来越淡。

风在古老的白色墓地里兀自悲叹，悄悄问柏树和影子："这些花儿是供品吗？"

精灵古怪的柏树和影子点了点头，权当作回答。风儿又问："是在供奉谁呢？"柏树和影子沉默不语。

于是，风儿如幽灵一般钻进墓石裂开的缝隙，要进到里面探个究竟。它似乎在黑暗中窃窃私语，不一会儿便颤抖着跑了出来，更加痛苦与悲伤。柏树和影子似乎也同样悲伤，在皎洁的月色里轻轻摇晃。

"真是难以理解！"风儿边哭边说，"实在是不明白，如此美丽的供品为何要献给他——躺在黑暗中连梦都已经死亡的那一位？"柏树和影子并没有回答它，空洞的墓穴也默不作声。

南方吹来一阵风，蜜橘林窃窃私语，棕榈树叶发出振翅声，盛开的花儿的灵魂被南风带了回来。南风对花之魂轻轻低语道："小小的灵魂们，就请作答吧。我的小兄弟在为你们的事叹息，起码告诉他究竟是怎么一回事吧。"

花魂一边吹尽死亡之国的白城白街，一边娓娓道来："我们本是供品，是失去爱的人、失去父亲的人献给博爱的上帝的。我们对死去的人一无所知，对他们无穷的秘密无从知悉。我们只知道，上帝永远睁着他的眼，看护着死去的人们静静沉睡。人类只见花儿死去，不知花魂已乘着风之翼游荡在诸神的世界里。人在行善之后会留下香气，犹如花魂生生不息。对已逝之人爱的回忆，常常让生者心生柔情蜜意，这难道不是同一道理吗？"

听了花魂的话，柏树和影子点头应答。西风不再哀鸣，展开它薄薄的纱翼，向着初升的太阳飞去。

月亮西沉，地上的树影越来越长。南风轻抚柏树，携着花魂，一跃而起，飞向暗淡的星辰。

遗传的记忆

HEREDITARY MEMORIES

四十二

我们的大脑就像西奈山谷的岩石，上面布满了由思想的长途商队铭刻的碑文

"我刚才所说的，"医生继续说道，"那是经常有的事，人类初次看到新鲜事物，就是说，当人们看到或听到对他来说是崭新的事物时，他就会感到惊讶。这种惊讶并非由于他所见所闻的事物是多么罕见，而是他内心所起的微妙反应所致。我刚才说了反应，实际上这里用记忆反应这个词更为合适。对于那些新鲜事物，虽然我们很明确地知道，人生至今从未见过或者听过，但总觉得在哪生哪世，尤其是相隔近乎无限远的时期，在哪里见过或者听过。一位古代拉丁语作家认为这是'前生存在说'的佐证。信佛的人总是这样说：人的灵魂在数百万年间四处游荡徘徊，每次投生后所见所闻所形成的记忆，虽然微弱模糊，但都会有所保存。因此，像现在这样以肉体形式生存着的我们，对前世所见所闻都会有各

种各样朦胧的、幽灵般的记忆。这种现象是存在的，毋庸置疑。我不信佛，也不相信灵魂，我认为这种模糊的记忆是由人脑中遗传的印象产生出来的。"

"请问医生，这是什么意思？"借宿者中的一人询问道。

"也就是说，我要讲的是人的记忆这种东西，就像黑痣或者说生来就有的痣一样，作为肉体上或者精神上的特征，是一种遗传性的存在。正如聪明的作家阐述的那样，我们的大脑就像西奈山谷的岩石，上面布满了由思想的长途商队铭刻的碑文。通过感觉这一媒介，大脑每次接受印象，都如象形文字一般刻在那里。这些文字即使用显微镜也看不到，却是真实的存在。父母大脑中存在的这些象形文字是有理由再次出现在子女的大脑中的。从记忆的角度看，它会渐渐变得细微模糊，难以判读，但绝不会完全消失。"

之后是长时间的沉默。月亮渐渐升上来，香蕉树不再摇动它的树叶，空气依然像白天一样炎热。幽蓝的夜空繁星闪烁，只有南国的夜才会如此熠熠生辉，闪闪发亮。天空的光亮之外一片模糊，一切似乎处于浅梦中，就像眼前的我们，坠入无穷之梦。

"嗯，医生。"这时候，那位满脸络腮胡子的陌生男士说话了，他从傍晚开始一直沉默不语，"想请教您一件事情。我曾经在西印度群岛、新西兰、加拿大、墨西哥等地住过，可以说是个漫游者。我的记忆一直非常好，自己去过的都市景象大都不会忘。哪怕只见一次的城镇，它的道路和路口都能记得清。但奇怪的是，我从未去过的地方却不断在梦中出现。这到底是怎么回事啊？平时无论在何地都没有听过的语言，竟然出现在梦里。"

医生莞尔一笑，问道："你那梦中情形，可以描述给我们吗？"

"哎，可以。不知为何，我已经做过百回以上这样的梦了。偶尔，刚刚想到有一年左右没梦见了，但接下来的一周那个场景每晚都会到梦中来，从未听过的奇特语言每晚都会在梦中听到。

"梦中的情形大致是这样的：从一个大的港口出发，乘船前往那片土地。港口被围在一处很大的码头中，码头的地面由白色石板铺成，由于长年累月的车来车往，石板早已破损不堪。此地到处充满阳光和风，一片明亮。热带水果堆成山，葡萄酒、油料和香料异常丰富。人们穿着色彩鲜艳的衣服，以蓝色和黄色居多。我有个奇怪的联想，这似乎是地中海沿岸的某个港口吧？

"漫长的海上航行终于结束，我到达了从未见过的那个国度。上岸的具体情形已记不清，只记得是一个大都市。那里的建筑风格呢，与美国和欧洲不同，房屋高大，街道狭窄，简直是个梦幻国度。这种建筑记得在西班牙曾经见过，但在西班牙看过的建筑是古老的摩尔风格。

"市区一角，矗立着一座宏伟建筑，两个美丽的圆屋顶在碧蓝的天空中如白色的乳房般高耸。圆屋顶附近有几座白塔，高大挺拔。沿着宽大的白色石阶走下去，来到一处很大的水池边，池水中倒映着宫殿还是什么东西。沿着池边走，可以看到长着大嘴、羽毛红如火的鸟。这种鸟只见过标本，活鸟在梦外无缘一见。而且，制成标本的鸟产自何地也早已记不得了。那个都市好大呀，就像美国西部的大都会。当然不是看到，而是感觉到。市内繁华，人流如潮。居民脸色偏黑，但都很有品位，面容好似青铜像。眼鼻秀丽，黑发飘扬。女人中也有酥胸半露、装束开放者，都是大美人。她们的大耳环垂下来，珍贵的金属耳环熠熠闪亮。男人头上盘头巾，穿着各色鲜艳衣裳。也有人穿着异常轻薄的衣裳，大多白色装束，大家都操着刚才所说的美妙语言，互相交谈。这里也有骆驼、猿猴、大象、牛马等动物，但这里的牛马不同于欧美，脖子与肩膀之间有一个肉瘤突起。"

"你要讲的就这些吧？"医生问道。

"嗯，能够想起的大概就这些了。"

"去过印度吗？"

"没有，从来没去过。"

"虽然本人没有去过，但通过美术这一媒介，譬如图书、版画、照片之类的，借助这类东西见识过印度，对吧？"

"怎么说呢？带有插画的关于印度的书是从来没有看过的。说到印度的舶来品，我只看过几张在蒲草纸上画的画。

但这是近几年的事，而且画上根本没有刚才所讲的类似场景。"

"做这样的梦有多长时间了？"

"呀，小时候就开始了。"

"令尊或令堂去过印度吗？"

"我父亲去过印度，母亲没有去过。在我很小的时候，父亲在印度去世，我是在欧洲出生的。"

"这就是遗传的印象！"医生禁不住提高了声音，"这样一来，你投生的脉络已经很清楚了。也就是说，父亲的记忆遗传给了儿子。大约要传三四代吧。你自己从未见过，以后恐怕也不会看到的印度都市出现在了你的梦里，这是为什么呢？实际上，目之所见、耳之所闻都通过媒介留在了一位在印度旅行的英国人脑中，眼睛看不见的细小微妙的印象又遗传给了出生在比印度寒冷之地的子女们。那些子女们从未见过东方国家的模样，今后却注定要与远东的梦幻相伴一生。"

幽灵之吻

THE GHOSTLY KISS

四十三

你亲吻了我，这样一来，我们将永远连接在一起

剧场里座无虚席。至于上演的什么节目，我已记不起来。实际上，我没空去关注演员们在演什么剧。

只记得剧场位于一个非常大的建筑物之中，回头一看，在一排排电灯的照耀下，座位一段比一段高，重重叠叠一直延伸到很远的木板看台，感觉目力已不能及。人脸，人脸，全是人脸，简直是广阔的人脸海洋。天花板是蓝色的，中间吊着一只巨大的灯，发出明月一样的光。由于位置太高，吊灯的吊链已看不清。座位统统是黑色的，我幻想着舞台上拉起黑色的天鹅绒帷幕，帷幕边上镶着极像泪珠的银边饰，熠熠闪光。观众们则是一身素白。

清一色的素白！难道我身处热带城镇的剧场里？甚是奇怪，我不禁自问：为什么都是白色装束？答案无从找寻。我

偶尔心有所想，在遥远的地方，站在突出的窗前，窥视窗外被月光笼罩的景物，棕榈树冠在地面投下巨大蜘蛛蠕动般的婆娑树影。剧场内荡漾着一股从未闻过的香气，令人心情舒畅，又让人昏昏欲睡。在这施了麻药般的空气里，无数白扇子似乎扇不起风，只在那里无声摇动。

真是不可思议的宁静，场内燕雀无声，一切归于寂静。所有目光都投向了舞台，除了我。只有我没有看舞台，而是朝着剧场四处张望。我没有看向舞台是有理由的，这个理由我自己都觉得无法想象。剧场里没人注意我的情况。满满当当一剧场观众，只有我一人身着黑衣，一片白色海洋中，我是那醒目的一点黑。

恍惚间，感觉演员们的声音逐渐变得沙哑细长，似乎是来自另一个世界——亡灵世界的声音。音乐也变得不像真正的音乐，而是听者心底激起的一点回声，就像在很久远的过去曾经听过但已忘却了的歌。

更加不可思议的是，观众里有几张好像在哪见过、似曾相识的脸，但他们对我似乎没有给予任何关注。

我的前面坐着一名女士，是一位有着阿芙罗狄忒一样浓密金发的美女。我只看了她一眼，不知为何心脏开始怦怦乱跳，自己一听，感觉心脏就要从胸腔里蹦出来。伴随着异常激动的心情，整个人不自觉地就想飞扑到她脚下。我一直密切注视着她脖子的细微动静，脖子上有两三根散乱的金发从鬓角柔柔垂下，宛如金丝缠绕在象牙柱上。丰满的脸颊透着淡淡红晕，就像半熟桃子的柔软表面。紧闭的嘴唇就像克尼多斯的维纳斯像——即使在两千年后的今天，我们还能看到女神的嘴唇依然因为恋人最后的亲吻而湿润。

于是，不可思议的欲望在我心底膨胀——热切希望吻上她的唇。我的心对我说：可以。我的理智却对我悄悄说：不可。我突然想到那成千上万盯着我的脸，扭头向后看，整个剧场突然变得更加高大宽敞，木板看台远远甩到了后面，中央的大吊灯也变得更高，乌压压的观众看上去好似想象中"最后审判日"的场景。我的心怦怦直跳，在我听来，心脏剧烈跳动的声音盖过了演员们的表演声。我心里想，坐在上面的那些身穿白色服装的绅士和女士们会不会发现我的秘密。我很是担心，但又觉得根本没人在看我或者听我心脏剧烈跳动的声音。我渐渐意识到任由这种疯狂的冲动失控会带来何种后果，自己也感到不寒而栗。

然而，我的内心却告诉我：这在以前，如此美妙的红唇，如果能亲上一口，虽万死而不辞。

我已记不得是如何站立起来的，只记得紧紧靠在女郎身边，一边尽情嗅取她芬芳的气息，一边紧盯着她的眼睛，她的眼睛好像紫水晶般的热带夜空。我的唇热烈地压在她的唇上，一瞬间，一种莫名的喜悦和得意让我浑身震颤。我感觉她柔软的红唇迎接着我的唇，我的吻得到了回应。

就在此时，一阵巨大的不安袭来。突然间，身着白色服装的男女们"唰"的一下站立起来，一万只眼睛默默地盯着我。

隐隐约约，我听到了美妙的声音，正是死去的恋人出现在梦中时所听到的声音："你亲吻了我，这样一来，我们将永远连接在一起。"

我再次睁开了眼。蓦然间，观众席变成了一片墓地，白色衣裳原来是墓前的白幡。我的头顶依然悬着灿灿灯火，将蓝色的天花板照亮。但不知何时，灯火变成了明月，在蔚蓝的天空闪耀着永恒的光芒。

白色的坟墓层层叠叠，一直延伸到遥远的地平线尽头。而上演戏剧的那座辉煌建筑物只不过是一座骨灰存放纪念堂。缭绕周围的奇妙芳香也不过是墓石上已经枯萎的花，散发出的淡淡花香。

转世

METEMPSYCHOSIS

四十四

在宇宙被毁灭，星星之火烧尽之前，我们都会继续无穷无尽的转世

"那种说法是荒诞不稽的梦，你是这样说的吧？"医生站起来，脸在月光下泛着光，一副傲然姿态，"但那不过是伊西斯[85]女神用来遮挡其恐怖容颜的面纱而已。与东方明哲的知识相比，你那所谓深奥的德国哲学就显得太肤浅了。至于近代的泛神论那就更没有什么分量，简直轻飘飘的如云烟一般。现在那些被称之为伟大思想家的学说，在世界上还不知道罗马这个名字时，就已经在印度开讲了。我们那些现代的科学研究之类，不过是更加巩固了古代的东方信念。正是出于无知，我们才将东方信念称之为狂人之梦。"

"也许如此吧。但对于灵魂转世这一观念，除了狂人之

85　伊西斯，古埃及的健康、婚姻和爱之女神。

梦这一说法，也没有其他的方法去解释吧？"

"啊！灵魂嘛，灵魂对吧？"医生深深地吸了一口烟，直到雪茄头在黑暗中通红如火，然后答道，"和灵魂是没有什么关系的。我们所涉及的都是事实。灵魂转世之说，对于那些不能理解的人们来说，就像印度那些眼珠是钻石，身挂骷髅念珠的恐怖神像一样，婆罗门将其看作是秘密真言的真理化身，而在俗人大众的眼里，可能只不过是一个难以理解的怪物而已。但这正是对大自然的现象做出解释的哲学象征。注意了，我们知道物质和能量是永恒的，也就是说，不断旋转的宇宙本质，就像制陶师手里的黏土，在过去、现在和将来，不论到何时都在变换形态，数也数不清。而且，形态这种东西是可以消失的。还有，我们活生生肉体的原子，一个一个从太初之时就存在着的，今后也会继续存在。即便巨大的山脉在能烤化整个世界的热度之下如蜡烛般熔化，但它依然留存。如果我们了解这些，还会觉得轮回转世之说不过是空想吗？我们肉体的各个分子，在我们出生之前，就已经经历了数百万次的转世，这是无论哪位诗人做什么样的梦，都无法想象到的令人吃惊的事情。我们各自的心脏不断跳动的生命力，在宇宙永恒的转世之中，也是一直不断跳动所形成的。就我们血液中的原子来说，在我们的文明出现之前，它就已经在数百万生物的血液中循环流动，这一点是不会错的。可能在空中飞过，在地下钻过，在海底住过，诸如此类的形态。因此，在日光中浮游的分子很可能曾在人类感情的震颤声中震荡过。就连我脚下的土，也是经历过生死爱恋的。因此，大自然在严苛的实验室里，将黏土转换成各种各样新的生存形态，然后使之再度复活，给予其希望，同时让其遭受苦难。这话只在这里说，老实讲，你曾经吻过的红唇，迷恋过的美目，在本质上都是从过去多少次的转世而来。就过往而言，我们都经历过数不清的生命形态。可能曾经生而为花，生而为鸟，或者在深海海底生活过。又或者在无言的岩石内部沉睡过，在大海的滔天巨浪中游动过。曾经生而为男，也曾生而为女，正像《塔木德》里面出来的天使，肯定经历过千回的变性。因此，在宇宙被毁灭，星星之火烧尽之前，我们都会继续无穷无尽的转世。怎么样？在了解了这些之后，你还能对东方的轮回说嗤之一笑吗？"

"那么，循环论呢？"

"那也是一个很严肃的真理呀。我们已经知道物质与能量不灭这一道理，形态不断变化的万花筒，正是处于一种不断转动的状态。但万花筒里面带色的物质却是有限的，因此其结合的数量也是限定了的。即便不灭的物质，其要素不也有限定吗？其要素的结合当然也是被限定的。至于不灭的能量，因其注定会永久性地产生变化的形态，自然而然是一件事情的不断重复。因此，已经发生的事情与在此之前发生的事情完全一样，在未来很长一段时间后，也会不断重复发生。当然，对此我们必须相信。我们在九月六日的晚上像这样坐在一起，实际上，这并非第一次，我们以前在另一个九月里，曾经这样坐在一起。和现在一样，但又不一样，是在另一个新奥尔良。目前为止，这样的事情我们已经做过数千万亿次。而且现在开始到永远的将来，还要重复数千万亿次。我本人还会出现，但和现在的我又不一样，也还会吸着烟，但那时的烟卷会不一样。你坐的椅子依然是今天差不多的椅子，椅背上依然有着同样的磨痕，谈论着同样的话题。而且和今夜一样，亲切的妇人端出名牌葡萄酒来，和今晚的各位再会于这别致的克里奥尔人[86]家里。铺设的走道上同样的树木投下阴影，和今晚一样深邃的夜空中，眺望金色的世界闪闪发亮。那个时候，呈现出的是新的星星新的宇宙。那时的我们依然和今晚一样，就像这一瞬间明白了我们来自几千亿万年前，历经苦难、希望和爱恋，从而醍醐灌顶，豁然开朗。那么，诸位，告辞了。"

医生说完，将雪茄蒂扔进了草丛里，烟蒂的火星散落开来，消失无踪。然后，脚步声渐行渐远，永远消失。不对，不是永远。即使这一生不再与其相见，但在几次循环，几个永劫之内，还会再相见吧？不对，很遗憾，依然是永远消失。很显然，即便几次循环、几个永劫之内能够再相见，他在永远的未来以完全相同的条件，在相同的瞬间，像现在这样离去是不可能的。

86　克里奥尔人，指欧洲白种人在美洲殖民地的后裔，尤指法国人和西班牙人的后裔。

不死者

THE UNDYING ONE

四十五

啊，我就像神一样，掌握着整个世界

我已经活了三千多年。我对人类和人世间已经十分厌烦。对我族类而言，地面显得过于小了些，天空则像一片圆顶棚，灰暗沉重如铅，随时随刻要落下来，将我压成碎片。

我的头上至今没有一根白发，三千年的灰尘并未模糊我的双眼。即便如此，我对这个世界已然厌倦。

我通晓各国语言，各个大陆的样子深深地印在我脑海里，就像书本里的文字一样清晰。而对天界的认知，对我来说，就像一幅画轴，自然地舒展在眼前。就连地球的脏腑，对我来说也没有丝毫秘密可言。我在大海最深处的海底探求知识，我在干沙如骨响、沙丘似波涛的大漠深处寻求知识。同样的，在腐朽的纳骨堂里，在令人恐怖的古墓深处，在道拉吉里峰[87]的千年冰雪里，在人迹未至的原始森林的迷宫里，在河流中浮着河马背、鳄鱼甲的国度里，在水黑如墨涌动的大海里，在浮冰如幽灵一般漂浮的海角天涯，在死寂如月球、开天辟地时地震形成的错落群山里，目之所及干燥荒凉、一片废墟之地，还有远在人类出现之前，大海干涸、河川断流时裸露的河床与海底连接之处……这里那里，我四处探求知识。

所有世纪的一切知识，与所有事物相关的人类技术、才能和小聪明，我都具备。不止如此，还有更多。

生与死已将它们古老的秘密透露给我。因此，人类自古至今苦苦寻求而一无所获的知识，对我来说，根本算不得谜题。

我在这个昏聩的世界上，是否享受过所有快乐？那些体格比我差的家伙们都已经享受过至死不渝的快乐。

我曾与埃及人、印度王侯、罗马皇帝等一起建起各种各样的宫殿高塔，也曾帮助征服者征服天下。多少次，与底比斯或巴比伦的统治者们大开宴席，痛饮狂欢，通宵达旦。我醉在了酒里，也醉在了血里。

这个世界上的所有王国，所有富贵与荣华，我全都拥有过。

我掌握着阿基米德喜欢的杠杆，用于建立一个帝国，或是推翻一个王朝。啊，我就像神一样，掌握着整个世界。

让世上男人身心愉悦的无非是年轻的美与女性的爱，这

87　道拉吉里峰，位于喜马拉雅山脉中段尼泊尔境内，海拔8167米，是世界第七高峰。

一切我都拥有过。亚述王、苏莱曼、撒马尔罕[88]的统治者、巴格达的君主和印度的长者，他们谁都没有我所拥有的爱恋多。在那成千上万的爱恋中，人类脑中念念不忘的，人类心中孜孜渴求的，人类渴望获得的彭特利库斯山大理石中使之结晶的所谓不灭之物，一切的一切都在眼前得以实现。但是，这些东西与我铁石般的腕与足相比，简直不值一提。

现在的我依然拥有埃及粉色花岗岩一样的年轻气色，这是昔日国王们的长寿之梦所梦寐以求的。

尽管如此，我对尘世实在已经厌倦。

我所追求的东西都能如我所愿，目前为止还没有想要而不可得的东西。但是，有一个例外，无论我怎样渴望，都是绝对得不到的。

这个世界上，无论哪里，难寻一个我的伴侣，懂我心的人一个也没有。我是一个怎样的人？知我者谁？谁人又来爱我？

即便我说出我所知道的，芸芸众生中恐无一人能够理解。即便将我的知识记录下来，只怕人类的大脑也难以把握我的思想。我以人类的形态胜任人间所有事，不对！应该说比人类更加圆满完成所有事。拥有神的卓越智慧，却与不争气的人类为伍，把自己的智商降低到他们的水准以迁就他们，做着愚蠢的家伙们所做的事，不得不这样生存！啊呀呀，神仙们因为爱上人类之女而将自己降低到人类的

88　撒马尔罕，是中亚地区的历史名城，建于公元前3世纪，今乌兹别克斯坦的旧都兼第二大城市。

水准，古希腊的梦想家中竟有人为此大唱赞歌，这家伙的脑子大约疯了吧！

话说以前，我曾为繁衍后代而恐惧过。如果繁育子女，我就要将不衰的青春留给他，而我不愿与世上任何人分享自己的秘密。那个时代已经成为过去。如今这样的时代，让堕落的人类为我诞下子女，那些子女如何能够与我沟通？要让他们理解我思想的十分之一，恐怕要等到大海见底，新大陆从海底隆起，地球上出现新的种族那一天。

我对未来不抱任何期望。数千年的情形，我大致看得清，不过是重复已经有过的事情。今后要有的事，以前均已发生。我有着身处大漠般的孤独。那是因为在我看来，世间人类就像被操纵的木偶。而且，活生生的女性声音在我听来并不动听。

我侧耳倾听，只有风声和海涛声。现如今，风声涛声也已厌倦，三千年前也是这样的声音从古老的大树和岩石之间传入耳中，像音乐又像歌声。

今夜为止，我已目睹三万六千九百个月缺月圆。遥望那白色的脸盘，我的眼也已厌倦。

真想啊，真想搬到另一个光明的星球上，那里有双日照耀，有更大的月亮洒下月光，在那里愉快地度过无尽的岁月！那里能找到与我相当的知识，有头脑灵活可以沟通的对象，甚至可以找到让我爱上的女人——像斯堪的纳维亚寓言里的幽灵一般，这样的女人不同于地球上软弱、中空的人类女性，能为我诞下不老不死的子女，是让我中意的永恒的美女。这样的星球难道不存在吗？

遗憾的是，有一个家伙，它的意志力比我强，它拥有的力量超过我的知识，那是像火一样聋、像夜一样盲的力量，它将我永久地束缚在人类地球上。

我就像普罗米修斯一样被捆绑在岩石上，名为绝望的秃鹫用它锐利的喙撕啄着我的五脏六腑。是让这痛苦持续不断，还是让这光荣的肉体永远消失？必须做出抉择。

在太阳冷却、变得昏暗之前，我要活着，但不需要更久，因为已经十分厌烦了。

我终究要彻底死去，就像野兽和可怜的人形动物死去一般。那些能够把握人类思维，用文字记录下来的思想，一点不留，像烟云、像影子、像大海波涛中的水泡，像蜡烛吹灭一般死去。三千年不断跳动的这颗心脏，曾踏遍地球各个角落的这双脚，曾操纵诸多国家命运的这双手，还有装满超过人类千倍知识的这颗脑壳，不久都要死去。尽管如此，但这人类梦寐以求的神一般的脑袋、这收藏着人类知识的殿堂、绝妙的头脑也如像树叶一般破碎。

……

月亮升起来！啊，那死一般白色的世界。如果只有你感情尚存，就请停下你那在无底的夜空中如死尸一般的徘徊，紧跟在我后面，去往那连梦都没有，更加黑暗的无垠世界吧！

四十六

死去的克里奥尔人的梦

THE VISION OF THE DEAD CREOLE

热带的夜晚依然炎热，海湾的海水因而是温暖的。我正在海里游泳，对面是椰树成林的海滨，头顶上，大大的月亮挂在空中。猛一回头，身后有一艘大船，船上的网具遮住了月面。四处寂静无声。细细的波浪静静地冲刷着棕色的沙滩，不免令人产生恐怖之感。微风从水面上吹来，带着藏红花或是肉桂的香气，让人失神，昏昏欲睡。今晚的星星似乎比往常更加大而明亮。南十字星并不像钻石那样一闪一闪，而是炯炯燃烧般耀眼。突然间，似乎想起了什么，我顿感悚然，浑身起满鸡皮疙瘩，不觉间呆立在海水里。夜的呼吸，长长的，如令人生畏的叹息一般，感觉可以清晰听见。但这一妄想，来得快，去得也快，船上传来了清晨的第一声钟鸣。我再次登上孩提时代玩耍过的海滩，眺望着远处。椰树成林的对面，可以清晰地看到风格别致的一排排白色房屋。二十七年前，正是从那里，我两手是血地逃了出来。

整条街都在沉睡中。看门人在值班室里呼呼大睡，根本没有注意到我的存在。今晚是魔女之夜吗？无从知晓。看门人进入梦乡，对他来说是幸运。我像死神一般无声穿过古老的大门，通过外凸露台的阴影，顺着没有月光的广场一侧，走过教堂塔楼旁的辅道，塔楼在辅道上投下怪物般的阴影，然后来到一条小巷。抬头望，只能看到一条蓝色丝带般的细长夜空和闪闪的星星，探出的露台边角把细长的夜空切割成锯齿状。从小巷出来，来到一片洒满月光的所在。周围有很多蜜橘树，空气里弥漫着婚房才有的那种香气。再继续前行不远，就会看到一片古老的行道树，似乎经历了千年的痛苦，扭曲的树根与树枝令人恐怖地弯曲在墓地里。

巨大的蜘蛛在墓地的墙壁之间披星戴月织着网，蝮蛇哧溜哧溜滑过脚面，蝙蝠在星光下翩翩起舞，萤火虫像鬼火，在死者安息之处盘旋。巨大的蔓生植物与青苔一起紧紧拥抱大理石墓碑，变得一片青翠。常春藤像蜥蜴的脚扎根于石头间。热带特有的藤蔓爬满墓碑，织就了一张面纱，就像伊西斯女神的那样厚，遮住了碑上的铭文。即便如此，我依然找到了那个女人的墓！我早就发过誓，哪怕死亡，哪怕下地狱，我也一定会来到你的墓前。

有毒的藤蔓和杂草像蛇一样缠绕在墓碑上，我将它们统统撕扯下来。血从割伤的手指滴下来，吧嗒吧嗒落在女人的名字上，想亲吻都找不到一处没有被染红的地方。手指间的血吧嗒吧嗒滴落在脚边碎裂的草木叶子上，发出沉闷的声响，清晰可闻。

过去的岁月像墓碑上飘出的雾，浮现在眼前，将我包围在里面。我的血液里竟充溢着那样的狂潮。和女人初次亲吻的长满青苔的石坛就在那里；雕刻着赤身裸体舞蹈的孩童们的大理石骨灰盒也在那里；喷水口已被睡莲堵塞，不再喷水的喷水池向着月亮展现着花蕊；大得不堪的花儿也都开放在那里。而且，那个女人也在那里——身着羽毛般轻盈的透明白衣，曼妙曲线如科林斯铜像般隐约可见，克里奥尔人一样的眼神，执拗的似乎撅起的热情嘴唇，还有那薄情的斯芬克斯式的微笑——无情的、神秘的永恒微笑。为了亲吻她的脚，我情愿扑倒在她面前，声嘶力竭地大叫：踢我吧，啐我吧。但对方依旧是一副漠然的脸，依然是当时的微笑！在我凶狠的复仇之后，那种埃及式的微笑宛如定型的青铜器，已然定格在她那浅黑色的脸上。

藤蔓静悄悄，落叶也无声。女人清清楚楚站在我面前！我的心脏几乎停止了跳动，像黑夜里船过南极海洋，浑身被寒冷浸透。同往昔一样，她身着白色衣裳，秀发里似乎有几个萤火虫闪闪发光，脸上依然浮现着灰暗的、妖精般的微笑！就在此时，血突然间流水般汩汩而流，寒意顿时消失无踪，就像血液的每个细胞经过了火山烘烤，陡然热了起来。一种美妙的语言，只在希伯来诗歌中才有的语言，像遥远的回声传入耳中：

爱如死亡般坚强！

恐怖让我挣脱束缚，终于发出声来。我对她说，对她讲，我大声哭泣，流着血泪哭泣。蓦地，熟悉的声音响起，依然是低低的、银铃般的声音，就像西印度夏夜里鸟儿们一唱一和，声音诱人甜美：

"我知道，你必然要回到这里，出现在我面前，不管多久，无论你在哪国的天空下或大海上放浪形骸。

"你以为我已经死了吗？错了，我怎会这样早地死去？这些年我一直活着，以后也会活下去。因此，你来这里时，一定要在夜里，像贼人一般悄悄地来。

"问我如何生存的？知道吗？这漫长的岁月中，我活在你痛哭时流下的苦涩泪水里；活在静静的夜晚，寂寞的海上，袭上你心头的悔恨里；活在你独处时因极度痛苦而流露的青春与生命的叹息里；活在你独自一人深感寂寞时，时常出现在梦中的忽然让你惊悚的各种幻觉里。即便如此，你还想和我接吻吗？"

皎洁的月光里，我再次看了一眼女人——还是昔日里那张美得令人怀疑的脸，斯芬克斯式的微笑依然浮现。与此同时，我看到了大张着口的空空的墓穴深处，看到了墓碑上清晰印记着我的影子，看到眼前的高个女人站立在月光下，地面上却没有投下一点阴影。

正在此时，月光下，似乎是远处教堂的钟声荡悠悠地传入耳中，醒来的守夜人吟唱道："圣母玛利亚啊，凌晨三点，万籁俱静！"

怪谈**文学奖**

捧读文化发起
鼓励原创小说创作

捧读文化
触及身心的阅读

全国总经销

出 品 人　张进步

策划监制　程　碧

特约编辑　孟令堃

文稿统筹　孟令堃

封面设计　lemon

内文排版　八月松子

运　　营　谭　婧

法律顾问　天津益清（北京）律师事务所　王彦玲

出版投稿、合作交流，请发邮件至：innearth@foxmail.com
了解新书，图书邮购、团购、采购等，请联系发行电话：010-65772362

怪谈文学奖
新浪微博

怪谈文学奖
微信公众号

关注我们
免费阅读小说，了解大奖征文详情